JN245000

虹のような黒
連城三紀彦
幻戯書房

目次

第一章　落ちていく女　7
第二章　肉体の迷宮　99
第三章　にがい蜜　甘い血　149
第四章　光と影の共謀　239

第五章　黒い空白　329
解説　千街晶之　369

虹のような黒

第一章

落ちていく女

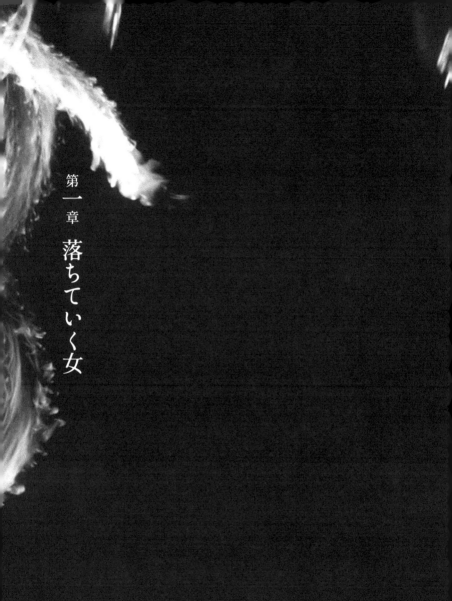

1

「今日は別れ話なのよ」

男が運ばれてきたコーヒーに口をつけるのを待って、紀子《のりこ》は言った。

その言葉が聞こえなかったのか、男は何の反応もせず、

「相変わらず苦いなあ、ここのコーヒー」

そう言い、残りのミルクをコーヒーに注ぎ足しながら、

「前から一度訊きたかったんだけど、どうして君、この喫茶店が気にいってるの」

と訊いてきた。

いや、紀子の声は聞こえたはずだ。はっきりと聞こえたからこそ、わざとはぐらかしたのだ。紀子をごまかすというより、自分自身をごまかすために。

紀子はため息をついた。

大学の教室で初めて言葉を交わしてから三年……つきあうようになってから一年九ヶ月、紀子はこの男の精神構造のすみずみまで知り尽くしてしまっている。

沢井彰一。

昨年、紀子が大学院に進んだのとすれ違いに大学院を出て、今は神田の出版社に勤めている。出版社といっても学術書を中心に出している小さな堅い会社だが、いかにも沢井らしい職場だと紀子

は思っている。

平均点の顔、Ｍサイズの体、二十五歳の若者なら当たり前のような普通の優しさ。

精神構造だけではない。

去年のクリスマス、酔いつぶれかけた沢井をはじめて部屋に入れてから、体の関係をもったのはわずか三回だが、それでも沢井の体のすみずみまで紀子は知ってしまっている。

性教育の教科書に出てきそうな体をした沢井は、実際三晩とも、教科書のページをくるのと変わりない退屈そうな手で、紀子を抱いた……。

その指は今、同じものうげなカーヴをえがいて、ミルク用の小さな容器をつまんでいる。

最後の白い一しずくがコーヒーカップの中へしたたり落ちていく。

紀子は目をそらし、窓を見た。

この店には若い女をとくべつ喜ばせそうなものは何もない。

とりえと言えば窓が壁面いっぱいのガラス張りになっていることとくらいだが、このガラス張りには何の意味もなかった。

ガラスのむこうには、雨に濡れてこの店とは無関係な駐車場が殺風景に広がっているだけだ。車が止められていることはめったになく、おそらく空き地にしておくのがもったいないというのが、そこに駐車場がある唯一の理由なのだ。

月極駐車場の看板が、鉄柵からはずれかけて、雨に打たれている。

ただ、この時、めずらしく車が一台、道路から迷いこむようにふらりと入ってきた。

ぼんやりと、その車の流れを目で追っている紀子に、

「質問したんだから、答えてほしいな」

沢井はそう声をかけてきた。

ふりむくと、沢井の視線にぶつかった。

怒ってはいない。

むしろ微笑している。

「わたしの言葉を無視したのは、あなたの方じゃない。別れたいと言ったのよ、わたし」

紀子の方が怒っていた。

「無視なんかしていない。ちゃんと俺も別れ話をしているよ、今」

「…………」

「もうそろそろ二年だろ、二人だけで逢うようになって。ずっと不思議に思ってたんだ。原宿のカフェでハーディの原書か何かを読んでるのしか似合わなそうな君が、こんなつまらん店のどこを気にいってるのか……それがわかれば、君が俺のどこが気にいってくれていたのか、わかる気がしたから」

「…………」

「大学に近いことは近いけれど、裏門に近いだけで、正門にも地下鉄の駅にも遠くてかえって不便だろう?」

「ええ」

紀子はうなずいた。言われてみれば確かに自分でも不思議だった。

沢井は就職後も大事な得意先としてよく大学を訪ねてくる。その都度、「じゃあ、いつもの喫茶店で」と紀子のほうから誘うのが習慣になっていた。

一昨日の晩もそうだった。

「あさって刷りあがった本を大学に届けるから」

と沢井が電話をかけてきた時、別れ話をする決心をつけながら、「じゃあ、その後の四時にいつもの店で」と言っていた……。

沢井は他に一組しか客のいない店内をざっと見まわした。

「地味で平凡なものにもそれなりの魅力があるのかなあ、落ち着けるというか……それにもう飽きたってとこかな」

そう言い、さりげなく、「誰か他にもっといい男ができた？」と続けた。

その質問に紀子は答えられなかった。

答えようと口を開いたのを、携帯電話のベルが制してきた。唱歌の「浜辺の歌」が、場違いに紀子のバッグの中で奏でられている。

「出たら？」

と言い、沢井は関心もなさそうに窓のほうを見た。紀子は携帯電話をとりだした。ソファのすみへと体をずらし、髪と横顔に隠すようにして通話ボタンを押した。

「もしもし……どう、来られそう？」

低い男のかすれ声が耳にしのびこんでくる。

「ええ。三十分もすればいけると思います」

「じゃあ五時少し前だね。待ってる。あ、教室じゃなく研究室の方だから」

それだけ言い、相手は電話を切った。

紀子も電話を切ると、急いでそれをバッグの中に戻し、バッグのチャックをしっかりと閉じた。

今の男の声がまだ電話機に残っている気がしたのだ。

いよいよ暗くなっていく夕暮れの中、暮色をにじませた雨は、やむ気配も激しくなる気配もなく、ただ単調にふりつづけている。

沢井は雨と同じ灰色の視線を窓の外に投げていた。紀子はその横顔を心配そうにうかがった。

「心配しなくてもいいよ。三十分もかからないから、この別れ話は」

横顔のまま言ってから、

「今の電話の相手が、俺と別れたい理由?」

と訊いてきた。

図星である。

だが、紀子はさりげなく笑い、

「違うわ。大学の教務課から二学期のスケジュールのことで話があるというから」

とごまかした。

沢井は目を紀子の顔へともどした。

雨を見ていたのが信じられないほど乾いた目が、切れた瞼の下から隠しカメラのように小さくのぞいて、紀子の言葉が真実かどうかをさぐっている。

紀子はスプーンをとると飲み残した紅茶を意味もなくかきまぜた。

「さっきから何だか一度見たテレビドラマをビデオで再生してる感じなのよ……わたしが別れたいと言ったら、沢井さんがどんな顔をしてどんな言葉を返してくるか、予想がついてたし……だいたいその通りだったから」

「つまり、俺の全部を知り尽くしたから飽きたわけか」

紀子は数秒ためらってから、

「ええ」

と素直にうなずいた。

沢井はもう一度、店を見まわし、

「こんな喫茶店に新鮮なものを期待されてもね……」

ひとり言のようにそうつぶやいた。

本当にひとり言だったのかもしれない。紀子は何も答えず、長い沈黙がつづいた。その間二人はぎこちなく目をそらし、別々のものを見ていた。飲み残しのコーヒーと窓にまとわりついてくる雨とを……。

やがて紀子は思いだしたように「そうね。沢井さんには何の責任もないわ……勝手すぎるのよ、わたしが……」と言った。

沢井が最後にこんな風に黙りこむことも、その無言が沢井の別れの言葉だということも、紀子にはわかっていた。

そのはずだった。

「ごめんね」

と言い、それだけではあっけなさすぎると思って精いっぱいの微笑をつけ加え、立ちあがろうとした時である。

紀子が伝票へとのばした手を、突然テーブルごしにのびてきた男の手がとめた。

「俺に飽きたというから、君がまだ知らない俺を見せるよ」

そう言い、もっていた革の鞄から封筒をとりだし、さらにその中から折りたたんだ紙をとりだして、テーブルの上に広げた。

八つ切りの画用紙のような紙に絵が描かれている。

紀子の顔がゆがんだ。

「悪くないだろ、この絵」

紀子の反応など無視して、沢井は得意げな声を出した。

目も満足そうに笑っている。確かに初めて見る沢井の目だ……絵を描くこともこれまで知らなかった。

しかもこんな絵を……。

一糸まとわぬ男女が体をしっかりとからませながら、逆さになって水中のような空間をどこまでも落ちていく。

右の上方には男女の手が描かれ、その手を縛りあげた鉄の鎖が抱き合ったまま転落していく二人の体にも巻きついている……。

色づけは淡い水彩だが、男女の肉感のせいか、油絵の具のような濃密すぎるものを紀子は感じた。

「何の絵？」

できるだけ平静さを装ってそう訊いたが、声が硬くなった。

「わからない？　これが誰なのか」

そう言いながら、沢井の指はペンのように女のむきだしになった腰からももにかけての曲線をなぞった。

女の体は贅肉がなくすっきりとしているが、線や脚、胸のカーヴには若い張りと豊満とも言えるほどのやわらかさがある……。

虫でも這うようなそんな指の動きを、沢井がベッドの上で紀子の体に見せたことはない。だが、紀子はその指が本当に今、スカートの裏へとしのびこんできた気がして、テーブルの下でしっかりと両脚を閉じた。

絵の女はまちがいなく自分だとすぐにわかった。だが、問題は男の体のほうだ。

沢井ではない。

沢井は最近の若者に多い青白いと言ってもいいような生白い皮膚である……絵の男は日焼けでもしたように浅黒い。

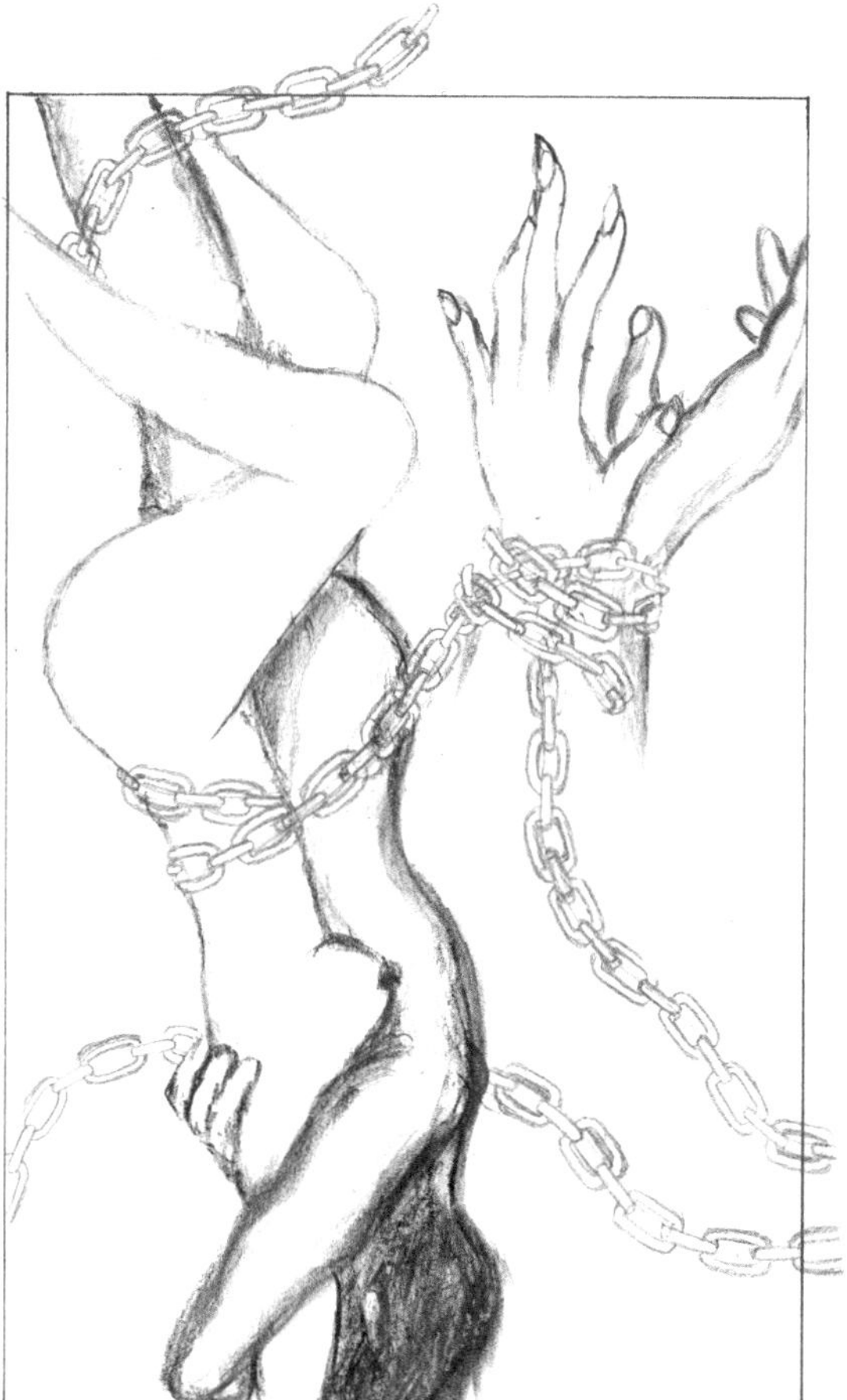

『鎖……』

数日前、ホテルのベッドの上で男がつぶやいた声が耳によみがえってきた。

『俺たち、頑丈な鎖でつながれてどこまでも転落していくのかもしれない』

紀子をしっかりと抱き寄せながら、男はさっきの電話と同じかすれ声でそう言った。肌の色に似た黒く焦げつくような声で――。

2

「矢萩先生……」

沢井がそうつぶやいた。

紀子は観念したように目をとじた。

絵の中で紀子と熱く抱擁している色黒の男が英文学科教授の矢萩浩三だと、沢井がそう言ったのだとしか思えなかった。

その名前を与えられたことで、絵の男の黒く陰った肌がふいに生々しく感じられたのだ。

沢井が知っている?……大学中の誰一人知らない教授と大学院生の関係を、なぜ知っているのか。

だが、それは紀子の勘違いだった。

沢井が続けて、

「ほら、あれ、矢萩先生だろう」

と言い、紀子は目を開けた。

沢井の目はテーブルの上の絵ではなく、駐車場に向けられている。

駐車場には一台だけ、白い高級そうな車がとまっている。

その右側のドアから、レインコートを着こみながら男が降りてきた。

喫茶店の窓から十メートルほど離れていたし、すぐに傘を開きながら背をむけてしまったが、近くの街灯に浮かびあがった一瞬の顔を、紀子は見逃さなかった。

確かに矢萩教授である。

駐車場を出た矢萩は、歩道を歩き始めてすぐにハッとしたように足をとめ、車に戻った。

何か車の中に忘れ物でもしたような印象だったが、車のドアを二、三十センチ開けただけで、一瞬後にはまた閉め……今度は早足で駐車場を出て行った。

何のために車に戻ったのかはよくわからなかった。

さっき携帯に電話をかけてきたのは大学の中からだと思いこんでいただけに、紀子は驚いたが、沢井も別の意味で驚いたようだ。

「先生、車を変えたの？」

紀子は大げさに首をかしげ、

「さあ」

と言った。

「先週だったか、いつもの茶色の車を大学の駐車場で見たけど……息子さんの車じゃない？」

それよりも紀子は、矢萩が正門前にある大学の駐車場に車をとめなかったことの方が気になった。

研究室のある建物は裏門に近いから、確かにこの駐車場にとめたほうが便利だが、大学の駐車場ではないから、月々金がかかる……それとも、この駐車場が空き地同然だと知っていて、今だけ一時的にこっそり車をおいたのだろうか。

「でも先生、車の中で何してたんだろう」

沢井はまだ腑に落ちない顔である。

「あの車があそこにとまってから十五分は経ってる。誰も降りてこないので変だなと思ってたんだ……やっとドアが開いたと思ったら矢萩先生だったからびっくりしたよ」

紀子もその車が入ってきたところは見ているものの、話に気をとられ意識の死角におきざりになっていた。

別れ話をしながらも、沢井はその死角をのぞきこんでいたらしい。

横顔の目は駐車場を濡らす雨をぼんやりと眺めているのかと思っていたが、車から誰も降りてこないことを気にしていたのだ。

「電話でもかけていたのかな」

紀子が一番おそれていた答えを出し、沢井の目は紀子の携帯がしまわれたバッグへと泳いだ。

紀子にはそう見えた。

矢萩は確かにその車の中から紀子の携帯へと電話をかけてきたのだ。だが、紀子への電話は三十秒たらずで終わった。その後今まで車の中で何をしていたのか……他にも電話をかける用があったのか。大学の中からはかけづらい電話でも……。

だが、その疑問をゆっくり追いかけている余裕はなかった。

「それに先生、どうして手袋なんか……」

沢井が腕を組んでそう言った。

「手袋？」

「そう。何か忘れ物でもしたみたいにあわてて車に戻ったろう？　あれは、手袋をぬいで車の中に戻したんだよ。気づかなかった？」

「先生、手袋なんかしてた？」

「ああ。降りてきて最初に歩きだした時にはね。右手だったと思うけど、片方だけ。傘をさす時に、こっちの席からは見えたから」

紀子の位置からは、傘をさす時のうしろ姿しか見えなかった。だが、問題は位置ではない。普通なら見落としそうな細部までしっかりととらえた沢井の目だ……。

「黒い、絹みたいに薄い生地だったし、こんなに離れてるから見落として当たり前だけど」

その小さな当たり前を、沢井の目は見落とさなかったのだ。沢井は紀子の見慣れた、平凡な男の平凡な表情である……だが、その平凡さの裏にひそんでいるものをこそ、今日まで自分は見落としていたのではないか。

しかも沢井は話題を、しつこく『手袋』にねばりつかせた。

「先生、潔癖症だった？　それとも汗っかきか……運転の時、掌に汗をかくからすべりどめに手袋をする人もいるからね」

と言い、

「どう？」

と訊いてきた。

「どうして……」

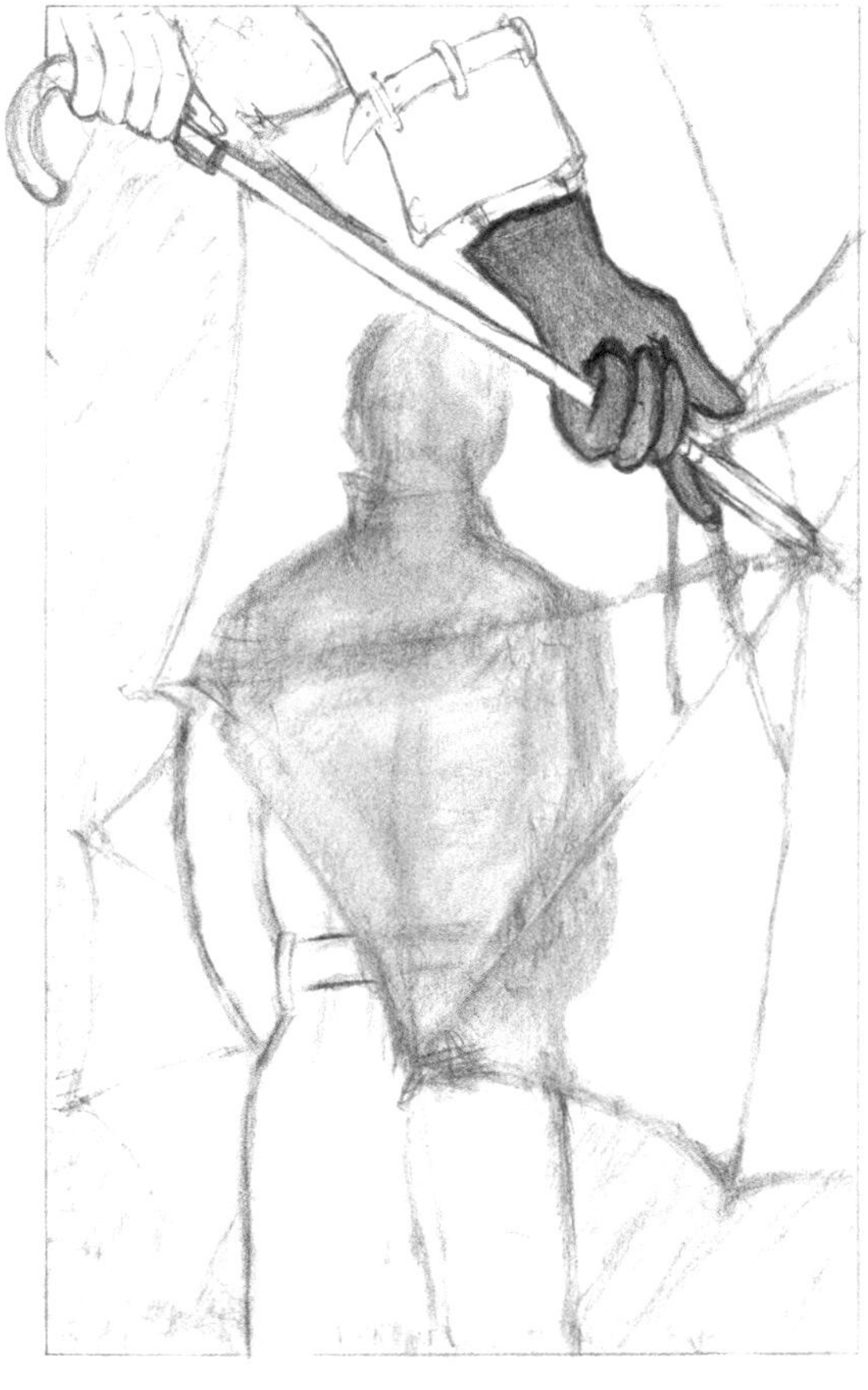

「いや、いくら秋らしく涼しくなってきたと言っても手袋はまだ早いだろ？」

「ちがうの……どうしてそんなことをわたしに訊くの？　矢萩先生のことは、あなたの方がよく知ってるでしょ」

沢井は大学院時代、矢萩教授の秘書と言われるくらい教授にくっついていたのだ。

「それは去年の春までだよ。今はもう君の方が先生にずっと近いから」

「さあ、どうかなあ……」

紀子は半端な表情であいまいな声を出すほかなかった。

沢井の一言一言が紀子と教授との関係を知っていて、遠回しにあてこすりをしているように聞こえる。

目は、激しくなった雨の中におきざりにされた車を見ているが、その何気ない横顔の目で沢井はこれまでも、紀子と教授が隠してきた一つの関係を見抜いていたのかもしれない……。

車の内部は黒い窓ガラスで密閉されたようになっている。そのガラスを沢井の視線が割りくだき、運転席に投げおかれた手袋をつかみとっている……そう思えた。

みじかい間に暮色は夜にまで黒く煮つまり、それと共に雨は激しくなっている。

紀子の不安はつのってきた。

不安の原因はテーブルの絵や沢井の目だけではない。「手袋」、それも「黒い絹のような薄い生地の手袋」という言葉を聞いた時から、紀子の胸を影のように暗く不鮮明な不安の爪が引っかいてくる。

紀子は矢萩が傘を開いた瞬間の手もとを見ていない……だが、雨にかき消されそうに見えた薄い背中に重なり、手袋をした矢萩の手があざやかに見えてくる……。

やせた印象の大学教授は普段でも影が薄く、顔色なども決してよくない。だが、そんな外見の裏に、四十一歳の男は、この絵のような黒光りする若々しい体を隠しているのだ。

それに気づいているのは紀子のようにベッドを共にした女だけではない。学会などで矢萩とよく旅をして同じ旅館に泊ったこともある男子学生だって知っているだろう。

矢萩教授のはめていた季節はずれの手袋の裏にも、秘密めいた男の手が隠れている……。

沢井はそう言いたいのではないか。

大学教授の手とは思えない手。

「それに、先生はどうして手袋をわざわざ車の中に戻しにいったんだろう？」

「どういうこと？」

「手袋くらいならコートのポケットにつっこめば済むだろう？　わざわざ車まで戻らなくても……それとも手袋をしていたことがばれるとまずいことでもあったのかな」

ひとり言のようにつぶやき、

「手袋がまずいなんて理由、何か考えられる？」

と訊いてきた。

「さあ……何か重要なこと、それ」

紀子はそうごまかした。

この段階では、紀子にはまだ矢萩の手袋の意味がはっきりとはわかっていなかったが、それでも漠然と手袋に何か重要な意味があることは感じとっていた。

「もし犯罪だったら重要だよ」

沢井はそう答えた。

「人殺しをしてきたとか、強盗でもしてきたとか……犯人は現場に指紋を残さないように手袋をするものだから。先生、最近奥さんとうまくいってるのかな……知らない、そのことで何か」

紀子は反射的に首をふり、

「先生が奥さんを殺してきたっていうの？　それで手袋をしていたと？」

馬鹿馬鹿しいと言うかわりに笑おうとしたが、笑い声は喉につまり、咳をしただけのような滑稽なものになった。矢萩の妻絢子《あやこ》のことは、今一番聞きたくない話題だ。

「先生に今度聞いておく。手袋の理由は」

と言って、壁の掛時計を見た。

「もう時間だね。俺には構わずに行ったら？　俺はここで待ってるから」

「待ってるって……わたし、ここにはもう帰ってこないけど」

「いや、待ってると言ったのは君のことじゃなくて……もうすぐちょっとしたことが起こる。それを待ってるんだ」

視線を駐車場に投げ、「俺の推理がただしければね」とつけ加えた。

そしてすぐに紀子がいることを思いだし、その顔に視線を戻した。

「別れ話の返事なら、心配はいらない。もちろん承知したよ。去年の一月だったかな、初めて君が俺の誘いにうなずいてくれた時から、これが最後だと自分に言い聞かせてたから。毎回、会うたびにね……。君は大学院なんかに閉じこめておくのはもったいないような美人だし、ただの美人として片づけるには頭がよすぎる。才色あわせもった君が俺のような目立たない男とつきあってくれるのは、先輩への義理とただの気まぐれ以外の何物でもないことはわかってた。今あらためて、ただの気まぐれがよく二年も続いてくれたものだと感心してるくらいだから」

沢井は微笑している。微笑はいつもの平凡さに戻った沢井の顔によく似合っていた。

だが、紀子は沢井が土壇場になって見せてきたこの突然の優しさをそう簡単に信じはしなかった。テーブルの上においたままになっている絵には、優しい微笑とは裏腹の『脅迫』めいた邪悪なものが感じとれる。

紀子は席を立つ前にその絵の意味だけは聞いておきたかったのだが、この時またバッグの中の携帯電話が鳴った。

電話は今度も矢萩からで、三十分前と同じ声がいらだたしそうに「用が済んだら早くこっちに来いよ」と言った。

3

中央線M駅から十分も歩くと、古い花崗岩の門が周囲の静寂をのみこんで建っている。

ちょうど駅前からつづく繁華街がとぎれ、不意に武蔵野が昔のおもかげをとりもどすあたりだ。

木立を縫うように流れるレンガの塀は、ところどころで崩れかかっている。

もし石の門に『聖英大学』という名前がなければ、そしてもし門から続く並木道の果てに七階建ての近代的な校舎が聳えていなければ、昔の刑務所阯とでも誤解されそうな古さと暗さが、レンガにはしみついている。

武蔵野の空を独占しそうな高層の校舎は、麻木紀子が五年前入試のために初めておとずれた時にはまだなかった。

みぞれのような暗い、冷えきった雨がふっていたせいもあって、十八歳の紀子は昔の監獄のようだと感じた。

入試の不安も手伝ったのだろう、胸さわぎとともに何か嫌な犯罪事件にでも巻きこまれそうな予感もあった。

紀子は勘の良さを人にほめられ、自身も得意に思っているのだが、十八歳の真冬、雨に濡れた大学正門の前に立って抱いた予感は当たらず、四年の大学生活もその後の大学院生活も人なみに平穏だった。

いや、大学の最後の年にゼミの教授だった矢萩と師弟以外の関係をもってからは、決して平穏なだけのものではなくなっていたが、この段階ではまだその恋愛は犯罪でも事件でもなかったのである。

『この段階』というのは、紀子が沢井彰一と別れ話をした十月七日のことだ。

わりきれないものを残したまま一人喫茶店を出た紀子には、それから二日後の晩、あの入試当日の予感が五年を経て見事に的中するとは、想像することもできなかった。

ただ、喫茶店のテーブルに残してきた一枚の絵が何か困ったことに自分を巻きこみそうな、不安に似た予感がある。

それから現れるはずのない場所に突然現れた教授。あの瞬間、心臓のたてた音は今も体のどこかに響き残っている……。

旧街道に面した喫茶店を出て、駐車場とは反対方向に歩きだすと、すぐに大学のレンガ塀が流れだし、裏門につながる。

裏門から入って最初の二階建ての倉庫のような建物には各種サークルが部室をおいている。ほとんどの窓に灯がともっているのは、今週末にせまった文化祭の準備のためだろう、人声や音楽が聞こえ、どの窓も夜と雨を寄せつけることなく、活気にあふれている。

ただ裏庭を横切り、研究室用の古い建物に足を踏みいれると、いっさい人気がなくなった。

不意に雨音が高まった。

先週までなら、まだこの時刻には教授や学生が動き回っていたが、校舎ビルのとなりに建った新しいビルへとほとんどが週末のうちに引越しを済ませていた。

矢萩と国文学科の小島教授の部屋だけが都合で引越しが遅れている。特に矢萩は先週末、札幌での学会が済んだばかりだというのに、今週末には国際学会のためにベルリンに飛ぶという忙しさである。

留守のあいだに紀子たち大学院生が本の整理をして引越しをすることになっていた。

「この部屋の本のことは、古株の麻木君が私以上にくわしいからね。この際、不要な本は棄てたいと思うんだが、あさっての夕方ちょっと大学に顔を出すから、その時、打ち合わせをしたいんだが」

おととい、ほかの学生たちもいる席でそう頼まれたのだが、もちろんそれは口実である。

個人的な用があるのだ。

先週、札幌に旅発つ前の晩、ホテルのベッドの上で、「ベルリンに発つ前におれたちの今後のことを話しておかないとね」と言われていた……。

戦前からの建物だが、戦後一部が改修されてエレベーターもある。

だが、紀子はエレベーターを避けて、その横の石の階段をのぼりだした。手すりが大理石になった年代ものの石段はあちこちにひびが入り、靴音までが錆びつくような独特のひびき方をする。

靴音?

二階から三階へとのぼる途中で、紀子は足をとめた。かかとの細く、何かの凶器のようにとがったハイヒールは、普通の靴よりもキンキンした耳ざわりな音をたてる。

ほぼ一年前、矢萩教授が買ってくれたものである。

紀子の容姿の欠点は唯一、猫背気味のところで、矢萩が一度、こんなことを言ったことがある……。

「初めての教室で、私がどの学生より先に君に目をとめたのは、もちろん人目をひく美人だったということもあるが、君だけがその場にくずれおちていくような、だらしない姿勢をしているように見えたんだ……君の美しさや頭のよさを台なしにしそうな、ひどく君に似合わない姿勢をしてるからな」

そんなことを言い、確か数日後に「すこし早いが、誕生祝いだよ」と言って銀座の有名な靴屋に連れていき、そのハイヒールを選んでくれた。

それだけだったら紀子はふしぎには思わなかっただろう。姿勢が悪いことは、両親や友達からも指摘されたことがあるし、ヒールの高い靴をはくと確かに背すじがピンとのびる。

ただ、靴屋に行ったのは、ホテルに行く前のことで、ホテルの部屋に入り、紀子がベッドにあがる準備のためにその靴をぬごうとすると、

「せっかくだから、そのまま……」

と矢萩は言った。

「えっ？」

紀子が『くの字』に脚を曲げたままふりむくと、矢萩はネクタイをほどきながらさりげなくほほえんできた。

うすい、暗い微笑が影のように一瞬その顔に這った。その微笑のままビデオの一時停止のようにじっとしていた矢萩は、

「君の体は、裸になっても、まだ一枚脱ぎわすれている衣装があるような気がしてね。肌がきれいすぎるんだよ。紗の生地みたいな透けた光沢のある下着をまとったまま生まれてきたようなね。それなのに足だけが何か変にむきだしの生な感じがして……ドレスを着てるのに素足のままみたいな、そんな気がしてね。さびしそうに見えたり、かわいそうに思えたりするから、靴をはいていた方が調和がとれそうだ」

教壇で文学作品の解説をするような真面目くさった声で言い、意味がわからずぼんやりしている紀子をベッドにそっと倒し、自分の手で紀子の着ているものを脱がせはじめた。

ストッキングを、ゆっくり、薄皮でもはぐように脱がせると、最後に床の靴を拾いあげてはかせた。

乱暴ではなかった。

矢萩は、ホテルの一室に閉じこもると大学とは別人の荒々しい横着な一面を見せるが、この日はいつもよりおだやかで、ベッドの上でも指づかいは繊細だった。

靴が脱げるのを怖れるかのように……。

ただ、どんなにおだやかでも、波に乗ると体は勝手に激しい動きを見せてしまう。靴は何度も脱げて、床へところがり落ちた。

そうすると矢萩は、どんなに激しく燃えあがっている瞬間でも、不意に冷静さをとりもどしてそ

れを拾いあげ、ていねいな指づかいで紀子の足にはかせ、すぐにまた愛撫をつづけた。

乱暴ではなかったが、そのていねいさや優しさに、逆に紀子は奇妙に凶暴なものを感じとっていた。

おだやかでありながら、矢萩の体はいつもより深く紀子の体を掘り起こしたし、波紋となって広がった快楽の余韻はいつまでも消えなかった。波に浮かんでいるような揺らぎの中で、紀子はセックスというものが肉体同士の戦いにも似た暴力なのだ……と、そんなことさえ感じていた。

ヒールは何かの鋭器のように矢萩の体にかすり傷を残したし、紀子の心にもうっすらとだが、得体の知れない傷をのこした。

フェティシズムという言葉も、女性の靴に異常な執着を抱く男がいることも知っていた。傷を楽しむマゾヒストなのかもしれない……そんなふうにもうたぐった。

だが、矢萩に靴をはくように要求されたのはその時一度きりである。

ただし、その晩、自分が垣間見せたふしぎな性癖を紀子が黙って受けいれたのに安心したのか、矢萩は次からも似た要求をするようになった。

クリスマスプレゼントにもらったブランド物の腕時計をつけたままだったり、ストッキングだけ脱がなかったり……。

そんな風にして、紀子はベッドの上で全裸にはならず、かならず衣類か装飾品の一つを残して男に抱かれるようになった。

先週の晩などは今流行のビーズのネックレスを買ってきて、首につけさせた。

愛撫の途中でネックレスの糸が切れ、ビーズが飛び散った。いくつかは紀子の素肌をころがり落ちた……。

まだ男が触れたことのない体の微妙なくぼみに小さな珠はしのびこんだ。

そして、紀子がくすぐったさに笑いだそうとした時、矢萩は愛撫の手を止め、

「ベルリンに発つ前に将来のことを話し合おう。まじめに結婚のことなんかを……」

と言ったのだ。

『結婚』という言葉が一週間前の言葉とは思えないほどあざやかによみがえると、紀子は慌てて首をふり、階段をまた上りだした。

そんなことより、今考えなければいけないのは、矢萩がはめていたという手袋のことだ。

矢萩はベッドの上で自身も完全に裸になることはなかった。靴をはいたままということはなかったが、思いだしてみると靴下を片方はいたままだった晩はあったし、眼鏡やサングラスをかけたまま、最後まではずさなかったこともある。

「さっきまで子供とキャッチボールをしていてね」

と言い、野球帽をかぶったまま現れ、そのままベッドにあがり、目をひさしの陰に隠すようにして紀子を抱いたこともある。

手袋はどうだったろう……。

喫茶店にいた時からずっとその疑問が頭にはりついている。

手袋をしていたままだったことはなかった。だが、むしろそれは不自然な気がする。靴下とかサ

ングラス、帽子があって……なぜ手袋だけがなかったのだろう。

いや、一度だけある。この人、手袋をしてわたしを抱いている……そう感じたことが、一度だけ。

階段を数段上っただけで、紀子は今度は、

「あっ」

と叫んで立ちどまり、その声を押しもどすように口を手でふさいだ。目を大きく見開いていたが、何かを見たわけではない。

階段には薄暗い灯と紀子の影以外何もない。

だが、三十分前には無視していた駐車場の光景が今になってまざまざと見えてきたのだ。

4

紀子は、教授が車を降りてきた瞬間をはっきりと思いだせる。

フロントシートの右手のドアからだった。

洗練されたデザインだったが漠然と国産車だと思いこんでいた紀子は、だから、教授が運転席から降りてきたのだと思った。つまり、教授が運転していたのだと……。

だが、あれは外国車ではなかったのか……しかも、左ハンドルの。だとすれば教授は助手席から降りてきたのであり、もう一人誰か運転していた人物がいたことになる。

教授の降りた後、ただの空車だと思って無視していた車の中にまだ誰かがいた……スモークガラスに隠れていたもう一人の影が、紀子の目にはっきりと見えてきたのだ。

だが、その時、突然階下からわき起こった足音が、紀子の想像を邪魔した。

階段を上ってくる者がいる……。

足音が暗く、荒々しく反響した。

紀子がまた階段を上りはじめると、下方の足音にも加速度がついた。

追いかけられている。

薄気味悪くなって、足を速めながら手すりから下をのぞき、その瞬間、紀子は思わず悲鳴をあげた。

下方ばかり気にしていて、階段の上方にも人がいたことに気づかなかったのだ。階段を下りてこようとしていたその人影の腰のあたりにまともに胸をぶつけた。

叫び声をあげた瞬間、相手の手がのびてきて紀子の腕をつかんだ。

手すりとは反対の壁へと体が押しつけられた。そうとしか思えなかった。

紀子の体は一回り大きな体の影に閉ざされた。男の匂いが鼻だけでなく全身を圧迫してくる……。

「離して」

押し殺した声でもう一度叫ぶと、

「すみません、でも麻木さん、どうしたんですか」

耳もとで聞こえた声は意外に優しかった。

相手はすぐに手を離し、紀子にやっと相手を見る余裕ができた。

体育科系のような大きな図体に丸い顔。童顔とは不釣り合いな堅い黒ぶちのめがねをかけた若者は、四年後輩の海津である。

「驚かさないでよ、誰かがおそってきたと思うじゃない」

安堵のため息をついた紀子のそばを、足音の主がすりぬけて三階まで上がっていった。三階にある小杉教授の研究室に行くらしい。

「驚いたのはぼくの方ですよ」

と海津量太は不服そうな声を出した。

「麻木さん、勝手にぶつかってきて倒れかかるから……」

高すぎるヒールは不安定で、ぶつかった瞬間体がふらつき、海津はとっさにその腕をつかんで支えようとしてくれたのだ。その際に落としたらしい封筒を海津は巨体を小さくかがめて拾いあげた。

「矢萩先生のところに行ってたの？」

「はい」

「わたしも研究室の整理のことで……でも、どうして階段を？」

研究室は四階にあり、たいていはみんなエレベーターを使う。

「エレベーターは故障中ですよ。麻木さんもそれを知ってたから階段を上がってきたんでしょう？」

「いいえ、ただ……」

と答えてから適当にごまかし、「じゃあ」と言ってすぐに離れたのだが、海津は階段を数段下りてから、紀子を呼びとめた。

「あ、そうだ。麻木さん、明後日の研究室の整理、夜はだれも手伝う人、いなかったんですよね」

「ええ、みんなバイトや何かで夕方までしかダメだって」

「金曜日ですよね、逆に僕は夜だけなら都合つきますけど」

「そう……だったら、お願いしようかしら。何とか金曜日中に整理を済ませたいのだけど、夜この建物の中に一人になるのも怖い気がしていたから……海津君と一緒なら安心」

紀子の微笑に、海津は意味もなく頭をひょいとさげた。金曜の時刻を決めて別れ、紀子は四階まで上がった。

矢萩の研究室は廊下のつきあたりである。

廊下を歩きながら、

「本当に海津と一緒なら安心だろうか」

と自問していた。

海津の目が、脳裏のすみに引っかかっている。大学二年生、まだ二十歳になっていない若者は愛嬌がよく、人懐っこくて矢萩のゼミのペット的存在である。紀子も弟のような感じにつきあってきたが、今、めがねの裏に隠れた目はひどく他人行儀によそよそしかった気がする。一瞬だが、紀子の体の線を盗みとるように見た……。

考えすぎだ。

意外な場所で会ったし、体を接触させ、まだ若い海津はどぎまぎしていたのだ。いつもの愛嬌を見せられないほど――。

どうもあの絵のせいで、沢井だけでなく男全般に不審を感じ始めている気がする……後になって考えれば、暗い雨に呼応して紀子の体からにじみだしてきた不安は、二日後の事件の予感としか言い様のないものだったが、矢萩の研究室にむかって歩きだした紀子は『疲れすぎだ、どうかしてる』まだ、そう自分に言い聞かせる余裕があった。

不審と言うなら、今から一番不審な男に自分は逢いに行くのだ……。

そう思い、ふっと一人で笑ったりもした。

つきあたりは非常階段へのドアである。

そのすぐ右手にある重々しい木のドアは一センチほど開いている。

矢萩はトイレにでも行っているのか。

そう思い、紀子は何気なくノックもせずにドアを開けた。

矢萩は、窓辺近くの机につき、書類らしき用紙を読んでいた。突然入ってきた紀子に驚くこともなく、ゆっくりと顔をあげ、「遅かったね」と言った。ただその紙をそばの封筒の中に戻す手つきにだけ、焦りがのぞいた。

紀子の目は、用紙を隠そうとしたようなその手の狼狽ぶりを見逃さなかった。

手袋のことがずっと頭にあった紀子は、研究室に入るなり、矢萩の手もとを見たのだ。

「階段の途中で海津君に会って、立ち話をしてましたから」

「階段を使ったの？」

「ええ。わたしは何となく階段にしただけで気づかなかったけれど、エレベーターが故障中だからって」

「海津君がそう言ったのか」

「ええ」

「妙だな。私はさっきエレベーターで上がって来たんだから」

立ちあがり、近づいてきた矢萩を、紀子は警戒の目で見返した。

コートをぬいだ矢萩は青いトレーナー一つのめずらしくラフなスタイルである。顔にも普段着のような微笑が浮かんでいるが、二人きりの時でも大学内で、矢萩がそんな馴れ馴れしい笑顔を見せることは今までなかった。

「本の整理をしながら話そうか」

矢萩はそう言って、早速、ドア近くの棚から洋書ばかり五、六冊を選び、紀子に手渡してきた。

「故障中にしたのは海津君だよ、たぶん」

「…………」

「エレベーターをどこかの階で止めるくらい簡単にできるからね」

「でも、どうして海津君がそんなことを？」

「教務課に届いていた郵便物をもってきてくれたんだが、本当は君に会いたかったのさ。昨日私と君が五時ごろ研究室で会う約束をした時、彼もそばにいただろ？　君を待ち伏せてたんだよ……きっとそうだ」

「それならエレベーターの前で待ってればいいじゃないですか」

「エレベーターの前だといかにも待ち伏せという感じになるからな……偶然をよそおうためには階段で出会った方がいい」

「でもそんなためにわざわざエレベーターを故障中に？」

矢萩がつぎつぎに本棚からぬきだして渡してくる本や辞書をテーブルの上に積みかさねながら、紀子は信じられないと首をふった。

「あの若さなら、好きな人に会うためにはどんなことだってするさ」

矢萩はその後に、「どう、彼なんかは」と訊いて来た。

「どうって……」

「結婚相手としてさ。流行だろ、今、年下の夫というのは」

「…………」

紀子は本を来客用のテーブルの上においてから、黙って教授を見つめ返した。

「どうしたんだ」

「結婚の話があるって、海津君との結婚の話なんですか」

目だけでなく声も矢萩をとがめている。

「いや……」

矢萩は本棚へと伸ばそうとした手を、ゆっくりと紀子の方に旋回させ、その体を抱いた。目をそらしていたし、紀子の背中へとまわされた腕には力がこもっていなかった。

「もちろん、君との結婚のことだよ。真面目に考えてるんだ……ただ、ちょっと面倒なことになりそうでね」

自分の机に戻った矢萩は、封筒に手をのばすと、数秒ためらってから思いきってそれをつかみ、紀子にさしだしてきた。

「中を見てごらん。私も今見たばかりだが」

紀子の指に緊張が走った。

グレーの封筒は、喫茶店で沢井のもっていたものと同じサイズだった。……そしてさっき書類のように見えた紙には想像どおり絵が描かれていた。今度も紀子はその絵を見ると同時に目を閉じた。

裸の女が寝そべっているような絵だ。

正確には裸ではない。帯状になった黒いレースのスカーフを天女の羽衣のように裸身に巻きつけている……。

「どうしたんですか、この絵」

喫茶店で沢井に訊いた時よりも声がふるえた。なぜなら、今度の絵の方がもっとはっきりと心当たりがあったからだ。

「だから言っただろう、今日この大学の私あてに郵送されてきた」

「だれから……」

矢萩は首をふり、封筒を裏返した。裏には差出人の住所も氏名もない。表にもワープロ文字で大学の住所と矢萩の名があるだけだ。

「この絵だけですか、送ってきたのは」

「どうして?」

「別に……ただ、この絵だけというのは何だか変な感じがするから」

とごまかした。

喫茶店で見せられた鎖でつながれた男女の絵とこの絵を描いたのは同一人物だ。

今度の絵では砂浜のような場所に女があお向けに寝ている……砂には風紋のようなすじが這っている……裸の線だけでなく全体の筆づかいや水彩風の色づかいが酷似している。

いや、何より裸の女が同一人物なのだ。

両方ともこのわたしだ。

5

「君は本当に勘が鋭いね、確かに二、三日前にも似たような絵が届いた」

矢萩は、机の一番下の引き出しを開けると、そっくりの封筒をとりだし、中の紙を紀子に渡してきた。

見る必要はなかった。

喫茶店で見たのと同じ絵だ。

ただ、よく見ると原画ではない。コピーされたものだ。最近はコピー機の性能もよくなって、原画と変わりないカラーコピーも可能だ……。

紀子は驚愕の中で変に覚めて、冷静なほどだったが、それでも少し混乱した。

喫茶店で沢井が見せてきた絵もコピーだったのではないのか……。

『巧く描けてるだろ』と言ったので、沢井が描いたものだとばかり思っていたが、だれかが沢井のもとにもこれと同じコピーを送っただけなのではないか……。沢井は紀子の裸身をよく知っている。だから絵の中の鎖で男とつながった女が紀子ではないかと感じとった……沢井が何も言わずに絵を見せてきたのは、紀子の反応を見たかったからではないだろうか。

「その鎖の絵だけでは俺と君を描いたものだとは断定できなかった」

矢萩は言った。

「先週、俺が……私がホテルで言ったことを憶えていないか？　その言葉が絵になっているような気はしたんだが確証はなかった。それで君にはまだ黙っていた。しかし……」

矢萩は今日届いたという方の絵を自分の手にとり、しげしげと眺めながら、

「この絵は君にまちがいない」

と言った。

今度の絵には女の顔が描きこまれているが、闇のようなレースのヴェールに隠れて、顔ははっきりとしない。体つきも似てはいるものの、紀子そのものだとは断定できない。

しかし、それはまちがいなく紀子だ。

なぜなら、帯状の黒く透けたスカーフをそんな風に裸身に巻きつけ、ベッドの上に横たわった女が自分以外にもいるとは思えなかったからだ……。あのホテルのシーツは絵とそっくりのうす茶色で、紀子は時々砂の上に寝そべっているような気になるのだから。

まだ先月末のことだ。

東京には夏が盛りのころと変わりない暑さで居残っていたというのに、矢萩はスカーフをプレゼントとして買ってきた。

そして、その長いスカーフを紀子がもう一つの自分の肌のように自然に体に巻きつけ寝そべる姿を、矢萩は今と同じ目でしげしげと眺めていた……。

視線でスカーフを剝ぎとるように……視線だけでもう一度、紀子を犯そうと言うように。

そう、一度抱き合った後だ。

紀子の体にはまだ揺れが残っていて、波打ちぎわの砂の上に、漂うように寝そべっている気がした……抱かれているあいだ、紀子の体をしばりつけてきたり、くすぐったりしたスカーフは、汗で湿り……潮風のようにねっとりと体の芯にまとわりついていた。

矢萩はシャワーを浴びるためにベッドから下り、ふとそんな紀子の体に目をとめたのだ。矢萩の視線を感じて、紀子はむきだされている下半身よりも顔をスカーフで隠した。

矢萩は、裸のままずいぶんと長くベッドの脇に立っていた。いや。あの晩矢萩の方も完全な裸ではなかった、何かを身につけていた……何だったのだろう。

それはもう思いだせないが、矢萩の暗い、熱い目は思いだせる。

今と同じ目だ。

「君のところへは届いていないのか」

その目を絵から紀子の顔へとあげて、矢萩は訊いて来た。熱っぽさが消え、現実の紀子を見る目は妙にうつろだった。

絵の紀子の方がずっと生き生きしているとでも言うように。

「わたしのところには全然」

「そうか。じゃあ今のところ、私と海津にだけだな、届いたのは……」

「海津君って……彼のところにも届いたんですか」

紀子は顔をしかめた。そういえばさっき、海津は似た封筒をもっていた。

「彼がこの封筒を教務課から預かって届けてくれたんだが、『先生のその封筒にも変な絵が入ってませんか。実は僕のアパートにも似た封筒が届いて』と言うんだ。ほら、この封筒、ここに……」

左下すみに、小さくAの字がある。赤ペンか、口紅でも使って書いたものだ……。

「海津の部屋に届いたのもまったくこれと同じ絵だ。消印が共に駅前の郵便局になっているから、送り主がこの大学の関係者だという可能性が大きい。友人たちに心当たりがないか訊くために持ち歩いていると言っていたが……もちろん、私にもいっさい心当たりはない、たちの悪いいたずらだろうと言っておいたよ」

階段での海津の目がチラッと脳裏をかすめた。

海津は本当に絵の女に心当たりがなかったのか。あの灰色の目を思いだすと、絵の女が紀子だと気づいていたような気がする……。

「しかし、ただのいたずらというわけにはいかんな。誰かがホテルの部屋を盗聴していたか、覗き見していたとしか思えないじゃないか……それとも、君、誰かにしゃべっていないだろうね、先週の晩、俺がベッドの上で言ったことや、君がベッドの上でこんな格好をしたことなんかを」

紀子は反射的に首をふった。

矢萩の目は紀子が嘘をついていないか、冷たく表情をさぐっている。

「どうやって知ったかだ……俺と君だけの秘密を。あのホテルは一流だから従業員が誰かに買収されて隠しカメラや盗聴器を仕掛けたとは思えないし、君は何か思いつかないか」

紀子はもう一度首をふった。

紀子の顔色が曇っているのを、心配していると誤解したらしい。

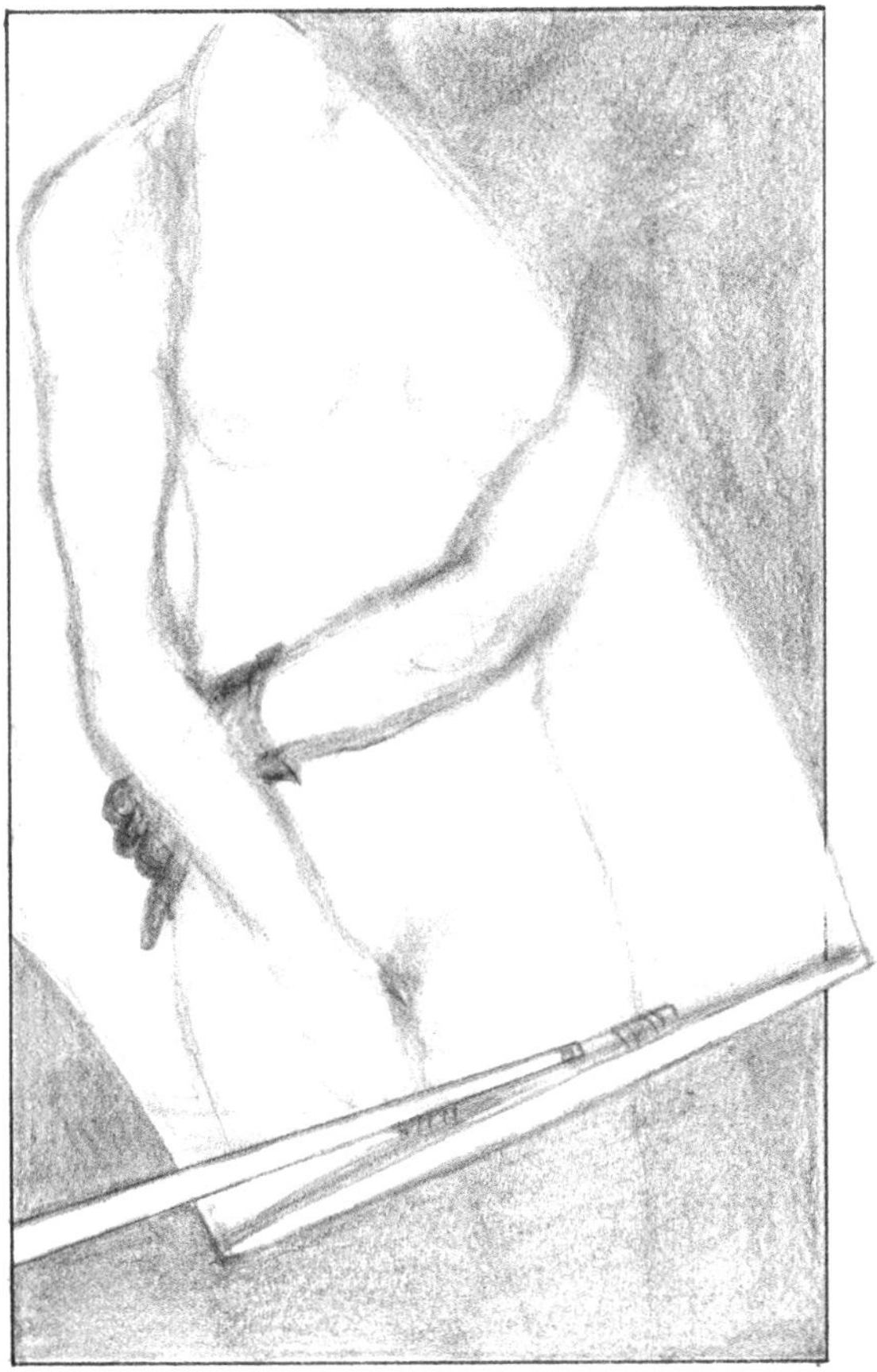

「大丈夫だ。ただのいたずらで、これ以上は何もしてこないと思う。もう少し様子を見てみよう。本当は今日、どっかに場所を変えて、将来のことを詳しく話すつもりだったが、それもしばらく待つということで……」

紀子の目が冷ややかになったことに気づいて、矢萩は声を止めた。

「どうかしたのか」

「いいえ、ただ……さっきから気になってることがあるんです。この絵の差出人が誰かということ以上に」

「何だね」

「先生、結婚の話を避けたがっていません？　何だかそんな風に見えるわ。だいいち、わたしにはわかりません。こういう絵が送られてきたからといって、どうして結婚の話が先に延ばされるのか……」

「それは……」

「結婚の話は話ですればいいいんじゃないですか、今夜」

「そうはいかない」

「どうしてですか」

紀子の厳しい声と顔を緩和させたかったのか、矢萩は微笑しながらまた近づいてきた。

「何を怒ってるんだね」

いつも以上に優しい声になった。

「先週、ホテルで言ったことは本当だ。ベルリンに発つ前に将来のことをちゃんと話すつもりでいた」

「『君とはもう婚約したつもりだ』とおっしゃったこともですか」

紀子の冷ややかな声に、

「もちろんだ」

矢萩は大げさなほどはっきりとうなずいた。

嘘だ――。

紀子は胸の中だけで否定した。

先週、抱き終わった後、ベッドの上に散らばったビーズを一粒ずつ拾っては紀子の体に落とし、

「一つだけただのビーズじゃなく、君の誕生石のサファイヤがあったんだが、どこに消えたのかな」

と言った。

「婚約指輪?」

「ああ、もちろんそのつもりだ」

と言ったので、紀子はふと真剣になったが、矢萩は愛撫の指を紀子の下半身へとすべらせ、指だけをまた紀子の体にしのびこませながら、

「君は用心深いから、体の中に隠したね、僕の指が届かないくらい奥深くに……、僕が気もちを変えてとり返したりしないように」

と言ったのだ。ただの後戯のざれ言だろうと思い、一瞬のどをついたうめき声とともに忘れてし

まった。いや……その後、「ベルリンに発つ前に将来のことを話し合おう」と言ったので、婚約という言葉もただの冗談ではないのかもしれないと考え直した。

一週間、今日という日を待ちつづけた。

だが、やはり嘘だったのだ。

「妻との離婚の話も順調に進んでいるし、本当に君との結婚のことも真面目に話しあっておかないと……と思っていたよ」

矢萩は、紀子が何となく手にしていた本をとってテーブルの上におき、腕を紀子の肩から胸に巻きつけてきた。

紀子は体を硬くし、矢萩の目を避けるために、テーブルの上の本を見た。

昔、矢萩から借りて夢中で読んだトーマス・ハーディの原書だ。『A CHANGED MAN』という英語のタイトルを紀子は、胸の中で皮肉な声でつぶやいてみた。

ア・チェンジド・マン……変わってしまった男。

耳もとの矢萩の声がひどく遠かった。

「ただ、妻は私と君とのことは知らない。前にも言ったと思うが、あくまで離婚問題は君とのこととは無関係なんだよ……しかし、今こんな絵のことで、妻が知ってしまったりしたら、妻は君のためだと誤解するだろう？　それが困るんだ」

何とか紀子の表情をやわらげようと、矢萩は笑みを厚化粧のように顔にぬりたくった。

紀子が矢萩の言葉の嘘を見破ったのは、そんな作り笑いのせいではなかった。

THOMAS
HARDY

矢萩のトレーナーの裏から、男の体臭にまじって、女の匂いがただよってくる。

香水と化粧品のまじりあったような女の匂いが……。

研究室に入ってすぐ矢萩が近づいてきた時から、すでに紀子は気づいていた。

この人はわたしに逢う前に誰か女を抱いてきた……。その濃密な匂いがはっきりとそう証言している。

どこかのホテルで抱き合い、その後女が車を運転してきたのか……違う。矢萩のトレーナーの下は素肌のようだが、その肌にはまだ女の匂いがなまなましくしみついている。紀子は香水をつけないし、化粧も薄めなので、他の女の匂いをはっきりと嗅ぎとったのだ。

あの車の中だ……。

誰かが車を運転して、矢萩を大学まで送ってきた。そうして、車の中から矢萩は紀子に電話をかけ、まだ時間があるとわかって、シートを倒し、女の体を倒した……雨と暗色のガラスに隠れて、こんな匂いがしみつくほど深く体をからめあったのだ。

矢萩の体にふきだした汗。車のフロントガラスを流れつづける汗のような雨つぶ……。

6

矢萩と誰かとは、あの車の中でたがいの体をむさぼりあっていたのだ。

わずか数メートルしか離れていない喫茶店の窓に紀子や沢井の目があることも知らず……大胆にも服まで脱いで。

車という狭い密室の中で、二人はわざわざ裸になった……なぜかはわからないが、その確信が紀子にはあった。裸になったからこそ、矢萩は手袋をしていたのだ……。

この想像にまちがいはない。

紀子は、胸もとにまわされた矢萩の手を見ながらそう思った。

矢萩はそんな愛撫の手と作り笑いとで言いわけをつづけた。

「かしこい君に、わからないはずがないだろう。今、妻が僕たちの関係を知ったら、絶対に離婚に同意しなくなる。それどころか、僕たちの関係をひどく恥ずかしい、醜いものにゆがめてしまうよ。あいつには愛なんて何もわかっていない。僕たちの関係もただの汚れたものとしか映らないだろう。妻だけじゃない、この大学の先生や学生や……良識の大好きな世間のみんなが、同じように僕たちのことを見る。今二人の関係がばれるのは、まずいんだよ」

「…………」

「心配はいらない。たぶん、絵の送り主はこれ以上何もしないさ。ただ、万一のことがあるし、少し用心して待ってみようと言ってるだけなんだよ」

矢萩は用心深く声を落としていた。耳もとでささやいていながら、その声は紀子にもよく聞きとれなかった。

だが、どのみち嘘の言葉である。聞く必要はなかった。

いくら都合のいい言葉をならべようとも、矢萩のトレーナーの裏からしみだした得体のしれない女の香りが、その言葉の嘘を暴露してしまっている。

雨で室内の空気まで湿り、よどんでいる。紀子はいつまでもその女の匂いに慣れることなく、時間がたつにつれて、逆に濃厚になっていくようにさえ思えた。

「わかってくれるね」

矢萩が子供でもなだめるようにそう言った時、紀子は、「わかりました」と冷静に、素直な声で答えようと思った。

事実、無言ではあったけれど紀子はしずかにうなずいたし、もうその話は終りにして、本の整理をはじめようと思った。

二十歳近くも歳のちがう男と関係をもったのは、自分がそういう関係にふさわしい大人の女だからだし、男の嘘など百も承知で、わかったふりのできる充分理性的な女だとも思っていた。

だが……。

矢萩から受けとりテーブルの上においた洋書や辞書を、「この本は処分するんですか」と訊き、矢萩が、「いや、これらは君が前から欲しがってた物だろ、君にあげようと思って」と答えた時である。

紀子は理性を失い、自分が信じているのとは別の女に変わってしまった。

「私を処分するだけでは可哀相だから、高価な本を何冊かおまけにつけるということなんですか」

そんな嫌味を言う、未練がましい、自分の一番きらいな……一番軽蔑する女になった。

そしてその一言が感情の堰《せき》を切ってしまった。

「ひどいわ、先生、もうわたしが邪魔になったんでしょう。先週、婚約なんて言葉を出した時から……いいえ、もっと前から……最初の晩、わたしの体を離した時から、もう飽きてたんだわ。一度抱いて自分のものにしたので、もう興味がなくなったんだわ」

冷静な声しか似合わないはずの整いすぎた唇から、突然感情をむきだしにした声があふれだしたのだ。

驚いたのは矢萩だけではなかった。

別の女に変わってしまった自分に、紀子自身が驚いていた……矢萩はすぐに私の若いだけの体が退屈になったのだ。だから、靴をはいたままとかスカーフを巻いたままとか、何とか私の体を装身具でかざって、新鮮に見せようとしたのだ……。

「奥さんが、わたしたちの関係を恥ずかしい、醜いものに変えてしまうって……あの最初の夜から私たちの関係はもう充分恥ずかしい、汚れたものだったわ。先生がわたしをホテルに連れこんで、力づくで抱いた時から」

「力づくって……」

矢萩は顔色を変えた。だが、その顔はすぐにかすんで見えなくなった。言葉では吐きだせなかったものが、涙となって紀子の目から流れだした。

「私がレイプでもしたような言い方をするんだな……誘ったのはむしろ君の方だろう？」

「そんな……あの晩、ホテルで仕事をしてるから、ディケンズの原書をもってきてくれと言ったのは先生だわ」

「たしかに君に頼んだが、用が済んだのに君が帰りたくないような素振りを見せるから……私は別に……」

紀子は首をふろうとしたが、その前に矢萩が首をふった。

「いや、やめよう、こんな痴話げんかみたいなことは。第一僕は別れたいなどと一言も言ってないから、君がそんな感情的になる必要はいっさいないはずだ」

「…………」

「いったいどうしたんだ。疲れすぎていやしないか……君には来月の学会での大役があるのに、翻訳の仕事を手伝わせたり、この部屋の引越しを頼んだり、私がこき使っているから。さっきみたいな脅迫まがいの言葉が、君の口から出るなんて信じられないよ」

紀子は激しく首をふった。

矢萩はズボンのポケットからハンカチをとりだして渡してきたが、紀子はそれを断り、自分のバッグから出したハンカチで涙をぬぐった。

矢萩は紀子をそばの椅子に坐らせ、自分も近くの椅子に浅く腰をおろした。

「こんな絵が届いただけで驚きなのに、君が突然全く別の、あまりに君らしくない女に豹変するから……びっくりしたよ」

紀子が少し落ち着いたのを見て、矢萩は安堵のため息をつき、二枚の絵をとって憎々しげに見つめながら、「いや、案外これこそがこのいたずらの犯人の狙いかもしれないな」とつぶやいた。

紀子は矢萩の顔を見た。つい数秒前まで泣いていたとは思えない乾いた目で……。

無言の目は、『どういう意味なのか』と矢萩にたずねている。

「つまり、こんな風に私たちに仲たがいさせることがさ。だってそうだろう。ベッドの上で俺たちが何をし、何をしゃべったか……それを知っているのは当の私と君だけだ。私は誰にも喋っていないし、君も他言していないという。だとすると、私は『この二枚の絵を描いて私や海津君に郵送できたのは君しかいない』と考えるほかなくなる」

「………」

長い無言の後、

「わたしじゃありません」

紀子はきっぱりと言った。

「それはわかっているよ。君じゃない。だから君も当然、こう考えるほかないわけだろう——これは矢萩先生の自作自演じゃないかって。先生が自分で描いて自分に送ったと」

一度爆発した感情は、大気にふれた溶岩のように急速に冷え固まった。紀子はしばらくの間静かにその絵を見つめつづけた。

「先生じゃありません」

やがて、そんな言葉が薄い唇からもれた。

「だってこの絵を描いた人、先生も知らないことを知ってるから」

「どういうこと？」

紀子の視線は、スカーフを巻きつけた絵の方にそそがれている。

「こっちの絵がどうかしたのか」

「さっき見た時、ドキッとしたんです。この絵はあの晩のわたしとしか思えないけど……微妙にちがうわ。確かに巻き方は似てる。こんな風に巻いていた記憶がある。でも……この絵がお腹の下の方を実際以上にあらわにして、わざと強調しているとしか思えなかったんです。だからわたし感じたんです」

「何を……」

「この絵を描いたのが誰かはわからないけど、その人はわたしの妊娠を知ってるって」

一瞬沈黙があり、次の瞬間、矢萩は顔をゆがめた。

だが、紀子自身の顔の方が、それ以上に大きくゆがんでいた。

妊娠。

本当に今、自分はその言葉を口に出したのだろうか。自分でも信じられない思いのまま、紀子はしゃべりつづけた。

「そんな心配そうな顔しないで下さい。わたしはこのいたずらの犯人が先生じゃないと言ってるんですから。直感だけどわたし、確信があるんです。絶対この絵を描いた人はわたしの妊娠を知ってるって……でも、先生は妊娠のこと今まで知らなかったはずだから。今、わたしが言うまで何も……」

矢萩は紀子の下腹部を目のふちで盗み見た。

「妊娠って、誰の子……」

視線だけでなく声もふるえている。

紀子はいつの間にか手にしていた古書をテーブルに戻し、「ベルリンに行っている間に、ちゃんと引越しはしておきますから」と言って立ち上がった。そうして、

「さっきの言葉は……最初の晩力づくだったというのは脅迫じゃありません。脅迫と言うなら、今の言葉が脅迫です」

そう言い、言うと同時に背をむけて研究室を出た。

エレベーターが本当に故障中かどうかしらべたいと思っていたが、その余裕もないまま、階段を駆けおりていた。

矢萩を見る視線は冷えきっていたものの、冷静だったわけではない。まだ体がふるえるほど、苦い感情が胸にうずまいている。

傘を研究室に忘れてきたことに気づいたのは、駐車場にたどりついてからだった。

さっきとは別の車が一台駐車しているだけだ……想像通りだ、あの白い車は矢萩以外の誰かが運転していた。

女にちがいない、それも厚化粧の……。

矢萩が車を降りた後しばらく車を出さなかったのは、髪や化粧の乱れをていねいに直していたからではないのか。

すぐにまた誰か人に会うか、人目のある場所に行かなければならないので、情事の痕跡を体から消し去りたかったのだ。

水商売の女が店に出る前とか、そんなところだろう。

矢萩がベルリンに発てば、半月近く逢えなくなる。二人ともそれが急にさびしくなって、自制心を失ったのだ……。

沢井も、あの車が外国車だということに気づき、同時に誰かがまだ運転席にいるかもしれないと考えたのだろう。そして誰かが運転席に残っている以上、車はまた動き出す。

沢井が『ちょっとしたことが起こる』と言ったのは、そのことだったのだろうか。

7

雨は小やみになっていて、降るというよりも駐車場に霧のようにまとわりついている。

それでも紀子の髪も体も濡れそぼっている。雨粒がまつげに引っかかり、紀子は何度もまばたきしながら、さっきまで白い車のあった場所に視線を固定しつづけた。

なぜ『妊娠』などと言ってしまったのか。後悔はつづいている。

初めて『先生』と呼んでいる男とベッドに上がったのは妊娠の可能性の高かった日で、その後、すぐに検査をしてみた。大丈夫らしいとわかってホッとしたものの、安堵の中で紀子は、『今後妊娠するような事があっても、絶対に先生には何も告げずにおろそう』と決心したのだ。

ただし、決心には一つの条件があった。

矢萩先生が離婚しない限り——。

紀子がそんな決心をしたのには、出生と母親が関係している。

紀子は父親の顔を知らない。いや、正確に言えば、顔は知っているのかもしれない。銀座に小さなバーを開いている母親にはパトロン的存在の男がいる。紀子も何度か会ったことのあるその銀行副頭取が、自分の父親ではないかと疑っているのだから……しかし、その男が父親かどうかの確証はないのだ。

ただ、母親が自分の産んだ子供を一種の脅迫材料にして、その男との関係を保ち続けてきたらしいことは、子供のころからおぼろげにわかっていた。

紀子が私立のこんな一流大学に通えるのも、大学からあまり遠くない吉祥寺のマンションで一人暮らしをしていられるのも、みんなその脅迫のおかげだった。子供のころから英会話学校に通ったり、普通の子供以上に贅沢できたのも……もしかしたら、男たちの目をひきつけるほど洗練された容姿も、脅迫同様のやり方で母親がつかみつづけてきた金銭のせいかもしれないのだ。

一人の男への脅迫材料として自分が生まれ、育ってきた……。

そんな後ろめたさが紀子にはたえずつきまとっていて、初めて矢萩と関係を持ったときにも、この関係に金銭をもちこんではいけない……たとえ将来妊娠することがあっても、お腹の生命を男との関係に利用してはいけない、と自分に言い聞かせたのである。

母親と同じ女になることだけは嫌だったのだ。

ある意味では、妻子ある矢萩と関係を持つこと自体、母親の人生の二の舞である。だが、子供のころから大人のよごれた関係を見続けてきた紀子は、自分が普通の娘より大人の女に成熟しているという自信があり、おたがいのどちらかに飽きがきたら、笑って別れられると考えていたのだ。

だが、それもうぬぼれ以外の何物でもなかった。男が離れようとした時、一番卑劣な言葉で男を自分につなぎとめておこうとした自分がいる……。

白い外国車の中で矢萩と抱き合い……その後化粧を直している女が、母親と同じ顔で紀子の頭に浮かんでいる。

子供のころ、学校が終わるころになると母親は自分の運転する車で紀子を迎えにきて、英会話の

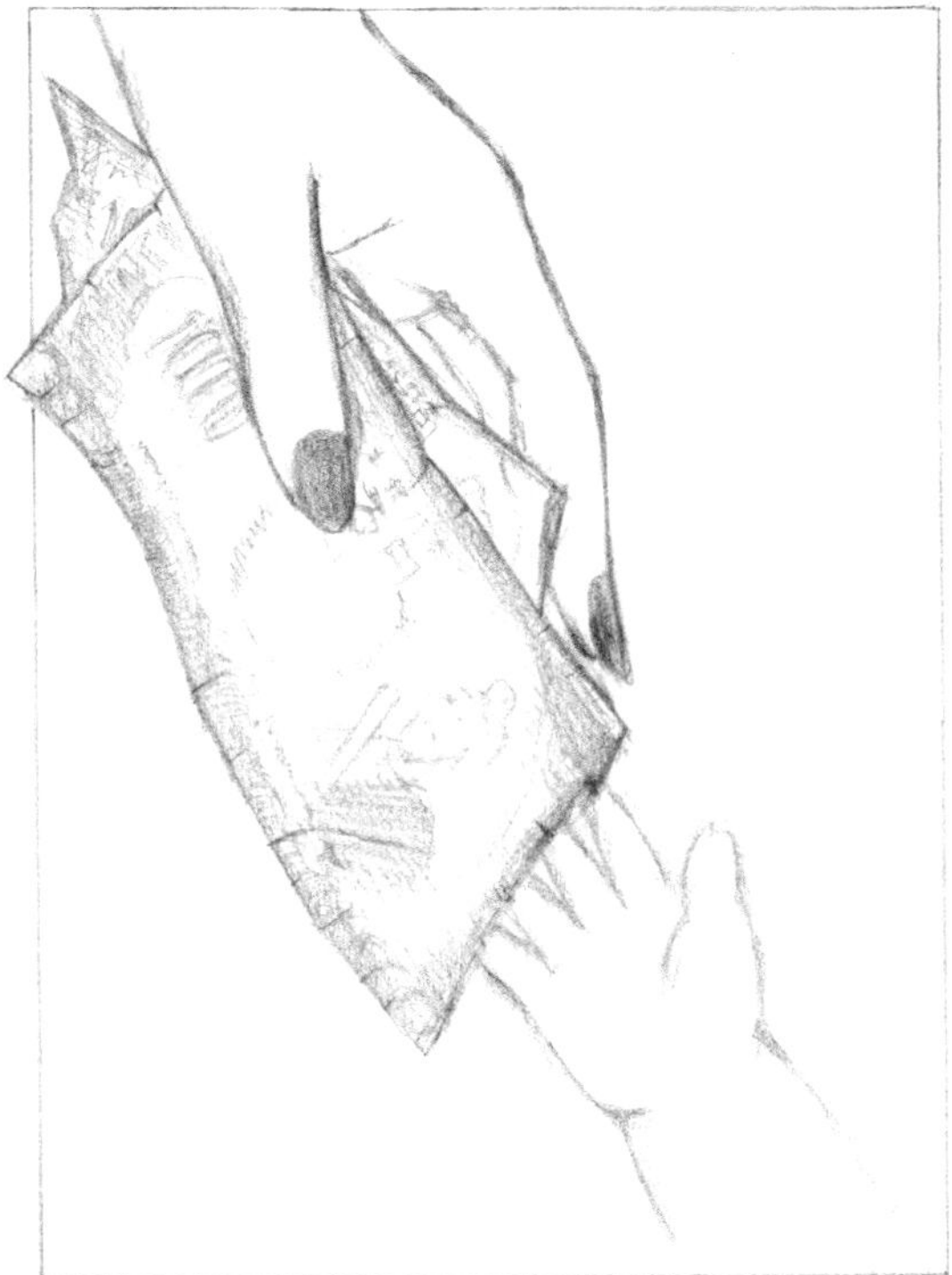

学校まで連れていった。その後、店に出る前に男と落ち合うことになっていたようだ……信号待ちになると、母親はルームミラーで顔をチェックし、よく口紅を直していた……。

矢萩の体に女の化粧品の匂いをかぎとった瞬間から、その女と母親の顔を重ねてしまっている。というよりも、記憶の中にどぎついほどの鮮明さで母親の厚化粧の顔が焼きついていて、現実以上にその匂いを大げさに考えてしまったのかもしれない。

すべて自分の妄想かもしれない……白い車がなくなっている以上、誰かがあの車の中にいたことはまちがいない。だが、化粧品の匂いや手袋には大した意味はないのかもしれない。矢萩が「結婚の話はベルリンから帰るまで待っていてくれ」と言ったのも、言い訳ではなかったのかもしれない。

もう一度研究室に戻って、矢萩に謝ったほうがいい。

そう思いながらも、紀子はその場を動けなかった。ただ視線だけを喫茶店に移した。

ガラス張りの窓は雨にかすんでいるが、それでもぼんやりとさっきまでの席にもう沢井彰一の姿がないことはわかった。車が駐車場から出ていってしまった以上、もう喫茶店にいる意味はなくなって、帰っていったのだろうか。

意味？

沢井があの車を監視していたことには、どんな意味があったのだろう。

あの車は、喫茶店の窓には背を向ける格好で駐車していた。フロントガラス以外はスモークガラスになっていたようで、中の様子はいっさいわからなかったが、車が動きだせば、フロントガラスごしに運転している人物の顔が見えたかもしれない。

沢井はその顔を見たかったのだろうか。

電話をして訊いてみたかったが、別れ話をしたばかりだというのにまた連絡を入れるというのもおかしなことになる。

そう、沢井とは別れたのだ……矢萩と結婚の話をする前に自分の人間関係はきちんと整理をしておきたかった。そのために今日という日にわざわざ沢井との別れ話を切りだしたというのに、その真っ最中に目と鼻の先で矢萩は自分を裏切っていた……。

紀子は何とか駅に向かって歩きだしたが、頭の中は……体の中は、雨のしみこむ余地もないほどさまざまな思いであふれ返っている。矢萩の顔や想像の女の顔がうずまいている。

駅に出る手前で電話ボックスを見つけると、紀子は中に入って雨を避け、思いきって携帯から沢井に電話をかけてみた。

だが、沢井は電話に出なかった。

出られないのか、出たくないのか。

すぐにもう一度かけてみたが、やはり出ない。あきらめて電話ボックスを出ようとした時に、携帯が鳴った。

沢井ではなく、矢萩からだ。

紀子は焦燥の中で迷った。今電話に出て、

『ごめんなさい、あんなことを言うつもりはなかったんです』

一言そう謝罪するだけでいい……そうすれば矢萩は、

『もう一度戻ってこないか。場所を変えてちゃんと結婚の話をしよう。私も悪かった。誰かのいたずらに乗せられて、おかしな心配をしすぎた』

笑ってそう言ってくれるだろう。

だが、一言でも自分から謝るには、あの見知らぬ女の濃密な匂いは紀子を傷つけすぎていたのだ。それでももう一度ベルリンに発つ前に逢っておきたいという思いが紀子の中で煮つまり、電話に出ようとした時、コールはとぎれた。

わずか五回のコールだった。

たったそれだけしか矢萩は自分を呼びとめようとしなかった……そう思い、紀子は長いため息をついて、携帯の電源を切ろうとした。

電源を切ってあるということが、自分の矢萩への返答になる、そう思ったのだが、沢井からかかってくるかもしれないと思い直し、電源ボタンにのばした指を止めた。

いや、沢井のことを口実にして、実は矢萩からの電話を待っていたのだが、矢萩は二度と電話はかけてこなかったし、沢井に電話をかけても応答はなかった。

結局、沢井と連絡がついたのは喫茶店で別れてから丸一日が過ぎた木曜の夕方である。

考えることが多すぎて寝つかれないまま、木曜日は朝からずっと大学の図書室で過ごした。

来月に迫った学会で発表する論文の下準備をしたかったのだが、参考資料の原文に通す目はむなしくアルファベットの上をすべるだけである。

雨はやんだものの、空はまた雨の気配を濃厚に残して暗く、図書室の窓ガラスに映った寝不足の疲れ果てた顔を見て、紀子は自分ながらゾッとした。

ただ四時をまわる時刻になって、空は思いだしたように太陽の光をよみがえらせた。沈む間際の太陽が雲をくだき、正門からつづく並木道に何本も光のすじを投げかけた。

窓ガラスを貫いて、光は図書室のすみに坐った紀子の顔を照明のように浮かびあがらせた。

昨日から完全に忘れてしまっていた明るさやあたたかさが、顔にここちよくしのび寄ってくる。ひとりでに微笑が紀子の顔ににじんだ。

何も心配は要らない。この太陽とともに澄んだ美しい季節が武蔵野にも、自分にもおとずれる。矢萩は明日の夜行便で成田を発つが、その前にかならず電話をかけてきてくれる……『妊娠って誰の子？』という卑劣な言葉や結婚に関するためらいや、紀子が感じている不信をことごとく払拭してくれる。

そんな前向きな予感が波のように押し寄せ、できれば明日の研究室の整理は早めに済ませて、成田に見送りに行ってもいい……そんなことまで考えた。

あの絵のことだって、本当に誰かの些細ないたずらで大げさに考えることではない。

だが、何の根拠もない楽観は、長く続かなかった。

一日の最後の日ざしは、微笑を消し不意に曇りだした紀子の顔をも容赦なく照らしだした。

窓の外の並木の一本から、落葉が一枚舞い落ちたのだ。

秋はまだ始まったばかりで、並木の木々の葉は夏の青さを残しているのに、その一枚だけが真冬の中にあるように枯れ果て、朽ち果てていた。ほんの一瞬だったが、光の中を音もなく、ゆるやかに、だが、ある確実な速度をもって落ちていった。

何だったのだろう、今の落葉は……。

見間違いかもしれないと思いながら、その落葉に重なって、昨日の絵の鎖につながれどこかへ落ちていく二人の姿が浮かんできた……そして、矢萩の声。

『俺たち……どこまでも転落していく……』

俺たちではない。先生は鎖をほどき、一人だけ逃げ、紀子だけがどこまでも落ちていこうとしている……。

ノートのすぐそばにおいてあった携帯電話の画面が光ったのは、その時である。沢井彰一からだ。

紀子は急いで廊下に出ると、通話ボタンを押した。

「もしもし……もしもし」

紀子が何度もかけた声に、やっと沢井の声が答えた。

「何度も電話くれたみたいだけど、俺たち、別れたんじゃなかったのか」

皮肉な言葉だが、声は優しかった。

「ええ、でも昨日のことで訊きたいことが二、三残ってるの。それに答えてからにして」

「あいかわらず勝手なんだな。でも質問はやめた方がいい。二、三じゃ済まなくなるから、きっと。今の君の疑問に答えるのは簡単だが、すぐにまた別の疑問が次々に出てきて、永久に君は俺から離れられないかもしれない」

8

「冗談のような言い方はやめて」

図書室の廊下には誰もいなかったが、紀子は携帯電話にむけた声を落とした。

「わたしとしては真剣なのよ、別れ話も今からする話も。わたし、誰かがわたしを崖から突き落とそうとしているような……そんな不安を感じることがあるの。部屋に一人でいる時にも誰かに見られているような気がしたり、こうやって電話をかけていても誰かに盗聴されているように感じたり……今のところ時々だから普段は忘れていられるけど、昨日の晩のように不安で眠られなくなることもあるの。だからまじめに聞いて」

「わかった。いや俺だって冗談を言ったわけじゃないんだが」

沢井の声は低く、重くなっていた。

「それで？　本当に誰かに狙われているという具体的な証拠はあるのか」

「気配みたいなものだから、はっきりとしたことは何も……。でも、そういう病気ではないのよ。被害妄想なんかでは、絶対になくて……たしかに誰かがわたしを狙っている。証拠とは言えないかもしれないけど、昨日やっとそれらしいものが一つ出てきたわけだし」

「あの絵のこと？」

「ええ。あの絵を見た時、これまで気配だけで姿を見せなかった誰かが、やっとその片鱗を見せてきた……そんな感じがしたの。形にはならない不安がやっと少しだけ現実の形に結晶したというか……目には見えない寒さが雪に結晶するみたいに。なのにあの絵のこと昨日はちゃんと訊かなかったから……あの絵、沢井さんが描いたものじゃないんでしょ？」

「もちろんだよ」

「じゃあ、誰？」

「それを俺も知りたかったんだ。あの絵はうちのマンションに郵送されてきたんだが、あの絵だけで、差出人の名前もなかったから」

「いつ？」

「おととい……いや、さきおとといだ。月曜だよ。夜おそく会社から帰ってきたら、郵便受けに入ってた。心当たりがないから、いたずらか何かの宣伝だろうと無視したんだが、次の日の夜に君が会いたいと言って電話をかけてきて……その後であの絵の女はもしかしたら君じゃないかと思えてきた。体の感じなんか、ちょっと似てるし」

「…………」

「一応、俺たちにもそういう関係があったんだから。ただ、他にも君の体の特徴をよく知っている奴がいて、そいつが君に棄てられた腹いせか何か知らんが、俺へのいやがらせに自分と君とのああいう絵を描いて送りつけてきたのかもしれないと考えた」

「…………」

「もっともそいつの腹いせというのがありえないことは、昨日君に逢ってすぐにさとらされたがね。

君に棄てられたのは俺だったわけだから」

紀子は「ごめんなさい」とか「すみません」とか、謝罪の言葉を相手には聞こえないくらいの小声で言った。

「でも、どうして昨日、そういう事情をわたしに説明してくれなかったの。何の説明もなくあんな絵を見せつけられたら、脅迫だと思うわ。わたしとは別れたくないという……」

「俺はあの喫茶店にいくまで、君が別れ話をしてくるなんて想像もしていなかったから、脅迫のためにあの絵をもっていくなんてありえないよ。ちゃんと君に話して君の意見を訊くつもりで、あの絵をもっていっただけだ。それなのに君が突然別れ話を切りだしてくるから、こちらも予定が狂って……。とっさに何も言わずあの絵を見せて君の反応を見てみようという気が起こったんだ」

「それで……わたしはどんな反応をしたの」

紀子は他人事のように、そんな訊き方をした。携帯電話からかすかな笑い声が答えた。

「反応はあったよ」

「だからどんな……」

「君はまちがいなく動揺した。そう、こっちにも訊きたいことがあった……あの時、君が動揺したのはあの幻想画みたいな絵に何かを見たからだ」

沢井の声がやさしかったので、紀子は思いきってすべて打ち明けようかと考え、だがすぐに考え直した。

「わたしも自分の体に似ていると思ったからよ。あんな風に突然、自分に似た体の絵を見せられた

ら誰だって動揺するわ」

そうごまかした。

沢井は無言である。納得したとは思えなかったが、絵に関する質問はもう切りあげたかった。沢井が『相手の男に心当たりは？』と訊いてくるのを心配した。

「でも、わたしの体とはかぎらないし……あの絵のことはあまり気にしないでおく」

「いや、気にした方がいいな。君が考えている以上に重大かもしれないよ……あの絵はコピーだったんだ。俺以外のところにも送られている可能性だってあるし。誰かからそんな話、入ってないか？」

「……いいえ」

と嘘をつき、きっぱりと、「それよりもわたしには何も質問しないで。質問するのはわたしの方からだけにして」と言った。

「急いでいるのか？」

「いいえ。ただ、別れた以上、だらだらとしゃべってるのはいやなだけ。男の人ってまだオレに未練をもってるってうぬぼれるし、沢井さんも男の人だから」

「…………」

「ごめんなさい、最後まで勝手なことを言って……。でも、沢井さんは、わたしのこういう勝手さを黙って受け入れ続けてくれた人よ。そういう優しさだけは、わたし、別れた後いつか必ず後悔すると思うから」

沢井は失笑したのか、ため息のような声が携帯からこぼれた。

「その言い方が一番勝手だけどな。それで？　あとは何を訊きたいんだ」

「あの後……わたしが喫茶店を出た後のことよ。何が起こったの、あの駐車場で」

「矢萩先生が降りてきた車のこと？」

「ええ、沢井さん、何かあの車にひどく興味をもってるみたいだったから」

「たいしたことじゃないよ。君はあれが外国車だったことに気づかなかった？　俺は車にうといから、君と話してる途中でやっと気づいたんだけど、あの車は矢萩先生の車じゃなくて、先生は誰かが運転する車で大学まで送ってきてもらっただけのようだ」

「車が出て行く時に運転している人の顔が見えなかった？」

「見えたけど、女性かな……という程度しかわからなかった。横顔だったんだ、運転しながら助手席の男としゃべってる様子で……」

「助手席の男ってどういうこと？」

「それは……」

「矢萩先生が車から降りた後、運転していた女性しか車の中にはいなかったんじゃないの？……それにどうして助手席なの。わたし、先生がフロントシートの右のドアから降りてきたのを憶えてるけど、あの車が左ハンドルだったのなら、先生は助手席から降りてきたことになるでしょう？」

「ほらね、俺が一言答えただけで、逆にまた質問がふえただろ。だから、何も俺には訊かないほうがいいんだよ、本当に俺と別れたいのなら」

「それはそうだけど、でも……」

「いや、素直に答えるよ。今の質問には簡単に答えられる。君が喫茶店を出ていった後、あの駐車場に男が一人やってきて、車に乗ったんだ。助手席にね。車を運転していた女性はたぶん、その男がやってくるのを待っていたんだと思う。男が助手席に乗りこむと同時に車を出したから」

「どんな男？」

「どんな男って……そんなこと訊いても意味がないだろう？　運転していた人物が誰かもわからないのに」

「ええ、でも……」

「それに傘で顔がよく見えなくて……地味な会社員風の服を着た中肉中背の男だということくらいしかわからなかった」

沢井の声が急にそっけなくなった。紀子はその声の変化を聞き逃さなかった……。

「沢井さん、もしかしてその男が駐車場に現れるのを知っていたんじゃない？　その男が誰かもわかっているんじゃない？」

「いや……なぜ、そんな風に思うんだ」

「わからないけど……今、沢井さんが嘘を答えたような気がしたの。昨日も言ったみたいにわたし、沢井さんのことわかりすぎてるのよ。嘘を言う時の声の変化まで……」

「………」

「それに、あの駐車場に現れたというのだから、その男性が大学の関係者で裏門から出てきたって考えた方がいいでしょ。しかも矢萩先生の降りてきた車に乗りこんだというのは、先生とも無関係じゃないはずだから……それだと、沢井さんも知ってる男だという可能性は高いから」

「………」

黙っているのは、図星だからなのか。だが、そんな紀子の気持ちを見ぬいたように、

「黙っているからって図星だなんてうぬぼれるなよ。俺のちょっとした声の変化まで邪推する相手に、何も言えなくなっただけだ。それに俺は何より、きみがどうしてあの車にそうも異常な興味をもつのか訊きたいんだが、質問はゆるされないので、黙ってるほかないからな」

「あの車にふつうじゃない興味を見せたのは、沢井さんの方よ」

「たとえそうだとしても、俺が何に興味をもとうといいじゃないか。君は自分のことだけ気にした方がいいな」

沢井は、「また何か自分の棄てた男でも役に立ちそうなことがあったら電話をくれよ」と言うと、一方的に電話を切ってしまった。

声は冗談っぽかったが、怒ったのはまちがいない。

紀子はため息をつき、意味のなくなった携帯電話を黙って見守るほかなかった。

沢井の言ったとおり、紀子は電話で話す前よりもっと大きな疑問をかかえることになったのに、それに答えてくれる沢井を怒らせてしまったのである。

しかもこの日、それからおよそ一時間後、紀子はもう一つ、翌日の事件と関係した大きな疑問を、かかえこむことになるのである。

事件の前日、木曜日の午後六時七分。

沢井が電話を切っておよそ一時間後。紀子は矢萩からあずかっている鍵で、研究室のドアを開けようとした。矢萩は今日は大学に来ていないが、紀子は昨日矢萩がくれると言っていた本を、今日のうちに何冊かもらっておこうと思ったのである。

鍵をノブの鍵穴にさしこみ、錠のはずれる音を聞いて、ドアを自分の方へと引き寄せようとした。ドアは確かに数センチ開いた。

だが、次の瞬間、その数センチのすきまに人影のようなものが見え、同時に部屋の内側からその人影がドアを閉めてしまった。

部屋の中には灯がともっておらず、誰もいないはずだった。それなのに、ドアの裏に人影が張りつき、紀子の開けようとしたドアを閉めてしまったのだ。

9

夜は始まったばかりだというのに、すでに深夜の暗さと静寂である。

真っ暗な研究室の中に誰かいるらしい。

その誰かが、廊下にひびいた紀子の足音を聞きつけ、ドアを今閉めてしまったのか……。

紀子が手にこめた力にさからうようにして、ドアは閉じられたのだ。

沈黙したドアを呆然と見守った紀子は、われに返り、そっとドアをノックしてみた。

だが、返事はない。

ノブをつかんで、ゆっくりと回した。

こんどは何の抵抗もなく、ドアは開いた。

空巣か泥棒という可能性がある。まずドアを大きく開き、廊下の灯を部屋に入れた。

五メートル四方ほどのせまい部屋なので、廊下の灯はドアから一番遠い窓までとどいた。

ほとんど本で埋まった室内には誰もいない。ドア横の電気のスイッチを入れ、テーブルや教授の机の下に誰もいないことを確かめたし、窓にもしっかりと錠がおりている。

何かの間違いだったのだ。

そう思いながらも、まだ誰かの痕跡を見つけようとして、紀子は部屋を見回した。

教授は明日ベルリンに発つまで、もう大学には来ないだろう。

主人に見放された部屋は、いつもより本が散らかり、廃墟のようだった。昨日、紀子が爆発させた怒りは、結局矢萩との関係を壊し、こんな残骸になってしまった……。

あの後、矢萩からの連絡はない。

紀子は研究室の殺風景な乱雑さに、一つの関係の終わりを見る思いだった。

いや、まだ終わっていない。明日の晩、先生が成田を発つ前にわたしの方から連絡を入れればいい……。

そんな風に考え始めた紀子は、結局、研究室から誰かが消えてしまった不思議を、自分の誤解のせいにして簡単に頭から追いはらってしまった。

そして忘れてしまったその謎を、紀子は翌日の午後七時二十一分になってやっと思いだすのである。

事件当日の午後七時二十一分になってやっと……。

その日、正午すぎから紀子は六人の学生に手伝ってもらい、研究室の整理をし、八割方新しい研究室への引越しも済ませた。

後は、海津が来るのを待って、紀子にしかわからない本や備品の整理をするだけである。

日が暮れてまもなく、六人のうち最後まで残ってくれた大学院生の安田優也が帰っていったあと、紀子は正門近くの喫茶店にいって、休憩をとりながら、サンドイッチで簡単に夕食を済ませた。

二日間、あまり寝ていないために疲労が溜まってきている。

手伝ってくれた学生たちの、紀子に対する態度はいつもと変わりなかった。矢萩と沢井と海津……。その三人以外にもあの絵を受けとっている人物がいるかもしれないと心配していたので、紀子はひとまず安心したものの、『矢萩先生』の話題が出るたびに、ドキリとした。

みんなの視線がこっそりと自分を盗み見ているような気もするのである。

人に好かれるよう注意しているつもりだが、どこで敵をつくっているかわからない。六人のうちの誰かがあの絵を描いたのかもしれないのだ……。

ただ、コーヒーを飲みながら紀子はそのことよりも、時間を気にした。そろそろ矢萩が成田空港に着くころである。

電話を入れるべきかどうか……。

そのことで迷い続けた。

喫茶店を出て、五分後には研究室に向かってエレベーターに乗った。エレベーターの中には甘い香りがただよっている。普通の人なら気づかないようなかすかな香りを、匂いには敏感な紀子はあざやかに嗅ぎとった。

ほんの少し前に香水をつけた女が乗った……そう思い、紀子は緊張した。

他の研究室は昨日でみんな空室になっているから、その女が用があったのは、矢萩の研究室以外に考えられない。

三階の廊下を歩く足も、研究室のドアを開ける手も硬くなっていた。

部屋には鍵をかけずに出たのだが、そのあいだに誰かが部屋に入ったのかもしれない。

室内は真っ暗である。

壁のスイッチに伸ばそうとした手を、紀子はハッと止めた。

闇からもっと濃密に香水のにおいがただよってくる。やはり誰か女がいる……。

「誰……」

廊下の灯が届かない隅の闇にむけて、そう呼びかけ、同時に電気のスイッチを入れた。

人はいない。

それを確かめてから、ドアを閉め錠をおろした。

においの正体は花である。

本の束が並んだテーブルの一隅に、花束があるのだ。色とりどりの薔薇が二、三十本はある……。

カードにはワープロの文字で、

『麻木紀子様』

とあり、

『悪かったね。許してほしい』

とだけ書かれ、最後にこれもワープロ字で『Y』とイニシャルらしい一字がある。

矢萩にちがいない。ベルリンに発つ前にこんな形で謝罪の言葉を伝えてきてくれたのだ……カードの言葉と薔薇の美しさが一瞬のうちに、これまでのわだかまりや不安を紀子の胸から拭い去ってくれた。

ただこの時、花束に半ば隠れて、封筒が置かれていることに気づいた。

宛名は矢萩で、大学の気付である。

あの封筒だ……。

隅にアルファベットのAという字が赤く書かれているから間違いない。また誰かが、矢萩に新しい絵を送ってきたのだ。

絵と花束は教務課の誰かが届けてきたのか。

花には伝票がついているが、送り主は『鈴木安雄』という名で、住所にも心当たりはない。ただ、いかにも偽名のような名前であり、おそらく矢萩が自分の名を出したくないので、適当に偽名を使ったのだろう。

封筒も開いて中を見なければ――。

その許可をもらうためにも紀子はすぐに矢萩に電話をかける決心をしたが、ちょうどその時、携帯電話が鳴った。

七時十分。七時には来ると言っていた海津からだろうかと思ったが、ちがっていた。

沢井からである。

「今、どこ?」

沢井はそう訊いてから、「別れた男からの電話はいやか? けど教えておきたいことがあって」

と言い訳になった。

「矢萩先生の研究室。今日は引っ越しだから……大丈夫。今は誰もいないから」

「実は……あの絵がまた届いたんだ。昨日一枚、それから今日また一枚」

「どんな絵？」

声が乱れた。

「昨日届いたのは、女が体にストールみたいなものを巻いてる絵で、今日の絵は……」

口に出すのをためらうような沈黙があり、「女が背後から男に抱かれてる絵だ」と言った。

言いづらそうなのは、その絵の女が紀子だと想像しているからにちがいない。

「女の顔は？」

「一枚はストールを巻いていてよくわからないし、今日届いた方は……顔がのけぞっているからやっぱりよくわからない。ただ……」

「体は似ているのね、わたしに」

紀子は明るい声を作り、

「それで？　今日届いた絵ではわたしはどんな風に抱かれてるの、誰かわからない男に」

わざと冗談めかしてそう訊いた。

目は花の陰になった封筒を見ている。沢井に訊く必要はないのだ。

この封筒を開けば、中に答えがある……。

「背後から襲われてるみたいに……うまく言えないけど背中をナイフで刺されて痛みでのけぞっているみたいに……」

そこで紀子は不意に言葉をさしはさんだ。

「いいわ、もう。その絵の女がわたしだと決まったわけじゃないし、どのみちただのいたずらだと

思うから」

沢井はまだ何か言いたそうだったが、

「しかし……」

「今忙しいから、後でわたしからかけるわ」

と言って電話を切った。

矢萩の許可などなくていいから、封筒を開けてしまおう……そう思ったのだ。

紀子はカッターをさがした。本を束ねたひもを切るために使ったカッターがテーブルの隅に置いてあったはずなのに、なくなっている。一時間前部屋を出る際、一瞬だが、こんなところに放っておいて大丈夫だろうかと考えたはずだが……。

結局あきらめて指で封を破り、中から一枚の紙をとりだした。恐る恐るゆっくりと……。

沢井の言ったとおりだ。

いや、沢井の言った以上に大胆なポーズで女は立ち、体をさらけだしていた。背後から張りつくように女を抱いている男は、紀子の恥部に両手をまわしているが、なぜかその両手をスカーフのようなもので縛っている。紀子は両腕を背後にまわし、これも何かで手首を縛られているようだ……。

ちょうど男女がたがいの体でしばりあげられるような格好で、一つに密着している。

わたしだ……この女はまちがいなくわたしだし、背後の男は矢萩だ。

ただこれまでの絵とちがって、紀子はこんな大胆なポーズに記憶はなかった。これではまるで紀子は変質者に襲われ、レイプされているようだ……。矢萩はセックスの際、激しく大胆だが、あくまでベッドの中に限られていて、こんな風に立ったままだったことは一度もない。

また、必ず何か装飾品を体に残させることはあっても、たがいの両手を縛りあうほどの異常な行為を要求してきたことはない。

そんなことを口にしたこともない……。ただ紀子は、ふっとこんなことを考えた。

これはわたしたちだ……今のままの関係を続ければ、いつかこんな関係にまで行きつく……矢萩が言ったように、このまま落ちていけば、いつかこんなポーズに行きつく……。

この絵を描いた誰かは、それを見抜いているのだ……これは、将来のわたしと先生だ。

紀子はどうしようもない不安におそわれた。やはり矢萩に連絡しておこうと思い、掛時計で時刻を確かめた時、突然部屋は闇におそわれた。

いっさいの身動きを制するほどの、真っ暗闇である。

ほとんど同時に声が聞こえた。


「騒がないように……」

静かな声である。すぐ耳もとで聞こえた気がした。ふしぎに恐怖はなく、分厚い壁のように固まった闇に閉ざされて、紀子が考えたのは、『誰か』がどうやって、この部屋に入ってきたかだった。ドアは内側から施錠したたし、ドアが開閉される気配もなかった。昨日と同じだ……ただ、昨日はこの部屋から人が消え、今夜は反対にいないはずの人が現れた……。

脳裏の闇に、数秒前に見た時計の針が残像して光っていた。
午後七時二十一分。

第二章　肉体の迷宮

1

午後七時二十一分。

それが、先週の金曜日、今からわたしがここに書こうとしている一つの事件が始まった時刻です。

実際には『誰か』はその前に研究室に入ってきていたので、正確に言えば、事件はもう少し前に始まっていたわけですが……。

その十分ほど前に食事からもどってきたわたしは研究室に花束が届けられていることに気づき、その際、室内に人がいないかどうか、ちゃんと確認しましたし、何となく薄気味悪くて、ドアに内側から錠もおろしました。

その点はまちがいありません。

それに確認といっても、午後のうちに本の大半とロッカーや棚は新しい研究室のほうに運んでしまってあって、室内はテーブルとその上に並んだ本、矢萩先生の机……それだけしか残っておらず、空室同然にガランとしていましたから、絶対に人が隠れているはずはなかったのです。

ドアが開くような物音や、誰かがしのびこんだ気配もいっさいありませんでした。

だから、闇の中でしか生命になりえないものが、部屋の灯が消えると同時に、闇を成分にしてそこに突然誕生した……そんな印象でした。ちょうど夜光生物か何かのように、その『誰か』も暗くなってやっと息をし、声を出すようになった……ただ光と言っても、闇にとけこんでしまう黒い光で、わたしの目にはとらえられない……そういう奇妙な生物がすぐそばにいるかのようでした。

最初は恐怖よりも、どうやってこの人は、研究室に入ってきたのだろう……この古い建物には何か秘密の抜け穴か隠れ場所があって、この人は自由に出入りしているのだ……そんなばかげたことを考えていました。

でもそれも五、六秒です。

ドアの下から廊下の灯がかすかに流れこんでいるのに気づいて、その方に動こうとすると、何かにぶつかりました。

「動かないように。それから騒がないように」

声は今度こそ、すぐ耳もとで聞こえました。

誰かは、いつの間にかわたしのそばにしのび寄っていたのです。そして、声からまずわたしの体の中に、しのびこんできました。

「手に危険なものをもっているからね。それを使わせないでほしい……命をうばいたくないんだ。君の命は、君以上にこのぼくにとって大事なものだから。冗談を言ってるんじゃないんだよ、ほら」

そう言い、わたしの頬に何かが当てられました。

細く、とがった何か。

わたしにはそれがカッターだとすぐにわかりましたが、脳裏に浮かんだのは、男の爪でした。

男がつけ爪をしている……カッターの刃をつけ爪にしている。

思わず顔を動かし、同時に点のような痛みを感じ……つぎの瞬間にはその痛みは全身に広がりました。カッターの先で頬を突き、血が出たようでした。ほんのわずかだったでしょうが、闇の中では何倍もの量が流れたように思え、その時になってやっと恐怖が襲ってきました。

「だから動かないように言った。大丈夫だ、大した血じゃない……君の美しさはこんな傷でそこなわれはしないよ」

わたしの方では何も見えないのに、その男の方ではわたしが見えるようでした。

ただ、その声は愛撫のささやきのように、低く、やわらかく……恐怖に襲われたと言っても、わたしが感じていたのは、安らぎと背中あわせになったようなふしぎな恐怖でした。

最近の歯科医院には、患者の不安をとりのぞくために照明をやわらかくし、やさしい香りをただよわせ、ＢＧＭを流したりするところもあると聞きましたが、その男の声にも、確かにふしぎなヒーリング効果があったのです。

でも、もちろんそこは歯科医院の待合室ではなく、恐ろしい犯罪が起ころうとしている現場でした。

すでにカッターという危険な凶器も持ち出され、わたしは一点といえ傷をおわされていたのです。何とか巧く逃げだす方法を考えなければなりませんでした。

「誰なの」

できるだけ、冷静な声を出しました。とり乱すとかえって相手を刺激してしまう……そう思ったのです。

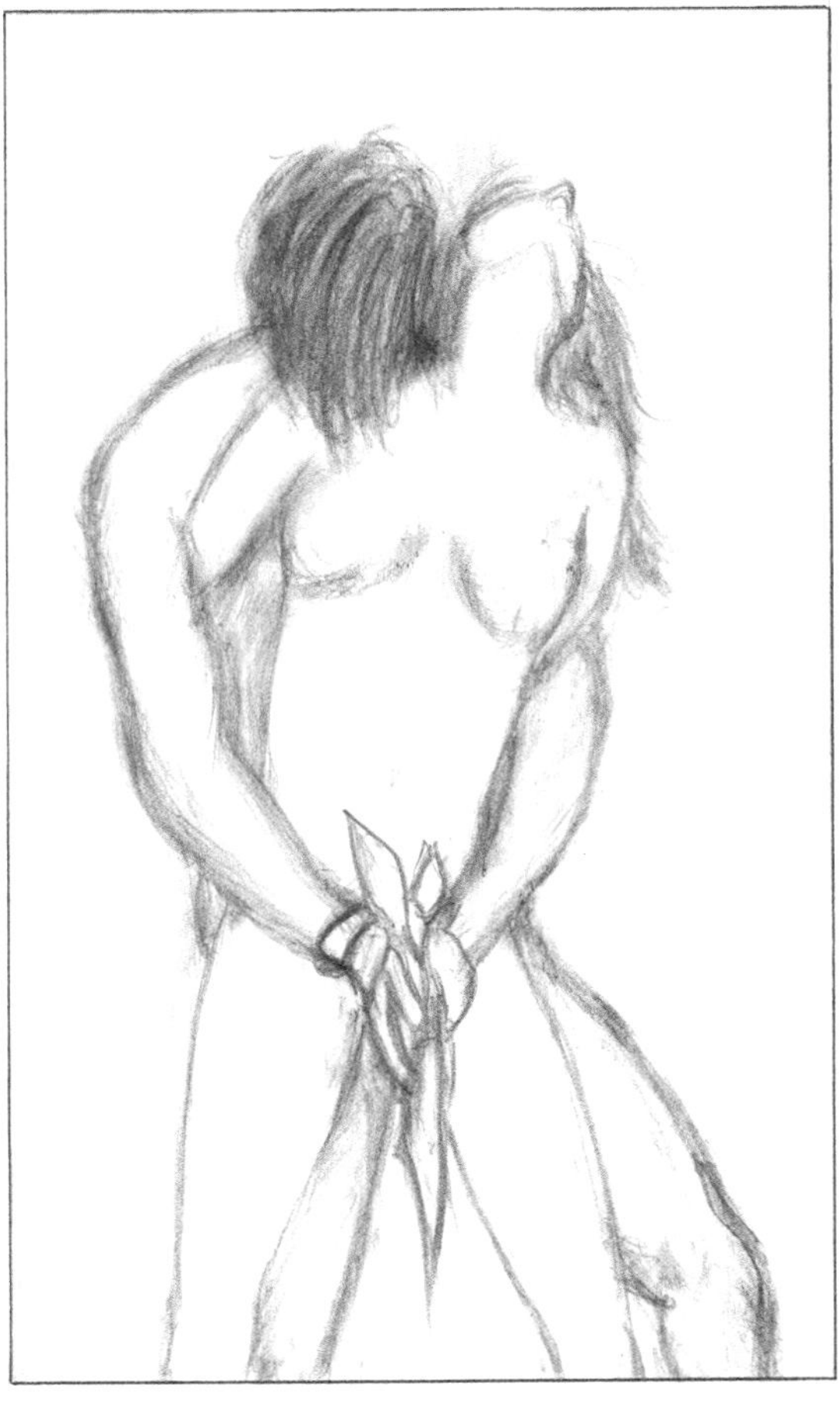

わたしの冷静さは、相手をよろこばせたようです。

「そう……騒ぐなと言っても、それくらいのしずかな声なら、しゃべってほしいな。ぼくは君の中ではいちばん声が好きなんだから。顔や体より……この研究室を暗くしたのは、ぼくの顔を見られたくないというより、暗いほうが君の声がいっそう純度高く聞こえるからね。今夜は、ほんの一瞬でもいいいから君の声を自分のものにしたいと思ったんだ……ぼくの手とこの暗闇とで君の体から流れ出す声を磨きあげたくてね」

そんな虫酸の走るような言葉を耳もとでささやきつづけるのです。……いいえ、その言い方には得意そうなひびきがあり、わたしを気味悪がらせるためにわざとキザな言葉を選んでおもしろがっているのだとしか思えませんでした。

実際、わたしの体は悪寒におそわれたように鳥肌だち、さざなみだちましたが、それを闇の中で感じとったらしく、『誰か』はうれしそうに笑い声をたてました。

闇にまとわりつくような、ねばりのある笑い声で……。

「誰なの……そんなおかしなことを言ってないで、はっきりと答えて」

わたしは『いっさいおびえてはいけない。おびえればこの男の思うつぼだ』自分にしっかりとそう言い聞かせて、きっぱりとした口調でそう言いました。

「名乗る必要はないよ。君はこの大学でも一番賢い女性だから、終わってからゆっくり、考えてごらん。ヒントはこれからいくらでもつかめるから」

「………」

「それより、どうして『何をするのか』と訊かないのかな」

わたしは反射的に首をふりました。

わたしにはわかっていたのです。電気が消える直前まで見ていたあの絵……あの絵と同じことが、この研究室でおこなわれようとしている……。

「そうか……君はやはり賢いから、さっき見ていた絵と同じことが始まるのがわかってるんだね。そう、その通りだ……だから、まず服を脱いでくれないか。全部じゃなくていい。ジャケットとその下のセーターと……それだけでいいから」

それだけで済まないことは簡単に想像がついたので、わたしは息を殺し、ただじっとしていました。

「なんだ、それほど賢いわけじゃないんだ」

男の落胆のため息……。

「命をうしなうか、あの絵のとおりにするか、賢くなくてもどっちにしたらいいかは簡単にわかるはずだ。それに自分では気づいていないようだが、君は本当はああいう絵のような真似をしたいんだよ。人一倍の美しさにめぐまれて、プライド高そうにしていながら、本当はあんな風に痛めつけられるように……しいたげられるように抱かれたがっているんだ」

かすかに苛立ちをのぞかせた声にむけて、わたしは黙って首をふりつづけました。

「否定するのかな……でも、自分の体というのは、自分でもよくわかっていないものでね。だから教えてやるよ、この何ヶ月か、君と矢萩先生の関係を見ていてはっきりわかったから。君は先生の要求どおりにしてきたじゃないか……靴をはいたままだったり、スカーフを巻いたり。君は愛する先生の命令にいやいや従っているだけだと思ってるかもしれないが、本当はああいう恥ずかしい真似をするのが好きなんだよ。君と先生はそういう普通ではない欲望で結ばれているわけだ。ただ先生のやり方では満足しきれなくて、だんだん物足りなくなってきてるんだろ？　だからぼくがこんな犯罪まがいの真似までして君の欲求を満たしてあげようとしてるんじゃないか」

なぜ、わたしと先生の関係を知っているのか。この部屋に自由に出入りできる『誰か』は、わたしと先生が抱きあったホテルの部屋にも誰にも見られず自由に出入りしたのか。

でもそんな質問をするだけの余裕はありませんでした。男の声の苛立ちと共に、闇が緊迫していくのがわかりました。

「一つだけ訊かせて……この闇の中で、今、あなたにはわたしが見えてるの」

「いや、うっすらと輪郭だけだ。君が首をふるのが何とかわかる程度で……」

「でもさっき血のしずくが見えたって」

「刃先が皮膚をかすかに突いたのは、手ごたえでわかったからね。あの手ごたえなら、ほんのかすかな傷だ……本当に見えてないんだよ。だから全部脱いでも恥ずかしがる必要はないんだ」

「言ってることが矛盾してるわ。わたしは恥ずかしい真似が好きなんでしょ……だったらよろこんで脱ぐはずだから、今の言葉は余分だし、電気をつけてくれた方がいいはずだわ」

恐怖心をふりはらうために、硬くなったくちびるから声を押しだし、思いきってそんな強気なことも言ってみました。

予定ではもう海津君の来る時間だったから、少しでも時間をかせぎたかったんです。……いいえ、それだけじゃなくて、もう一つ、そのころになってわたしは、最初のうちふしぎな安らぎがあると感じていた男の声が、実は作り声だと気づき始めていたんです。

声が苛立ちをのぞかせるようになって、本当の声を無理に作り変えている不自然さが目立ってきました。それにしゃべりすぎるので、自然に地声にもどってしまう瞬間があって……その声にわたしの記憶が反応したのです。聞き覚えがある声……それもたぶん、わたしがよく知っている声。もしかしたら毎日のように聞いている声。

でも、カッターの刃が、今度は首に押し当てられてきて、心臓の鼓動が高鳴り……恐怖からくる混乱で、普通なら簡単に思いだせそうな声が思いだせませんでした。

それに顔を見ながら聞く声と電話などで聞く声とが別人のように違う場合があるけれど、その地声も、闇のヴェールをかぶり、やわらかな作り声に包みこまれて、普段とは違う声として耳にひびいていたのです。

ただ手がかりは、その声だけでした。

誰の声かを思いだしたら、名前を呼んでやろう。そうすれば男はひるむはずだ……。

そう考え、男をもっと苛立たせ、もっとしゃべらせるために強気な言い方をしたのですが、わたしの挑発に乗り、男が、

「相変らず勝気なお嬢さんだね。だが、それは本当の君じゃないよ」

と言った時……やっとそれが誰の声か、思いだせました。

2

『先生……』

くちびるからこぼれだしそうになったその声を、わたしは何とか呑みこみました。

矢萩先生の声です。別人の声を装っているけれど間違いない……そう思いました。

それまで闇の男が先生である可能性など考えてもみませんでした。先生は成田空港にいて、もしかしたらもうゲートを通過して出国しているかもしれない……そう思いこんでいたし、わたしを自由に抱ける立場にいる先生が、凶器で脅して無理やりわたしを犯すような馬鹿な真似をするはずはないのですから。

でも……先生は何かの都合で、出発を先に延ばしたのかもしれないし……馬鹿な真似というなら、これまでもベッドの上で先生は、充分すぎるくらい馬鹿な真似をしてきたのです。わたしが完全な裸になるのを嫌って靴をはかせたり、スカーフを巻かせたり……。もし何らかの刺激がほしくてそんなことをしていたのなら、これが新しい刺激なのかもしれない……闇の中でレイプ犯を装ってわたしを抱くことが、先生の新しい欲望なのかもしれない。

そんな風に考えたのです。

もちろん、ゆっくりと考えているような余裕などありませんでした。『誰か』はわたしの沈黙を誤解し、

「ほら図星だろう？　君はそんな風におびえて……プライドを傷つけられて、小動物のようにふるえているのが一番似合うんだよ。最高のプレゼントだろ？……ぼくは君に最高の贈り物をするために、あえてこんな危険な真似をしているんだ」

そんなことを言いました。

若そうに作っているけれど、先生の声です。そう確信しましたが、あえて芝居を続けることにして、

「最高のプレゼントって？」

声をふるわせてそう訊きました。

いいえ、芝居をするような余裕があったかどうか。

わたしは依然先生ではない可能性も棄てきってはいなかったのです。

カッターを使って、たとえ一滴でもわたしの体から血を流させるのは、遊びとしては危険すぎるし、遊び場に大学の中を選ぶというのも変でした。何より、先生はこの時刻、わたしがこの研究室で一人になることは知らなかったはずです……。

ただ、

「だから言っただろう？　本当の君だよ、ぼくが君にあげられる最高の物は」

と答えた声は、やはり聞きなれた先生のものとしか思えませんでした。その段階では、先生の声が非常に真似をしやすい声で、学生たちが陰でよく先生の物真似をして遊んでいることなど知らなかったし……闇の男が、わたしの想像とは逆に、作り声のところどころに先生の声音をはさんでい

る可能性もあるなどとは考えもしませんでした。

　闇の声はさらに続きました。

「君自身もまだ知らずにいる君の本当の声、本当の顔、本当の気性や感情を、この闇の中で君の体からとりだしてやろうというんだ。これ以上のプレゼントはないはずだ……暗くしたのはそのためで、ぼくの顔を見られたくないからじゃない。ぼくはそんな小心な男ではないからね。闇は君の本心を映し出す鏡だよ、その鏡に君の全部をさらけだしてもらいたいんだ」

　わたしは時間をかせごうとして、さらに何か言おうとしたのですが、ちょうどその時、二つの音が闇にひびきました。

　前夜祭に呼ばれたロックバンドが中庭でコンサートを始めたらしく、強烈なリズムが研究室の窓を叩きつけ、同時に反対側の廊下に足音が聞こえたのです。ロックの音にのみこまれそうでしたが、間違いありません。

　海津君がやっと来たのです。

　でも、ホッとしている間もありませんでした。男は背後からわたしを羽交い絞めにして、下唇のすぐ近くにカッターの刃を押し当て、

「誰なんだ」

　ささやくような小声でそう訊いてきたのです。

「後輩の学生……海津君っていう。この部屋に七時ごろ来ることになっていたから」

　カッターの刃を怖れて、わたしは唇を閉ざしたまま、くぐもった声で何とかそう答えました。

「そいつは鍵をもってるのか？」

鍵をもっていれば、部屋の中から何の返答もしないと、ドアを開けて部屋に入ってくる……男はそれを怖れたようです。わたしは一瞬迷い、

「ええ、もってると思うわ」

そう嘘を答えました。鍵をもっていることにすれば、男は海津君がドアを開ける前に何かわたしにしゃべらせようとするでしょう。たとえ小さくとも、わたしにはこの危機を脱するチャンスが生じるのです。

でも闇の中でわたしを羽交い絞めにしている男は想像以上に頭の切れる男でした。わたしの考えを見抜いたらしく、不意にそれまでの焦りの声とはちがう落ち着き払った声で、

「嘘だろう？」

と言いました。

わたしは「いいえ」と答えかけたのですが、カッターの刃先にまた力が加わり、

「答えなくていい。嘘か本当かは今わかるから」

そんな声が耳にそそぎこまれてきたのです。

すでに足音は止まり、ドアがノックされています。部屋にあふれているロックミュージックを追いはらうようにわたしはかすかに首をふり、ドアの音に全身の神経を集中させました。わたしがすがれるのはその音だけでしたから……でも、もちろんわたしが胸の中で叫んでいる声が、厚い頑丈な木のドアを突き破って、海津君の耳に届くはずもなかったのです。

その間、一分もなかったでしょう。突然の訪問者が鍵をもっていないと確信したのか、まだノブがガチャガチャ鳴っているうちから、男はわたしの体を縛りあげていた腕から力をぬき、愛撫に似た優しい手つきでわたしのジャケットのボタンを外しはじめたのです。足音が消えると、フッと男は小ばかにしたような、鼻息だけの笑い声をたてました。

やっぱり嘘だったね……と言う代わりに。

ジャケットを脱がせた手がセーターにかかった時、わたしはその手をそっと包みこむようにして押しのけ、

「いいわ、自分で脱ぐから」

と言い……思いきって一気にセーターを脱ぎ、その下に着ていたブラウスのボタンも自分で外しました。素直に自分から脱ぐことで相手を安心させ、まだ近くにいるはずの海津君に電話をかける許しをもらいたかったのです。

「海津君の携帯に電話をかけさせて。そうでないとまたすぐに彼、ここへ戻ってくるわ」

そう言いました。ブラジャーを外しながら、できるだけさりげない声を出したつもりでしたが、闇の男は「君も馬鹿だな」とまた鼻で笑うのです。

「一度嘘を言った以上、ぼくはもう君のどんな言葉も信用しなくなっているんだよ。そのカイヅって学生に助けを求めたって無駄だな……そいつがまた戻ってきたって構やしない。ノックの音やドアのガチャガチャくらいはいい伴奏になるだろうし、そのうちあきらめるだろう……第一、君の助けを求める声など、そいつは聞くはずがないんだ」

「どうして……」

「だからもう何度も言ってるじゃないか。助けを求めているのは本当の君じゃないんだ。君はすぐに本当の自分に気づいて、そいつがまた戻ってくる頃には、助けを求めようなんて思わなくなっているんだから」

苛立った声でそう言いきり、まだわたしの体に残っていたブラジャーを荒っぽい手つきではぎとりました。

「本当はあの絵のほかにもう一枚、ここで裸になった君が犬のように床に両手をつく絵も描いて、それもみんなに送るつもりだったが、結局、破り捨てたんだ」

「みんなって……」

「矢萩先生のゼミの学生全員と……それから君のすぐ身近にいる何人かの男だ。知らなかったのか」

「…………」

「それより、なぜ破り捨てたのか訊かないのか。送った絵よりもずっと巧く描けていたのに、涙を呑んで破り捨てたわけを……」

優しい声でしたが、命令と変わりない強引さが語調にはありました。

「なぜなの」

「君のあんな恥ずかしい姿をみんなが見るなんて耐えられなかったんだよ。ぼくは闇の中で、君のその姿を見ることができないのに……みんなが見るなんて」

矛盾だらけの言葉を真剣に……本当にそれが我慢できないように声をふるわせて語るのを聞きながら、わたしはこの男の神経は壊れているのだと胸の中でつぶやきました。むきだしになった上半身に鳥肌が立つのをおぼえながら、

「でも、わたしは恥ずかしい真似が好きなんでしょう？　やっぱり言うことが矛盾してるわ」

前とはちがい、なだめるような声でそう言ったのですが、

「矛盾しているのはぼくじゃない。君という女が矛盾してるんだ」

男は突然、怒声を爆発させたのです。女性のように疳高くひるがえり、何かが軋むような声でした。

「君の中には二人の女が巣食ってるんだ。ああいう真似を恥ずかしがる女と喜ぶ女が、ひしめきあうように一緒に住んでるんだ……本当の君と本当じゃない君が。ぼくはどっちの君が本当の君なのかをこれから教えてやると言ってるんじゃないか」

カッターの刃先よりも鋭い声に引き裂かれ、戦慄としか言いようのないふるえが全身に走りました。なだめるどころか、わたしの一言は、これまで何とか正常さを保っていた男の神経をカッターよりズタズタに切り裂いてしまったのです。同時に男の息も普通ではなく乱れ始めていました。

この時、ロックの音がとだえて挨拶らしい人声に変わり、その声に呼応するように闇の中で携帯が鳴り出したのです。テーブルの上に緑の灯がともり……それが、わたしにとってこの真っ暗闇の密室からぬけだす唯一の出口だったのですが、男の手はそれをつかみとるとわたしの眼前につきつけ、

「さっき来たヤツか」

と訊き、わたしが画面に表示された数字を読みとってうなずくと、

「電源を切れ」

と乱暴な声を投げつけてきました。男の方がさっきまでとは別人の、もう一つの顔を……残忍な犯罪者の顔を見せつけてきたのです。

言われたとおりに電源を切り……それがわたしが自由な手でした最後の動作でした。次の瞬間、わたしの両腕は背中にまわされ、手首を布切れのようなもので、しばりあげられていました。そして、しばり終えると同時に、男の手はわたしのスカートのジッパーへと伸びてきました。

3

闇に包まれているから……何も見えないから。

自分にむけて必死にそう言い聞かせましたが、無駄でした。

下半身に必死にしがみついていた最後の下着まで剝ぎとるように脱がされ……わたしは、言い知れぬ恥ずかしさを覚えていました。

さらけだされた下半身をくすぐりながら、細いすきまからひんやりとした闇が体の中にしのびこんできて……わたしは男より先に、生き物のようなその暗闇に犯されている気がしました。

それから闇の目。

暗闇が隠しもっているたくさんの目に、もう犯されていたのです。ついさっきまで研究室にいた学生たちの目がまだそこに残っていて、わたしがさらけだしてしまったものを、つかみとるように見つめてきました。いつも両ももはざまに奥深く隠しておいた暗い陰りを、闇はフィルムの陰画を現像するかのように、そこに浮かびあがらせたのです。

隠しようがありませんでした。両手は背中に回され、しばられていましたから。

処刑台……闇の処刑台。

闇にひそんだ群衆の無数の目が、飢えたけだもののように黒い光を放って、わたしの体をすみずみまでなめまわしながら、処刑の瞬間を今か、今かと待っているのです。

わたしはこれまでも人の目、特に男たちがわたしにぶつけてくる露骨な視線を、凶器のように感じることがありましたが、研究室の闇はそんな凶器で埋めつくされていたのです。

窓からはさっきまでとはうって変わって、甘いラヴソングが流れこんでいました。

わたしの心臓の激しい鼓動とはあまりにかけ離れた曲でしたが、死刑執行人はそれが自分に似合う曲だと思っているのか、陶酔にも似た得意げな声でハミングしていました。

自分の着ているものを脱ぎながら……その動作の伴奏のように。

男が裸になっていく気配をわたしの背中は敏感に感じとっていたのですが、やがて背すじに悪寒がはしりました。

後ろ手にしばられたわたしの指先に、男が全部を脱ぎ捨てた証拠が触れた気がしたのです。

反射的にそれを避けようとして、前へと体が大きくかたむきました。履いたままだった靴のヒールが足首まで引きずりおろされていた下着に引っかかったのです。

わたしの手をしばりあげたスカーフを、男が背後からつかんでくれなければ、そのまま床に倒れたでしょう。でも、倒れるのをまぬがれた代わりに、わたしは男の体に抱きすくめられていたのです。男の肌が……奇妙にべたついた皮膚が、蠅とり紙のようにわたしの肌に貼りついてきました。

「ほら、勝手に動くから、贈り物のリボンがほどけかかったじゃないか……大事な贈り物なんだから、リボンもちゃんと結ばないと」

男は子供か犬でも叱りつけるような乱暴な言い方をすると、わたしの両手首をしっかりとしばり直しました。

リボンではなく、スカーフのようでしたが、男にとっては、わたしの体という大切な贈り物にかけたきれいなリボンだったのでしょう。

その後、男の指はわたしの髪の中にすべりこんできました。髪の毛から、まずわたしを愛撫しようとしたのです……そしてその一瞬、わたしの脳裏にまた矢萩先生の手が浮かびあがりました。

一度だけ、わたしと先生はホテル以外の場所で抱きあったことがあります。

何度目に抱かれた夜だったのか……修善寺の温泉旅館でいつもより激しく……。

布団に入る前に、湯あがりのわたしは、鏡の前で髪をなおしていたのですが、「意味のないことをするんだね。すぐに乱れてしまうのに」そんな声とともに、背後から手が伸びてきてわたしの髪をしずかに……同時に乱暴に、かき乱したのです。

旅館の宿帳に先生は偽名を書き、わたしのことも妹として『綾』と一字の名を記したのですが、髪をまさぐりながら、

「綾……あや……」

と耳にささやき続けました。

その偽名のひびきと指づかいが奇妙に共鳴しあっていたのを、今もあざやかに憶えているのですが、死刑執行人の指の動きはあの時の先生の指づかいとそっくりでした。耳からしのびこんでくる熱すぎる息も……。今にもその息が「綾……あや……」と呼びかけてきそうで、それが気味悪くも恐ろしくもありました。

やはり、先生なのではないか。

そう思いました。でもそれはありえません。数分前に電話がかかってきた際、わたしは闇の男が矢萩先生である可能性を否定するより他なくなっていたのです。

話が前後しましたが、男がわたしの両手首をしばった際かかってきた電話は、海津君からではありませんでした。

男にはそう思いこませておきましたが、携帯の画面に表示された番号は矢萩先生の携帯電話のものでした。

先生が飛行機に乗りこむ直前になって、電話をかけてきたのです。わたしがこんなことになっているとは知る由もなく……。

わたしは丸二日間、先生からの連絡を待ちつづけていたのですが、もちろんその電話を喜ぶことはできませんでした。なぜならその電話のために、闇にひそんだレイプ犯が先生であるという可能性が消し飛んでしまったのだから……。その男が先生かもしれないという可能性に……これが本物の事件ではなく、先生とわたしとのなれあいの狂言にすぎないという可能性に、わたしは一縷の望みをたくしていたというのに……。

でも、可能性はまだ残っていたのです。今また、髪をいじる指づかいにわたしはしっかりと『先生』を感じとっていました。

やはり先生なのではないか。

そう思いました。

あの電話をかけてきたのが先生とは限りません。先生が誰かに自分の携帯を渡し、その誰かが先

生から頼まれた時間にわたしの携帯へ電話をかけた……。

そんな可能性だってあるんです。

何のために？……もちろん、このプレイに迫真性をもたせるために。

先生は新しい刺激を求めて、レイプ犯としてわたしを抱こうとしているので、自分の正体がばれないように、携帯電話のアリバイを用意したのだ……。そうでなければ、わたしが一番の危機におちいっている瞬間をねらうように電話がかかってきた偶然を……あまりに都合よく電話が鳴った偶然をどう説明すればいいのか。

今から思えば、そんな風に考えることで、わたしはこの恐ろしい、残忍なレイプ事件から逃避しようとしていたのかもしれません。無理にでも自分に、その男が先生だと言い聞かせ、今から受ける傷や屈辱、味わわなければならない恐怖や嫌悪感を少しでもやわらげたかったのかもしれません。

人は自分がとんでもない犯罪や不幸な事件に巻きこまれたとはそう簡単に信じるわけにはいかず、恐怖の真っ只中でも、これはただの悪夢なのだとか、何らかの言い訳を用意しようとするものです。

わたしの場合、その言い訳は何とか闇の男を先生だと信じこむことでした。

ただそれは、時間にしてほんの数秒のことでした。

わたしが胸の中で叫んでいる声などお構いなく、男はしばられたわたしの両腕のあいだに、自分の体を無理やり押しこめようとしました。

最初は手……それから頭、両肩、胸、腹……。

スカーフの結び目とわたしの細い両腕とは一つながりの輪になっていたのですが、その狭い輪の中に男は無理やり自分の上半身を割りこませてきたのです。わたしより一回りも二回りも大きな体が押しこまれてきたのですから、わたしの腕は大きくゆがみ、引きちぎれそうな痛みが全身に走りました。

男は次に自分の両腕をわたしの前面に回し、次のスカーフで、自分の手首をしばりはじめたようです。

闇に目が慣れてきたのと感触で、うっすらとそれがわかりました。その後、スカーフの片端をわたしの口の中に押しこみ、

「リボンの端を噛んで、しっかりと左の方に引っ張ってくれないか、自分一人では、自分の手首をうまくしばれないんだ」

と言い、また、

「このぼくの体も、大切なプレゼントなんだから、丁寧にリボンをかけてくれないと……」

とも言ったのです。

わたしが言われたとおりにすると、男は「ククッ」と満足そうな笑い声をあげ……こうして、男の体とわたしの体はおたがいの腕でしばりあわされ、闇の中で一つになりました。

男の両手はわたしの下方の茂みをすぐにさぐりあて、早くも指はわたしの体の中にしのびこもうとしています。

わたしはただ気味悪さに上半身を反らせ、思わずうめき声をあげましたが、気味悪かったのは指の動きよりも、スカーフが微風のようにやわらかく茂みを撫でる感触のほうでした……。

ちょっとでも動けば、両腕の骨が折れてしまいそうな激痛が走ります。

でも、その痛み以上に我慢できなかったのは、わたしの背中に食いこむようにして押しあてられた男の胸の、汗まみれの感触でした。

男の欲情はすでに沸点に達していて、体から熱い汗が噴き出しています。そのタールのようにねっとりした汗で、わたしの背は男の胸に貼りついているのです。完全に密着したのは上半身だけでしたが、それでも下半身がぶつかりあい……何かがわたしの脚を何度も突いてきます。

男の両脚のつけ根に爬虫類を想わせる奇妙な生き物が生まれたのだという気がしました。

あっという間にそれは成長し、強靭な牙でわたしがしっかりと閉じた脚をこじあけようとしてきます。

どうしようもない嫌悪感におそわれ、わたしは自分から両脚を開きました……。

闇が鏡になると言った男の言葉は本当です。闇の中なのに、わたしには自分がどんな姿態をとっているのか、はっきりと見えていました。

あの絵です。わたしはあの絵の女と同じように、恥ずかしさも忘れて両脚を大きく開き、上半身をのけぞらせているのです。なぜならあの絵の女はわたしなのだから……。

やはり、あの絵は今夜、今、この瞬間のわたしを描いたものだったのだ。しかし、それならあの絵の男は誰なのだろう……。

男の下半身の牙が、両ももを裂きながら這いあがってきて、とうとうわたしの一番大切な部屋の扉をさぐりあて、すきまにその尖端をさしこんでこじあけようとした際、わたしは痛みと恐怖から

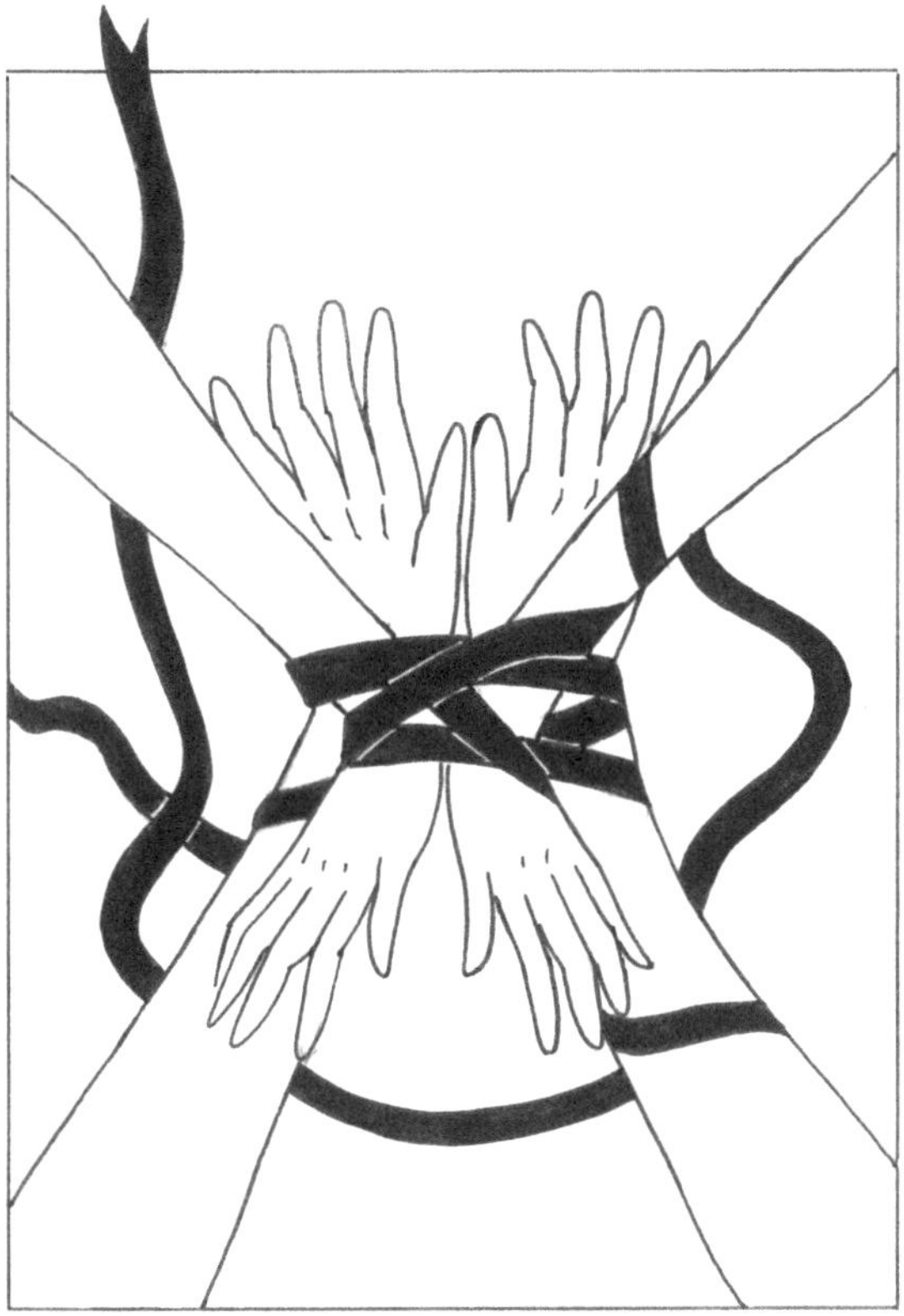

叫び声をあげました。

ただの悲鳴ではなく、

「先生なんでしょ……矢萩先生なんでしょ。わかってるわ」

そう叫んだのです。

一か八かの賭けでした。

4

わたしの言葉は男に衝撃を与えたようです。

ほんの一瞬だけれど、動悸が大きく乱れるのを、わたしははっきりと感じとったんです。なぜなら、その体はわたしの体に食いこむほどしっかりとくっついていて、わたしは男の心臓を自分の心臓のように感じとることができたのだから……。

「やっとわかったんだね」

そんな声が耳もとで聞こえました。

研究室の中にまであふれた前夜祭のロックの音にかき消されそうな小声でしたが、わたしは全身の神経を耳に集めて、その声をつかみとりました。

矢萩先生の声でした。

ちょっと鼻にかかった澄ましたような先生の声……みんなが真似したがる気障な、英語風の日本語。

「君がなかなか気づいてくれないんで、本当に自分が通りすがりのレイプ犯になったような気がしていたよ。自分がこの闇に溶けてしまったようで、誰なのか忘れてしまうところだった。……でも、違っていた。君はなぜすぐにぼくだと気づかなかったんだね」

「……………」

声音を変えているから当たり前だと、そう答えたかったのですが、ただ黙っていました。何かしゃべれば声のふるえがわかってしまう……それがこわかったのです。

矢萩先生だとわかって安心したからでしょうか。これまで抑えつけていた恐怖が緊張のゆるみとともに、どっと体の表面ににじみだしたのか……男の体が熱くなっていくのとは逆に、わたしの体はどんどん冷えていくのか。

それとも……わたしはまだ、その男が矢萩先生ではないかもしれないと考えていたのか。

「かわいそうに。ふるえているね」

声を出さなかった代わりに、体が正直に恐怖や屈辱感を伝えてしまったようです。男の肌が、そのふるえをマッサージ機か何かの震動のように吸いとり、楽しんでいるのが声の調子でわかりました。

「どうして何も答えないんだ。そうか……体が裸になるのといっしょに声まで裸になってしまったようで、恥ずかしがっているのか。ぼくが最初に君の声が一番好きだと言ったので、余計気になるんだ。でも、いつもの知的に品よく装った声だけでなく、裸の声はもっと好きになれそうだから心配しなくていい。……ぼくの方は声がまとっていた厚着を全部脱ぎ棄てて、こうやって生の声をさらけだしたんだからね」

「…………」

「頑固なんだな。じゃあ、スカートのように、ぼくの手で脱がそうか」

そんなことを言い……何秒か後、何かがわたしの首すじに触れました。

くちびる……意外にやわらかな男のくちびる。

瞬間そう感じました。でもすぐにそうではないことに……それが薔薇の花だということに気づきました。

追いかけるように、花の香りが闇にからみついてきましたから。

男はしばりあげたその手で、テーブルの上から薔薇を一本とると、それでわたしの首すじから乳房のあたりを愛撫しはじめたんです。ただの愛撫ではありません。花片のやわらかさにまじって、とげが爪か針のように肌にすじを残していくんです……肌をいたわるような優しい愛撫と、それを裏切る細い傷……細すぎる傷。

痛みはありましたが、それでも男の下半身にうごめき続けているものよりは、痛みの方がまだ我慢できました。

声を出すのも我慢していたのですが、とげが乳首をかすめた際、とうとう声が喉を突きあげたのでした。男の言う裸の声が……。

その声はかすかなため息のようなものでしたが、男を悦ばせるには充分でした。

「そう、そのとおりだ。でももっと大胆に脱いでくれないか」

そんなことを言いながら、不意にわたしの背中を自分の胸で押しました。いいえ、押すなんていう生易しいものではなく、わたしの体は二つ折りにされ、気がつくと横顔がテーブルにぶつかり、わたしの上半身は男の胸の下敷きになっていました。わたしのかすかなうめき声が、ちょうどガスの充満した部屋でマッチを一本磨ったような発火を男の体に引き起こし、次の瞬間、男の体は爆発を起こしたのです。……いいえ、その前にもう一つ書き忘れていたことがあります。

爆発を起こす前に、男がもう一つしたことがあるんです。

わたしの上半身をテーブルに倒す直前、男は「あっ」と小声で叫び、それからイアリングのようなものをわたしの耳につけました。片方だけ、たしか左の耳に……。

たぶん、まちがいなくイアリングです。イアリングと呼ぶには大きすぎるものでしたが、プラスチック製なのか、ごく軽いもので、速度の狂った振り子のようにわたしの耳もとで激しく揺れつづけました。

男がそれを裸の体のどこに隠しもっていたのかはわかりません。ただ耳たぶにはさむだけのような簡単なもののようでしたが、しばったままの不自由な手で、かなり無理をしてわたしの耳につけたのはまちがいありません。男の無理な動きのために、わたしの腕には万力でつぶされるような痛みが走りましたから。

男が「あっ」と叫んだのには、『大切なことを忘れていた』という響きがありました。重要なことなのに、欲情に負けて忘れてしまっていたという自嘲にも似た響きが……。

わたしの耳をイアリングで飾るという行為が、何故重要だったのか……その答えはあまりに簡単でしょう。その男が先生……矢萩先生だったのならば。

ただ、その段階でもわたしは、男が本当に矢萩先生かどうか、まだ確信をもてずにいました。

一か八かの賭けに出たと書きましたが、わたしはその賭けに勝ったかどうか、わからなくなっていたんです。男が「やっとわかったね」と言った時、その声は確かに先生のものだったので、賭け

に勝ったと思ったのですが、すぐにそうとは限らないと考え直しました。

矢萩先生の声色を真似るのが巧くて、先生とわたしの関係をよく知っている人物なら、あの場合、自分を『矢萩先生』と認めた方がいいと考えたでしょうから。

だから依然、わたしにはわからなかったのです。

これは、矢萩先生がレイプ犯を装ってわたしを抱くプレイなのか……逆に『誰か』が、矢萩先生を装ってわたしを抱くプレイなのか。

後者の場合なら、プレイだなんてのんきなことは言ってられません。わたしは犯罪、それも凶悪な犯罪の被害者にされているのです。

ひそかにわたしのことを狙っていろいろと調べあげていた男が、先生との関係をうらやんで、こんな恐ろしいことをし始めた……その可能性も依然大きく残っていました。

わたしの耳にイアリングをつけたことだって、先生の真似をしているだけなのかもしれない……その疑いを残したまま、わたしはテーブルの上に上半身を倒し、両腕に走る痛みに耐えきれなくて、うめき続けました。

そんな悲痛な声を、男は誤解したようです。

「そう、その声だ」

と言い、わたしの両脚が大きく開くのを自分の下半身で感じとると、それも誤解して「そう、そんな風に開いてほしかったんだ」と満足そうな声を出しました。わたしが閉じようとする両脚に自分のひざをさしこんで、無理やりこじ開けただけだというのに……。

ただ、わたし自身もまた、そう誤解しようとしていました。自分があげているのは快楽の声だと……。脚を開いたのは自分の意志だと。

この男とこの状況から逃れることができないと覚った瞬間から、自分の身をまもるために、無理にでもこの男は先生なのだと信じこもうとしたのです。

いいえ、体よりも心をまもりたかったのでしょう。闇の中で体以上に神経が壊れかけていましたから。これ以上この恐ろしさや屈辱感が続けば、肉体的な苦痛よりももっと大きな痛手を精神が負って、わたしはまず心から先に死んでしまう……それを防ぐためには、その男が先生であり、これが先生の新しいプレイなのだと無理にでも信じこみ、少しでも気を楽にもつより他なかったのです。

もちろん、そんなことをゆっくり考えている余裕などありませんでした。

テーブルの上に押しつけられてから男がわたしの体の中に入ってくるまでは、ほんの数秒のことで……わたしは本能的にそれだけが自分の助かる道だと感じとって、ただ必死に『これは先生だ、先生なんだ』と自分に向けて叫びつづけていました。

そうして自分の体が早くもくだけちり、破片となって吹き飛んでしまったような空白にも似た脱力感の中で、ふっと、

『今何時だろう』

と、そんな意味のないことを考えました。

実際の時刻のことではありません。

一度ホテルのベッドの上で、事が終わったあと、『なんだか時計の針みたいだね』と先生がつぶ

やいたことがあります。毛布に二人の脚が浮き彫りになっていて、先生の片方の脚とわたしの片方の脚がそれぞれ時計の長針と短針になって、一つの時刻をベッドの上に刻んでいるように見えたのです。二人は上半身をぴったりと寄り添わせ、二人の脚でさまざまな時刻を作って遊びました。

その時のことが空っぽになった頭にふっと浮かんできて、

『今、奇妙な……信じられない角度にゆがんだわたしの脚と男の脚はどんな時刻を刻んでいるのだろう』

と、そんなことを胸の中でつぶやいていました。男の体のリズムにあわせ、イアリングが振り子のように揺れていたせいかもしれません。でも、リズムが狂ったその振り子や、ありえない角度に折れ曲がった体が、正しい時刻を刻むはずがありません。

13……。

なぜかそんな数字が、頭を覆いつくした空白の闇に点滅しました。

13という、文字盤からはみだしてしまったありえない数字を……ありえない時刻を、長針と短針になった二人の体はさしているのです。

わたしは処刑台への階段をとうとうのぼり始めたのです……一段ずつ……。自分の意志ではありません。意志をうしなった人形のようなわたしの体を、死刑執行人は自分の体で押しあげていました。

男は下半身に飼っている邪悪な生き物をわたしの体の中に放ち、最後の悪あがきのように勝手に暴れだしたそれが、わたしの体を芯から突きあげ……わたしは階段をのぼりつづけるほかありませ

んでした。まっすぐ処刑台につながっているはずなのに、迷路のように先が見えないその暗い階段を……。

そしてその途中で死刑執行人は、

「さっきの質問にまだ答えていなかったね。君はどうして、すぐにぼくだと気づかなかったんだ」

余裕のある、無慈悲な声でそうささやいてきました。

5

答える余裕などわたしにはありませんでした。体の奥底から次々に突きあげてくる喘ぎ声やうめき声が、言葉を追いはらってしまうのです。

「そうか、そんなことに答えるよりただ楽しみたいだけか。だが、大事なことだから、教えてやるよ。ぼくの正体になぜ君がすぐ気づかなかったのか、そのわけを……」

男はそんなことを言い、

「ククッ」

と笑い声をあげました。

息づかいが荒くなり、とぎれとぎれの声ではあったけれど、それでも男には余裕があったのです。

そう……これは重要なことなので記憶にとどめておいてほしいのですが、わたしを襲った男には余裕があったのです。欲情に負けて獣に変身し、無我夢中で獲物におそいかかったはずなのに……男の下半身は理性のひとかけらもなく獣性をむきだしにして暴れまわっているというのに、男の言葉や笑い声は、決して冷静さをうしなうことなく、どんな瞬間にもふしぎな余裕を感じさせました。

すべての欲望を吐きだし、快感を炸裂させる最後の瞬間まで……。

「簡単なことだ。君が君ではなかったからさ……さっきまで君は本当の君じゃない別の女だったから、ぼくが誰なのかわからなかったんだ。だが、やっと少し自分をとりもどしてきたね。だから、ぼくが誰なのかもわかってきた。そう……素晴らしいことだ。もっと、もっと本当の自分をとり戻して、もっと……もっと、ぼくを思いだしてくれ」

そんな馬鹿げたことを、真っ黒な唾液とともにわたしの耳に流しこむのです。男の口はわたしの耳にほぼ押しあてられていて、しゃべるたびに飢えきった犬がエサを眼前にした時のようによだれをしたたらせ……わたしにはそれがコールタールのように思えました。

うなじから耳の裏、さらに耳の中までなめつくそうとする男の舌……下半身の鍵穴にさしこまれて無理やりわたしの奥深い部屋の錠をはずそうとする男の鋭器。

頑丈な扉に守られていたわたしの秘蔵の闇は、荒らされ、傷つけられ、けがされ……闇は血となって結晶し、鍵穴から溢れおちていきます。

そう……わたしの両脚の内側を伝い落ちていくものは、血以外のなにものでもありませんでした。わたしは痛みと絶望と悲しみ以外の何も感じてはいなかったのですから。

それなのに男は、そのしたたりを、蜜だと誤解したようです。わたしが秘密の闇に隠して大切に実らせた果実が甘い蜜をしたたらせているのだと……。

鋭器は、また生き物のように鎌首をもたげて、果実からこぼれ落ちる蜜を一滴残らず味わいつくそうと必死になるのです。でも、わたしにとってそれはあくまで恐ろしい血にすぎず、実際にわたしは貧血状態におちいったように意識がかすむのを覚えました。気を失いかけて声までかすれたのですが、それさえも男は誤解し、「まだだ、まだいかないでくれ」と懇願してくるのです。

うすれかけた意識の中で、その直後にわたしは男がこんなことを言い出すのを聞きました。

「彼女は、深いデリケートな愛情をもって、生まれついた。彼女にとって好きになった男と寝ることは、本当に自然なことだったのだ……太陽が人に熱を恵むように、また花が人に香りを与えるように、ごく自然に彼女は男に体を恵んだ……」

前に読んだことのある何かの小説からの引用だという気はしましたが、それがどんな小説かは思いだせませんでした。

テーブルの上に積んであった本が、男の激しい動きのために崩れ、わたしの顔のまわりに散乱したようでしたが、男には闇の中でも開いたページの文字が読めて、ちょうどわたしに聞かせるために朗読でもしているかのようでした。

いいえ、自分自身に聞かせるためです。

いよいよ荒くなっていく息づかいのあいまに、ふしぎな余裕のある声でそう語りつづけながら、そんな自分の一言一言が刺激となって、男の体が波を頂きへとのぼりつめていくのがわかりました。

わたしの方はその声も、快楽の波も……レイプされていることさえもどうでもよくなっていました。

嫌悪を感じている余裕すらなく、苦痛のうめき声を発しながら、頭だけでなく全身の神経が痛みに麻痺していくのを、まだ残っているかすかな意識で他人事のように冷たく感じとっていました。

その時、また研究室のドアが叩かれましたが、もしかしたら救いの主のものかもしれないそのノックの音さえ、どうでもよくなっていました。

海津君がまたやってきたのだ……。薄れかけた意識で、そう考えたようです。でも駄目だ……わたしの苦痛の喘ぎを別の声と誤解して逃げだしてしまう。男の快楽の声は爆発寸前に高まっていて、火を噴くような燃えたぎった声で卑猥な言葉をわめきちらし、わたしは火傷を負ったような熱い叫びで答えていたのですから。

すぐにノックの音はとぎれ、逃げだすように足音は遠ざかってしまい……そうして、突然、最後の一瞬が体に襲いかかってきたのです。

男が体を大きく反らせて、けだものの咆哮に似た声をあげ……同時にわたしの体ははねあがるように反りあがりました。

処刑の一瞬です。

足もとの板がはずされ、わたしの体は宙に投げだされたのです。

白い爆発……。

痛みなのか、何かわけのわからないものが体を引き裂き、闇がこれまで隠していた色をまきちらし、次の瞬間には何もかもが白い閃光となってひるがえり……同時にその光はこれまで以上の真っ黒な闇となってくずれ落ち、わたしは底のない深海にも似た闇の中を、どこまでも……どこまでも落ちていったのです……。

そこまで書いて、ワープロの文字キーを打ち続けていた手を止め、ため息をつく。

机のすみにコーヒーがおいてあったのを思いだし、一口飲む。夢中でワープロに向かっているうちに、コーヒーは冷めてしまった。

にがいだけの黒ずんだ液体を胃の中へと押し流しながら、これ以上書くのはやめようと考える。

これ以上書くと、被害者が書いたものではないことが読む者にバレてしまいそうだ。

いや、レイプ事件の被害者がこんな残忍で屈辱的な体験を、自分自身で書き、プリントしてみんなに配るようなことをするはずがない。だれもが簡単に、犯人が書いたものだと判断するだろう。

犯人は、一人の女性を暴力で犯しただけでは物足りず、その一部始終を彼女自身が告白したような文章を書いて公表し、彼女の受けた傷をいっそう深くえぐろうとしたのだと——。

だが、万が一にも被害者自身が書いたかもしれないという可能性を残しておきたい……ここまではその可能性を否定することは何も書かなかった。彼女自身が書かなかったという証拠は何一つない。

誰一人、これを彼女が書かなかったとは言いきれないはずだ。

被害者である彼女自身さえも——。

その点には細心の注意を払って書き続けたのだ。たとえ一パーセントでも彼女自身が書いたかもしれないという可能性を残すようにと……。

可能性というより期待と言ったほうがいいかもしれない。この告白の手紙を受けとった誰もが、もしかしたら彼女自身が書いたかもしれないと期待するにちがいないのだ……彼女の周囲にいる男たちはみんな、神秘的すぎるその体の中に……いや、体だけでなく彼女の頭の中に踏みこんでみたいと考えているし、日ごろから彼女の美しさをねたんでいる女たちは、事件を知って、小躍りしてよろこぶだろう。

みんなの期待を裏切る真似だけはしたくない。

これまですでに三枚の絵を受けとり、彼らはおそらく全員、絵の男女のモデルが誰であるか気づいていて、否応なしに期待を高めているはずだ……その期待を裏切ってはならない。ある意味では、そのためだけに今度の事件を計画し、自分の体を張って計画を実行に移したのだから。

それに、これ以上書けば、どうしてもあのことも書かなければならない。失神した被害者が意識をとりもどした後、闇の中で口にしたあの一言についても……。

あの一言は、思いだすのもいやだ。

不意にあの言葉がよみがえり、思わず耳をふさごうとして、そばにおいたコーヒーカップを肘でたおしてしまった。

褐色というよりも黒に近い液体が、コピー用紙の上に流れた。

しみが花の形に広がる。

その瞬間、一人の女の肌を思いだす。

新宿の裏通りにある風俗店の女だ……美人ではなかったが、きれいな、磨きあげた白磁のような肌をしていた。

何十人、いや、何百人もの男の手あかにまみれているはずなのに、一点のしみも汚れもなく、ある種の高貴さ、潔癖さをも感じさせた。

裸になって背をむけた女に手を伸ばそうとしたが、伸ばしきれなかった。

手は宙に浮き、その影だけが黒ずんだしみのように広がって純白の肌を犯していた。この汚れた手で……何かとんでもない犯罪を犯すために生まれついたような醜悪な手で、このきれいな肌をけがしてはならない……そう思った。

その一瞬、女の体は犯行現場に似ていた。一人の、生まれついての犯罪者が残忍な罪に手を染める犯行現場……。

だから女にこう訊いたのだ。

「手袋をしてもいいか」

女はふり返り、それまで無視していた客の顔に、はじめて目をとめた。

「潔癖症なの？　それならこんなところへ遊びに来るんじゃないわね」

声は怒っていた。

「いや、逆に君の体はきれいすぎるから……」

そのきれいな体をけがすことは犯罪行為だ、君の体は犯行現場になってしまうし、現場に指紋は残したくない……そんなことを説明しようとしたが、うまく説明できるはずがなかった。客がしどろもどろになり、焦燥の汗を額から垂らし始めるのを見て、普通じゃないと気づいたらしい、「いいわ」と言った。さげすみとあわれみのまざりあった声で……。

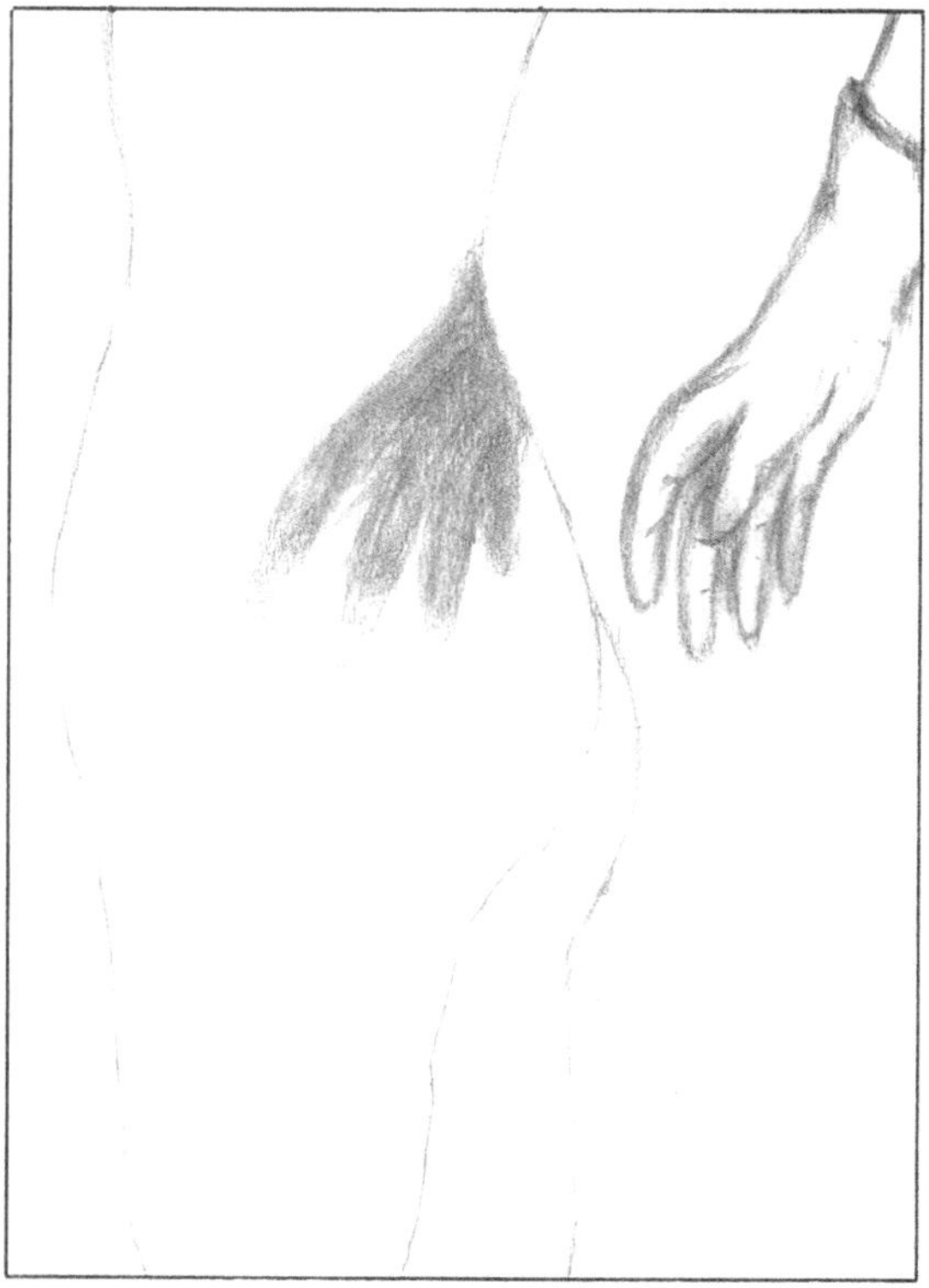

「いいわ、そうしないと落ち着かないなら。でも危ない真似はダメ」

先週の彼女の声と同じだ。あの研究室の闇の中で、失神状態からぬけだした彼女は、快楽の余韻とはあまりにかけ離れた冷ややかな声で……あの風俗店の女とそっくりの声で、

「あなたはさっき間違えたわ」

と言ったのだ。

「あなたはわたしを抱いたのでも、犯したのでもない。わたしの体の中にある迷路に踏みこんで、自分が誰なのかわからなくなってしまったのはあなたの方よ。あなたはわからなくなってしまったんでしょう……今、自分が誰を抱いたか」

第三章 にがい蜜 甘い血

1

文化祭の最終日、犬飼有美は駅の改札口を出て大学に向かおうとして、一人の男に体をぶつけた。改札口からずっと有美のすぐ前を歩いていた男が、急に立ちどまったので、その背に追突してしまったのだ。

駅前にあるポストの脇だった。

男は郵便物を投函しようとして立ちどまったらしい。

追突され、前に倒れかかった男の手から紙袋が落ち、中身が歩道上に散乱した。

大学ノートほどの封筒に入った手紙が七、八通……。

「すみません」

有美は反射的にその一枚に手をのばした。

だが、その手を男の手が邪魔だと言わんばかりに冷たく払いのけた。男は散乱した封筒をかき集めるように拾いあげ、全部をポストに投げこみ、駅のほうへと戻っていった。

駅から出てきてまた駅へと戻っていったのなら、その郵便物を投函するためにだけ、どこかからわざわざ電車に乗ってきたことになる。そのことを少し奇異に感じはしたものの、本当に駅へと戻っていったかどうか確認したわけではない。

有美の目は、歩道のへりから落ちたままになっている封筒の一通を見つけて、それに気をうばわれてしまった。

ほんの二、三秒の出来事であり、慌てた男はきちんと封筒の数も確認せずにポストへと投げこんだのである。

一通だけはずれて落ちたそれを拾いあげてから、男をさがしたが、人ごみの中にもうその背は見つからなかった。

十月十二日。月曜。午後二時十五分。

その時刻、駅前にはかなりの人通りがあったのだ。

有美は駅まで男を追いかけてみようかと思ったが、すぐにその必要がないことに気づいた。

切手も貼ってあるのだから、ポストに投げ入れればいい。

だがすぐにまたその必要もないことに気づいた。その封筒には、二点、有美の興味を大きくひくものがあったのだ。

一つはワープロ文字で書かれた宛名である。

沢井彰一。

有美がよく知っている名だった。大学のＯＢであり、ゼミの先輩でもある。宛先にある住所も有美の記憶とほぼ一致している。

それに封筒にはもう一つもっと有美の目をひきつけるものがあった。差出人の住所も名前もなく、すみにアルファベットのＡの文字があるだけだ……。赤ペンでイニシャルだけのサインでもしたように一字だけ。

有美はそれとそっくりの封筒を先週からたてつづけに三通受け取っているのだ。

Aの字をにらみつづけていると、胸騒ぎがしてくる。男が拾い集めて投函した何通かの封筒の一通はこのわたし宛てだったのではないか……そしてその中にはこれまで受けとった三通と同じような卑猥な男女の絵が入っているのではないか。

たぶんこの沢井宛ての封筒にも同じ絵が入っている……。

有美は大学とは反対方向になる駅の裏手の公園に行き、携帯から沢井に電話をかけることにした。沢井とは個人的なつきあいはないが、大学院を出た後、神田の小さな出版社に勤めている沢井はその仕事の関係で今もよく大学に顔を出すし、ゼミの会合などにも律儀に出席するので、ゼミ生の大半は沢井の携帯の番号を知っている……。

沢井はすぐに電話に出た。

「久しぶりだな……どうしたんだ、突然……というより、初めてじゃないかな、携帯に電話くれたの」

「初めてですけど久しぶりじゃありません。先週沢井さんが大学に来た時、わたし、廊下で会いましたよ」

「そうだっけな。山下君や光瀬さんには会ってちょっと立ち話をしたけど……」

「あの時、わたしも一緒にいたんです。気づかなかったんでしょ？」

「いや、ただちょっと急いでいたから。人と逢う約束があって……」

声が焦りで乱れた。

「いいです。わたしあのゼミで……というより、大学中で一番目立たない女子大生だそうだから。男子学生がそんな噂してるんです」

「ひどいな、それは」

「ええ……でもいいんです。時々こういう、自分でもびっくりするくらい目立つ役割が回ってくるから。実は今、私、沢井さん宛ての封筒を拾ったんです」

「………」

とまどいの沈黙が数秒続いた。

「どういうこと？」

「信じてもらえないかもしれないけれど、五分ほど前に駅前のポストの所で男の人にぶつかって……」

有美は簡単に事情を話した。

「すごい偶然だな、それは。それで差出人は？」

「書いてないんです、封筒の裏には何も」

「どんな男だった？」

「それもよくわからないんです。封筒が散らばったのに気をとられて……黒っぽいコートを着て、帽子を目深にかぶって、確かサングラスもしていて……その人の方でも顔を隠そうとしているみたいだったし」

「………」

今度の沈黙には有美の話を疑っている気配が感じとれた。

「本当ですよ。何なら今から直接、届けにいきますけど」

「それは悪いよ。君はこれから大学なんだろう」

「ええ、でも今日まで文化祭で、私、暇だからちょっと来てみただけなんです。どのみち文化祭も私を無視してますから」

「いや、やっぱりわざわざ届けてもらうのは悪いよ……それよりも、その封筒を開けて、中の手紙を今、そこで読みあげてくれないかな」

「……でも、あのう、手紙じゃないかもしれないんです。絵じゃないかって……」

「絵って？」

「電話では恥ずかしくて説明できないような絵が入ってる気がするんですけど……先輩、これまで封筒のふちに『A』という字のある封筒受けとったことありません？　中に、そのう……」

「裸の男女の絵？」

「やっぱり受けとってるんですか」

「ああ、先週三枚も届いてる……。それで？　今の『やっぱり』は、君も受けとっているということだね」

「ええ」

「他にもいる？　受けとったのが」

「さっき話に出た二人や、他にもゼミの中に何人かいるみたいです」

「そうか。どうも矢萩先生のゼミ生を狙った悪質ないたずららしいとは想像していたんだが……」

考え事をするような沈黙の後、沢井は急に慌しい声になって、それなら話は別だから、その封筒を届けてもらえないかと頼んできた。

今、営業の仕事で御茶の水の書店を回っているという沢井と中間地点の新宿で逢うことにして、電話を切り、有美は急いで駅に戻った。

逢うのは四時半だから、まだ二時間近くあるが、もしかしてあの男がまだ駅にいるかもしれないと考えたのだ。

だが、上りの快速ホームからざっと見渡したかぎりでは、それらしい人影はどのホームにもない。ポストに投函した後、駅の方向に去ったのは確かだが、駅に戻ったとは限らないし、駅に戻ったとしてもあれからもう十五分は経っている。とっくに電車に乗ってどこかへ行ってしまったのだろう。

そう考えてすぐにやってきた快速に乗りこんだ有美は、問題の男がその電車が出た直後にホームに現れ、同じ新宿に向かうとは想像することもできなかった。


午後三時七分。

今日三人目になる客を帰し、ため息をついて遅くなった昼食を食べはじめたところへ、

「ナツミさん、悪いけどまた一人来た……」

副支配人が顔をだし、拝み手になった。

うんざりした顔をしながらも、弁当の残りをかきこみ、レモン水でうがいをし、待合室に向かった。

今月は来年小学校にあがる娘の誕生日があるから、かせいでおいた方がいい。それにしても男というのは何と単純で正直なものだろうか……先週、待合室の顔写真を一番自信のある角度で撮ったものに変えてから、いっぺんに指名がふえた。

そのぶん実物を見た瞬間、客は露骨に落胆を顔にだすが、気まずいのは個室に入って彼女がガウンを脱ぐまでだ……裸になれば、どんな男にも不満を言わせないだけの自信がある。三十歳間近の、中絶や出産の経験がある体だとは、誰も信じないはずだ。

デイタイムサービスの最後の客だろう、待合室のすみにサングラスをした男が一人だけすわっている。

コートを着たままで、手に帽子をもっていた。短めの髪が寒そうに見え、全体に暗い印象で、シャンデリアの電球が二つ三つ切れたかのように、待合室の灯がかげってみえた。

一見、この周辺に多い『組』の関係者のような危険なかげりだが、姿勢の硬さからすると学校の先生とか医師とか、真面目な職業が思い浮かぶ。

ただし待合室での第一印象で客の素性や性格を想像しないようにしている。

客の性格や遊びなれているかどうかは、服を脱ぐ瞬間に一番はっきりするのだ。

その客を個室に導いてから、コートだけを脱がせ、あらためて「ナツミです」と挨拶をし、自分も脱ぎながら、さりげなく男の服の脱ぎ方を観察する。だが、男は突っ立ったまま、じっとしているだけだ。

恥ずかしがっているような気配はなかったが、

「初めて？　こういう店……」

と訊きながら、男のジャケットを脱がせようと手を伸ばした。その手をそっと払い、

「いや、ここは初めてだが」

ボソッと低い声で答えると、ポケットからトランプほどの小さな箱をとりだし、ふたをとってさしだしてきた。

「手製のイヤリングなんだ……片方だけだけど、南米のめずらしい、本物の蝶々だ。これを……最後までつけていてくれないかな」

薄い、透明なプラスチックの中にアゲハチョウのような大きな蝶々が閉じこめられていた。黒い紋のすきまに南国の空を想わせる原色の青が光っている……。

「きれいね」

思わず感嘆の声を発し、さっそく耳につけてみながら、さりげなく客を盗み見た。

客はそのイヤリングが女に似合っているかどうかよく見ようとしたらしく、やっとサングラスをはずした。革の手袋をしたままの手で……。

サングラスよりも暗い影をにじませた目で、その顔にはまだもう一つ別のサングラスがはずし忘れて残っているように見えた。

唇だけが満足そうに笑った。

2

午後四時二十分。

有美は、エレベーターを降りてから腕時計でその時刻をたしかめた。

指定されたのは新宿西口に聳えるホテルの最上階レストランである。約束の時間より十分早かったが、すでに沢井は一番奥の豪華なソファに身を沈めるように坐って、コーヒーを飲んでいた。

四人は坐れる革のソファを独り占めするには貫禄不足で、いつもより体が貧弱に見え、着ているスーツも安っぽさが目立った。

後輩に会うのにずいぶん見栄を張ったものだと思ったが、沢井がそのレストランを指定したのには別の理由があった。

「五時までは喫茶だけだけど、サンドイッチくらいならできるし……俺の薄給でもおごれる。腹が減っていたら、どう？」

と言い、有美が首を大きく横にふってコーヒーを注文し、ウェイターが去ると、

「暗い話になりそうだから、こういう開放的な明るい場所の方がいいと思ってね。東京でも二、三番目に太陽に近い場所だから」

ガラス張りの向こうに広がる空を見渡しながら、冗談とは言いきれない真顔で言った。

「ゼミの中の誰かをねらったストーカーがいるんだと思う。たぶん同じゼミか、関係者の中に

……」

「私もそう思います」

「暗室とでも言うのかな、自分だけの暗い密室の中に閉じこもって妄想をふくらませているうちに、妄想が大きくなりすぎて、その重みに自分がつぶされかかってるんだ……あの三枚の絵には、何か犯罪につながりそうな暗さがないか」

そう言いながら、有美がテーブルにおいた封筒を手にとった。

「いろいろ訊きたいことがあるが、ともかく中を見てみるよ……封筒はまちがいなくこれまで届いたものと同じだが、今度はちょっと分厚いな」

「ええ、一枚だけじゃないみたいです」

封を切って中身をとりだし、沢井は『おや』という顔になった。

幅のひろいテーブルをへだてていたが、有美にもその理由がわかった。

絵ではない……。

「文章だよ。ワープロで打ってある」
五、六枚にびっしりワープロの字が詰まっている。読みはじめてすぐに沢井の眉間に寄ったしわは、読み進むうちにいよいよ深くなっていった。
読み終えると、何かけがらわしいものでも投げ捨てるようにテーブルの上におき、舌打ちをした。

腕組みをし、恐ろしいほどの険しい目でそれを睨みつけていたが、有美の目が怯えだけでなく好奇心を光らせているのにも気づいて、

「読んでみる？」

と訊いた。

ホッチキスでとめられた紙を有美の方へ押しだそうとして、だが、すぐに手を止めた。

「いや、こんなひどいことが書いてあるとわかっていて女の子に読ませたら、セクハラになるかもしれない」

有美は笑った。

「二十歳になった女性を『女の子』と呼ぶほうがセクハラですよ。それに明日になれば、たぶん私にも同じものが届きます。私の部屋こそ暗室みたいに暗くて狭苦しいから……ここで読んだほうがいいわ」

わざと明るく言って、自分からそれに手をのばしたが、読みはじめてすぐに『しまった』と胸の中でつぶやいた。

大学の研究室で一人の女が何者かにおどされ、異常としか言い様のない性行為を強要される過程が記されている……フィクションとは思えない詳細さで。

沢井という異性の目がそばにあるだけにいっそう恥ずかしいのだが、それでも興味に引っぱられて、何とか最後まで読み終えた。

「わたし」という一人称で、被害者の女性が書いた手記の形をとっている。有美の興味をひいたのは、その「わたし」が途中からゼミの先輩の麻木紀子だとわかってくるからである……しかも襲う男の方が矢萩教授らしい。いや、正確には矢萩教授か、教授の真似をしているだけの男か、はっき

りとわからないまま、『わたし』は失神し、長い文章は突然のように終わっているのだが……。

何とか冷静さを装っていたものの、読み終えた後、有美はすぐに顔をあげられなかった。

「最後に届いた絵と同じだわ」

二人のあいだに落ちた重苦しい沈黙をやぶって、有美はできるだけ普通の声で言った。

「先週の金曜日、たぶんここに書いてある事件の日だと思うけど、うちに帰ったら届いていたんです。裸の男女が手をスカーフみたいなものでしばって……」

「その絵なら同じ日にうちにも届いてる」

「……あとサエのところにも届いてるんです」

「サエって光瀬さんだね……他には？」

「男子学生の何人かが話題にしてるのも聞きました。『うちに変な絵が届いた』『えっ、お前のところもか？』って……。絵が絵だから、『わたしたち女性のところにも届いてる』とは言いだしづらくて、サエともう少し様子を見てみようって話してたところです。でももう待てない……こんなひどいこと……」

有美は大げさではなく身ぶるいして、紙の束を手から離した。紙にまだストーカーの手の脂がしみついて残ってでもいるかのように……。

「いくらなんでも麻木さんがかわいそうだわ、こんなデタラメを書かれてみんなにバラまかれるなんて」

「全部がデタラメだと思う？」

沢井の声に、有美は『おや？』と思いながら顔をあげた。ひどく暗い声だったからだ……有美と目が合うと、困ったように顔をしかめた。

「彼女が書いたとは思えないけど、書かれていることは現実に起こったことかもしれない。先週の金曜、文化祭の前の晩に」

「そんな……わたしには麻木先輩に夢中になっている変質者の妄想としか思えないけれど」

「妄想で事実をゆがめている部分はあると思うが……全部が全部、嘘だとは思えない。たとえば、彼女と矢萩先生が前々から特別な関係にあったような書き方がしてあるけど、それも嘘だと思う？」

「…………」

「男子学生はそういうことに鈍感だが、君たち女子学生のあいだでは前々からそんな噂があったんじゃないかな？　実は光瀬さんが、ちらっとそんなことを僕に言ったことがあるんだ。何かの時にちょっとした思いつきのようにではあったけど」

「…………」

「どう？」

沢井の目は、有美の顔をぴたりと焦点にとらえている。

有美は観念したように小さくうなずいた。

「サエが、以前ゼミの授業の最中にペンを床に落として拾おうとして……テーブルの下で、二人の足がふれあっているのを見てしまったと言うんです。しかもその時、紀子さん、ストッキングをはいている脚にアンクレットをしていて、矢萩先生の方は夏でもないのになぜか素足で……爪先にそのアンクレットを引っかけて遊んでいるみたいだったって」

「アンクレットって、足首にする飾り？　手首のブレスレットみたいな？」

「ええ。ただ、そのことだけじゃなくて、それ以前から、わたしも二人は怪しいと思ってましたから。具体的に何かを見たとか聞いたとかではないけど、あの二人、研究室でも教室でも変によそよそしくしていて、それが逆に怪しいって……」

「女の勘？」

「ええ」

沢井の疑わしそうな目に気づいて、

「私も一応女ですから」

と有美はつけたした。

沢井はちょっとだけ笑った。

「二人の関係が本当なら、ここに書いてある事件にも信憑性が出てくる。先週の金曜日、君は麻木さんに会ってる？」

「ええ。あの日は午後から研究室の引越しで……」

自分をふくめてゼミの学生六人が麻木紀子の指示にしたがって本の整理を手伝い、そのうちの五人がまず五時ごろに帰った。

有美はそう説明した。

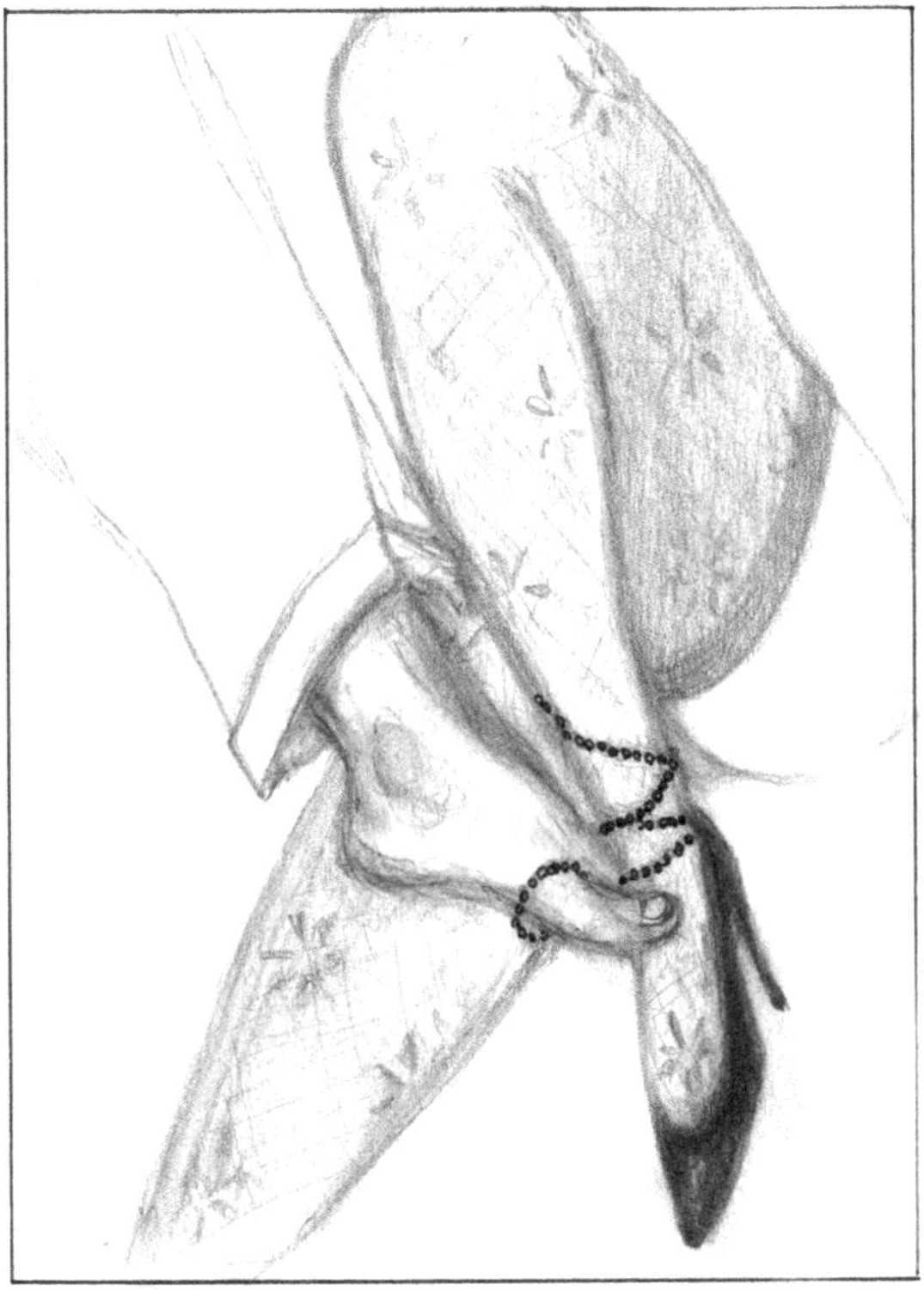

「誰が残ったの、一人……」

「安田さんが、もう一時間くらい自分は手伝えるって」

「じゃあ、六時から、彼女は一人になったわけだ」

「ええ。でもここにも書いてあるとおり、七時ごろに海津君がバイトを終えて来ることになっているって……麻木さん、そう言ってました」

麻木紀子は六時すぎに外に食事に出かけ、七時十分ごろ研究室に戻り、間もなく何者かに襲われた……。

もし手記が真実なら、そうなる。

手記は七時二十一分、研究室の灯が消され、闇の中で紀子が何者かの存在に気づいた瞬間から始まっている。

「あのう……海津君に電話をかけてみたらはっきりするんじゃないですか。この手記の中では海津君が二度、研究室の前まで来てドアをノックしたと書いてあったから」

「そうだな。正確には海津かどうかわからないが……」

「私、海津君の携帯の番号、知ってますけど」

「いや、僕も知ってる」

そう答え、有美との会話に急に興味をなくしたように黙りこみ、ガラスの向こうに広がる東京の空に目をやった。空を見ているのか、下方に広がる町を見ているのか……。

磨滅したような太陽がにぶい光を都会の灰色の空ににじませている……沢井は最初に『開放的な

明るい場所』と言ったが、ここはここで密室なのだ。有美はそう思った。

空が巨大な壁になって、高層ビルの最上階を閉ざしている……。

いつの間にかまた暗くなった沢井の目つきを見ていると、そんな気がしてきた。

「どうかしたんですか」

「いや……海津には後で電話してみるが、他にもっと気になることがあるんだ」

沢井は視線を有美の顔に戻して微笑した。どこか無理のある、硬い微笑だった。有美の方が緊張した。

沢井が何かとんでもないことを言いだしそうな気がしたのだ。

そして、事実、沢井はゆっくりと口を開き、有美が蒼ざめるようなことを言った。

「君がこの、僕あての封筒を拾ったという偶然がどうも信じられない気がしていたんだ、電話をもらった時からずっと……。もしかして嘘をついていないだろうね」

「そんな……私、本当にポストの前で男の人とぶつかって」

沢井は大きくうなずいた。

「そう、男とぶつかったというのは本当だろう。でも、この封筒や他の封筒が落ちたのは、その人のもっていた紙袋からじゃなく……君のもっていた紙袋からじゃないのか？」

3

日頃の沢井からは想像できない意地悪な声である。突然の攻撃に面くらい、

「私がこんな恥ずかしい文章を書いたと言うんですか……私が麻木さんを陥れようとしている犯人だと」

有美はそう訊き、直後に自分で首をふりその質問を否定しようとした。

だが沢井は、大きくうなずいた。

「その可能性もないわけじゃないだろう？……犯人が男とはかぎらないし」

有美はもう一度首をふった。

ほかに応えようがなかった。

沢井は腕を組み、視線を有美の顔に静かに固定させている。

無個性な、ただ目の形をしているだけの目には声よりももっと意地悪な微笑がのぞいている。いつもの、平凡だが穏やかで真面目で、教科書のような安心感を抱かせる沢井とは別人である……いや、沢井にはそれだけではない意外な顔があることはうすうす感づいていた……ただ、その顔が突然あらわになったのに有美は驚いただけだ。

それに沢井だけではない、たしかに沢井が指摘するとおり自分にも別の顔がある……。

「心外だわ、ストーカーの濡れ衣なんて。私がなぜこんなことをするんですか」

「嫉妬……ってとこかな」

「…………」

「君自身が認めてるだろ、自分は無視され通してきたって。そういう娘のすぐそばに、そこにいるだけでみんなが目をとめる女性がいるんだ……彼女が持っている宝をもう一人の娘が傷つけたいと思うのはある意味では当然だしね」

「それなら、私がなぜそんな嘘までついてわざわざ封筒を届けにきたのか、その理由を説明してください」

有美は居直ったような言い方をした。

「いや、だから誰かにぶつかったことまで嘘だとは言っていない。君は何通もの封筒を投函するために駅前のポストに近づいた……できるだけこっそりと投げ入れたかったのだが、運悪く人にぶつかり、封筒が散乱して逆に人目を引いてしまった。あの駅前周辺はうちの大学生が四六時中歩いている。誰かに見られたかもしれないと急に心配になった……後でこの謎の郵便物のことが全校の騒ぎになった際、その誰かが『そう言えば駅前で犯人を見かけた、犯人は女だった』などと言いだすかもしれない……心配で心配でたまらなくなり、悪知恵を働かせて、郵便物をもっていたのはぶつかった相手の男だということにしてしまえばいい、と考えた。そして、いかにもその話に真実味をもたせるために、僕に電話をかけ、その一通を投函せずにここまで届けてくれた……」

考えながらゆっくり、棒読みのような単調な口調で、そう言った。

有美もいつの間にか沢井のペースに巻きこまれ、真剣になっていた。

「目立ちたくないなら、駅前のポストじゃなく、もっと人目のない場所から投函すればいいじゃないですか」

「いや、駅前のポストである必要があったんだ……犯人はまず絵だけを送ってきたわけだが、あの絵が聖英大の学生か関係者を描いたものだということを婉曲に知らせたかったんだよ。そのために、封筒の切手の消印が駅前の郵便局になるようにしたかったんだな」

その言葉よりも、微動だにしない目が犯人を追いつめていく……有美は本当に自分が犯人で何の反論もできない袋小路まで追いつめられた気がした。

麻木紀子を嫌っていたのは本当なのだ。チャンスがあればこっそり傷つけてやりたいと考えたこともある……。

紀子は特に有美には親切で、優しかった……だが、その優しさを支えているのは自分よりはるかに劣っている者への同情と優越感からくる余裕なのだ。それがわかっていた……だから、あの絵を受けとった時、すぐに麻木紀子だと気づいて、犯人に拍手を送りたい気持ちだった。紀子よりも犯人に同情した。犯人の気持はよくわかった。自分も同じ気持だと言ってもいいくらいだった……だが、だからと言って、私はこんな愚かな真似はしない。

決して……。

「私ならもっと上手な嘘を言います。こんな、自分でも信じられないような偶然をでっちあげないで……そんな馬鹿だと思ってたんですか、先輩は私のこと。そのほうが疑われるより心外だわ」

「いや、しかし裏の裏をかくこともあるからね」

「…………」

「どうした？　その沈黙は俺の推理を認めるということなのか？」

「いいえ」

有美はきっぱりと言い、

「私が黙ったのは、今、本当の犯人が誰かやっと私にはわかったのに、それを言っていいかどうか迷ったからです」

「迷う？　おかしなことを言うね。犯人が誰かはっきりと言えば、君の無実を証明できるわけだろう」

「ええ、でも……」

上目づかいで有美の目をさぐるように見ていた沢井は、不意にその目を微笑にやわらかく溶かしこみ、「言いづらいのは、その犯人が俺だからなのか」と言い、言うと同時に笑い声を弾けさせた。

「ええ」

有美は素直にうなずいた。

「先輩が私を攻撃したのは、それが先輩の一番の防禦だからだわ」

「つまり、俺がこの悪質ないたずらの犯人だからこそ、君に濡れ衣を着せたというわけか」

「ええ」

沢井は一しきり楽しそうに笑った後、有美の真剣な目に気づいて、

「いや、悪かった。あんまり君が簡単にこっちの誘導尋問に引っかかってくれたので、うれしくな

ってね」

「誘導尋問？」

声も顔も歪めて、そう訊き返した。

「そう……さっきどうも君が俺のことを疑っているらしいと気づいたからね。それなのに先輩に向かって『疑っている』とは言いだしにくそうにしているから、言いやすくしてやっただけだよ」

「……………」

「君のことなんかこれっぽっちも疑っていなかった。この文章を書いたり三枚の絵を描いたのはまちがいなく男だ……ただ、君を犯人だと攻撃すれば、勝気な女性だから必ず今のような反撃に出ると思ってね」

「……………」

話が思わぬ方向に折れ曲がり、有美は戸惑った。

「今度は図星だったようだね。遠慮はいらないから、はっきり言えばいい。それに俺も知りたいんだよ、俺のどこが君に不審を与えたのか」

「ええ……でも……」

「ポストの前でぶつかった男が俺に似ていたとか……」

「いいえ、あの男のことは本当によく見なかったので……ただ……ただ沢井さんに電話をかけた後で、あの男の方では私に気づいたのかもしれないと考えました」

「……………」

「だからわざとこの封筒だけ落としていったのかもしれない。それで私からの電話を待っていたのかもしれない……と考えたんです」

「君が電話をかけてきた時、僕が御茶の水にいると言ったのも嘘だと?」

「ええ。携帯ならそういう嘘もつけるから。本当はまだ私のすぐ近くにいるんじゃないかと……。でもその時はチラッと考えただけで、すぐに沢井さんがそんな馬鹿な真似をするはずはないと考え直しました。私が本当に沢井さんを疑ったのは、この封筒の中身を読んだ時です」

「…………」

「これを書いた人物は、麻木さんと矢萩先生の関係に普通じゃない嫉妬心を抱いてる人だわ。沢井さんもさっきそう言ったでしょう?」

沢井はゆっくりとうなずいた。

「その人も麻木さんと関係のある男性だって……そう思ったんです。つまり……」

有美の言葉をため息で受け、

「つまり、この俺だと言いたいわけだ」

沢井は苦笑いと共にそう言った。――有美が真顔でうなずくのを見ながら、『君は笑っていた方がいい。真面目な顔をすると、失敗した免許証写真みたいな顔になる』胸の中で意地悪くひとり言をつぶやき、

「彼女と先生の関係に気づいていたと言うから、俺との関係にも気づいてるなとは思ったんだが……やっぱりね。女の勘はあなどれないな」

軽口を装い、わざと笑った。

「勘だけじゃないんです」

「と言うと？」

「証拠があったから」

得意げに言い、その後に何か言葉を続けようとして有美は不意に思い直したらしく、「それよりまず訊きたいことがありました」と言った。

「ここに書いてあることが事実として、この事件以降に麻木さんとは逢っていないんですか」

「逢ってるよ」

正直にそう答えた。

「いつ？」

「その金曜の晩。十一時過ぎかな……雨が降りだしたろう。そのころ部屋のチャイムが鳴って……」

「事件について何か言わなかったんですか、麻木さん」

「何も……ただ突然俺の部屋を訪ねてきたことと疲れ果てた様子だったんで、何かあったんじゃないかとは考えた。雨に濡れて髪も乱れてたし、顔色も悪くて別人としか思えなかったから。ただ、何を訊いても、『研究室の引越しで疲れただけ』としか言わなかったし……」

「これを読んで沢井さんが事実かもしれないと言ったのは、そのせい？」

有美の質問は無視し、「そう言えば、声も寒そうだったな。酷い風邪でもひいたみたいにしゃがれていて……」とつぶやいた。

あの時の紀子の顔を思いだしながら、この犬飼有美にはできるだけ本当のことを話しておこうと決心した。有美たちが紀子と自分の関係に気づいているなら、おかしな嘘でごまかさない方がいい……あの時……部屋のドアを開けた瞬間、突然の冬景色の中にいるように、紀子の顔は白く暗く凍りついていて、廊下の空気が寒風になって部屋の中に流れこんで来たような気がした。

大げさではなく、本当にそう感じた。何を訊いても彼女が答えなかったのも本当だ。こんな事件のあったことなど何一つ口には出さなかった……ただ、紀子と俺のことなど興味本位でしか見ていないこの小娘に話せる本当のことはそこまでだ。その後、俺がお茶を入れるために台所に立つと、紀子が不意に背中から俺に抱きついてきたことは言わないほうがいい。それからあの言葉……。

そんな風に背後から俺を抱きながら、紀子が耳もとでささやいた声。

「私、今まであなたと寝るたびに、誰かほかの女が……こんな風に背後霊みたいにあなたの体を抱いてるような気がして嫌だったの。それがあなたとの関係に夢中になれなかった一番の理由だわ……でも、今はもう大丈夫。今なら夢中になれる……」

そんな謎の言葉……真冬のすきま風のような声。

4

金曜の晩、紀子が吹きかけてきた息は、今も沢井のうなじに残っている。伝説の中の雪女が吐く冷えきった息……。

息といっしょに紀子がつぶやいた謎めいた言葉は凍傷のように耳の裏に残っている。

体の中でそこだけが死んでしまった……そんな気さえする。

「もう大丈夫。今はわたしがほかの女になってこんな風にあなたを抱いてるの。だから今はもうあなたに夢中になれるから」

紀子が呪文のようにくり返すその言葉にどんな意味があるのかわからなかった。

わかろうとも思わなかった。

訊いたとしても紀子自身が答えられなかったろう。

幼いころから、あまり幸せな環境に育たなかった紀子は、小説の作り事の世界に逃避し続けて、いつの間にか、そんなわけのわからないことを文学的な言い回しだと誤解し、得意げに口にするいやみな、少し馬鹿な女になってしまっていた……そんな女のことがなぜ、見捨てられず、こうも執着してしまうのか、沢井にはよくわからなかった。

時には劇的にさえ見える非凡な美しさをもった顔……体、背中に触れているこの夢のようなやわらかさ。

紀子の体の線が、鉄柵の一本一本となって男の体を閉じこめ、沢井を下半身だけの獰猛な生き物に変えてしまう……それに紀子がその直後にうなじに押しあててきた唇。息よりも冷たい唇は、逆に火傷にも似た熱い痛みを一瞬、沢井の体に走らせたのだ……稲妻のように体を走りぬけた痛みは、沢井の両脚が形作る二等辺三角形の頂点に落ち、一点を火を噴くほどの熱さで燃えあがらせた。

全身の血がその一点へと流れこみ、顔から血の気がひくのがわかった。

「俺たち、別れたんだろ?」

カップの湯に、紅茶が赤くしみだしていくのを見守りながら、沢井はわざと乱暴に言った。

血。果汁のように甘い香りのする血……。

「だから言ったでしょう、さっき言ったように、別れたのは一昨日の女で、今のわたしはほかの女なのよ」

「この部屋でセックスするのは嫌じゃなかったのか」

そうも訊いた。

紀子とこの部屋で寝たのは一度きりだ……沢井のベッドにはふしぎな香りがあり、それが嫌だと言って、二度とこの部屋に来ることはなかったのだ。そう言えばあの時も「いやな匂いじゃなくて、むしろ素敵な香りなんだけど、似合わない香水をつけた時みたいに自分がほかの女になったような気がするのよ」確かそんなことを言った……。

「だから、それは二年前初めてこの部屋に来た時のわたしで、今のわたしはほかの女なのよ」

紀子がまた口にした謎めいた言葉……だが、それもどうでもよかった。

紀子の体が持つ無数の線の永遠に解き明かせない謎の幾何学……それを自分の体で解き明かしたかった。欲望は早くもこぼれ落ちるほどぎりぎりまで、沢井の下半身にあふれていた。

沢井はくるりとふり返り、紀子を抱こうとした。

紅茶のカップが倒れたが、それにはかまわず唇を紀子の唇に押し当てようとした。だが、その瞬間、紀子もくるりと体を半回転させたので、沢井は紀子の体を背中から抱く格好になった。

「あの絵みたいに抱いて」

そんなつぶやきが聞こえた。ひとり言のような暗いつぶやき……。

「あの絵?」

「今日届いたっていう絵。七時ごろに電話くれた時、言っていた絵……」

沢井は紀子の髪に埋めていた顔をゆがめた。

「どういう絵かわかってるのか……電話で説明したより、もっと酷い絵だ」

「わかってるわ。見たのよ、わたしも、あの絵」

「………」

「ついさっきまでずっと見てたのよ。闇の中だったけど、あなたよりはっきりと見たはずだわ」

その言葉の意味も、沢井は尋ねなかった。

紀子の髪がふくんだ湿りも、ズボンと脚を濡らし滴り落ちていく紅茶の熱いしずくも、沢井には甘い蜜の誘惑だった。

それに、沢井にはなぜか、次に紀子が何をしようとしているのかわかっていたのだ。だから、紀

子がどこに隠しもっていたのか、長いリボン状のスカーフをとりだし、沢井の手に……セーターの上から紀子の乳房を鷲づかみにしている沢井の手に握らせようとした時にも、別段おどろかなかった。

　雨音が不意に高まったのを憶えている。ちらりと壁の時計を見ると、ちょうど零時になったところで、秒針はもう翌日へと流れこんでいる。五時間前、昨日の七時に沢井は紀子の携帯に電話をかけ、『今日届いた絵と同じことが起こるかもしれないから、気をつけるように』と警告しようとした。だが、それから五時間が過ぎた今、想像もしなかったことに紀子の方から『あの絵と同じことをして』と誘い……沢井は自分と紀子との体で、その絵を描こうとしていた……。


「沢井さん、聞いてるんですか」

犬飼有美の声で、沢井は現実に戻った。

有美の声を聞き流し、金曜深夜の謎めいた紀子の言動をいつの間にか追いかけていたのだ。

「もちろん聞いてるよ。それで？」

「『それで？』は私のほうです。質問したのは私だから」

沢井は済まなさそうに顔をしかめた。

「悪い。もう一度質問をくり返してくれないか。今他のことに気をとられて耳が留守になっていた」

有美は大げさにため息をつき、沢井の顔をにらみつけてきた。

「やっぱり私は無視されやすいタイプなんですね。こんな重要なことをしゃべっているのに無視される女ってそういないと思うけど」

「重要なことって？」

「私は、沢井さんがつけてるローションの銘柄が何か訊いたんです」

「ローション？」

「ええ。さっきも言ったけれど、麻木さんが香水をつけていたことがあって……」

「彼女、香水はつけない主義だろ？」

「だからおかしいと思ったんです。二度ほど、そういうことがあって……二度とも沢井さんからも同じ香りがしたんです。それでサエと、『沢井さんがつけてるローションかオーデコロンの移り香だ、きっと』と話してたんです。最近は香水のような甘い香りを男の人がつけていることもあるから」

沢井にはやっとわかった。

「そうか、麻木さんと俺との関係に証拠があると言ったのは、そのことだったのか」

「ええ……薄い香りだったけど、そういう香りに関しての女の嗅覚は犬以上ですからね」

「怖いね。いや、従兄が化粧品会社に勤めているんで試供品をいろいろとくれるから、適当につけたりつけなかったりだけどね……今日はつけたかな」

自分の体の匂いをかごうとしたが、それより一瞬早く、

「つけてます。さっきからかすかにそれらしい香りがしてますから」

有美が、得意そうに言った。

沢井はうなずいた。

『薄い』とか『かすか』とかは俺のつけてるローションの話だけじゃないよ。俺と彼女の関係もそのとおりなんだ。だから、俺が矢萩先生に嫉妬して、こんな馬鹿な真似をするなんてありえないことだ。無実なんだよ、俺も君も……だから、こんな風にたがいの腹をさぐりあってる時間で、力をあわせて犯人をさがさないと」

沢井は目で『どう？』と尋ね、有美は『ええ』とうなずいた。

「だが、まずは明日みんなに届く封筒をどうにかしないとね。何とか開けさせないで回収したいんだが……君が駅前でぶつかった男は封筒を何人ぶんもっていた？」と訊いた。

「七、八人ぶんです」

「犯人はゼミの学生全員と麻木さんの身近にいる男何人かに絵を送ったようなことを書いているが、この手紙はせいぜいその程度の人数にしか送っていない気がする……ただし、念のために全員に連絡して頼んでみようか。明日こんな封筒が届いたら、開封せずに俺のところへ郵送してくれと……今、矢萩先生のゼミは全部で二十四、五人だったかな」

「ええ」

「一応、この前、名簿をもらったから俺一人でもできないことはないが、女子学生の方は君に頼めないかな」

「わかりました。サエと二人で手分けして連絡してみます」

「一時しのぎにしかならないかもしれないが、やれるだけのことはやっておかないとな」

手帳をとりだし、メモしてある何人かの学生の名に目を通しながら、

「今何時？」

と訊いた。

「五時半です」

ガラスの向こうはいつの間にか夜になり、東京は光のモザイクに変わっていた。

「じゃあひとまず社に戻って、八時ごろにまた電話をかけるけど、いいかな」

「はい」

問題の封筒を鞄にしまい、立ちあがろうとした沢井に「あのう……」と、有美が声をかけてきた。

「そこに書いてあったように、矢萩先生が本当に麻木さんにこんな真似をしたという可能性はないのかしら」

「しかし、先生は金曜の晩、ベルリンに旅立ったのだろう？」

「ええ、でも成田から何時の飛行機に乗ったのかもわからないし……」

有美が濁した言葉を読みとり、

「そうだな、矢萩先生の家にも電話をかけて、その点も確認しておくよ」

と言い、五分後には有美をエレベーターに乗せて見送り、トイレに入った。

豪華なトイレには誰もいない。

大理石が静寂を閉じこめている。沢井は携帯電話をとりだし、先生の家と海津の携帯のどちらに

まず電話をかけたらいいかと迷いながら、腕時計を見た。

五時三十七分。

袖口と腕時計をずらし、手首を見る。腕時計を持っているのにさっき有美に時刻を訊いたのは、その手首に残っているものに気づかれたくなかったからだ。

透けた赤いリボンを巻きつけたように、そこに金曜の晩味わいつくしたものの跡が残っている。痛みだけとは言いきれないあの快楽……あの熱さは手首を焼き、火傷の輪を残したのだ。

性の虜となった囚人……その烙印。

それなのに赤く、あざやかに美しく、囚人の手首を彩っている腕輪。沢井が初めて紀子の体を征服した記念の……勝利の勲章。

誇らしげにその手をあげ、沢井彰一は指の間から、鏡に映ったその赤い勲章にむけて微笑みかけた。

5

エレベーターのドアが閉じると同時に、犬飼有美は顔から微笑を消した。

『なぜ沢井さんは一緒にエレベーターに乗らなかったのだろう』

頭の中でそうつぶやく。「トイレにいくから」と言ったが、いかにも言い訳くさかった。

たぶんローションのせいだ……せまい金属の密室の中では匂いが圧縮されたように濃密になる……。

その匂いを有美の敏感すぎる鼻にかぎとられたくなかったのだろうか。しかし、ローションをつけていることなど、今さら隠す必要はないはずだ。

逆なのだ……匂いがないことを、今日はローションなどつけていないことを、有美に感づかれたくなかったのだ。

それならなぜ、さっきまでいた席の空気にローションらしい香りがにじんでいたのか……あの香りは沢井の体ではなく、開いた封筒の中から流れだしたのではないか。

あの文章がプリントアウトされた時、犯人の手から用紙に移った香り……封筒の中に閉じこめられていた香りが、沢井の手で開かれた瞬間にしみだしたのではないのか。

あれを書いたのは沢井だ……駅前でぶつかったのも沢井だ……そうして、もしかしたら金曜の晩、研究室で先生の声をまねて麻木紀子を襲ったのも沢井だ……。

『でも、沢井さんは金曜の晩遅くに、麻木さんが部屋を訪ねてきたと言った……あれは本当なのだろうか』

頭の中でそう自問し続けた。ゆるやかな下降感の中で、逆に想像力は翼をもった。

『事実なら、精神的にも深い傷を負った麻木さんはレイプ犯が沢井さんだとは気づかないまま、愚かにもその沢井さんに慰めを求めにいったのではないのか……いや、麻木さんは勝気な女性だ。傷つきながらも反撃のために立ちあがったのではないのか。闇の中で自分を穢した男は沢井さんなのかもしれないと疑い、確証をにぎるために、その晩のうちに沢井さんの部屋を訪ねたのではないのか』

エレベーターが一階についた。

有美は急いでビルを出ると、新宿駅に向けて歩きながら、携帯電話から光瀬紗枝の携帯に連絡を入れた。

「あ、サエ？　今どこ？　今から会えない？　大事な話がいっぱいあるのよ。……無理？　立川で約束って誰と会うの？……なんだ、海津君……海津君なら都合がいいわ、私も今から行っていい？ええ……ええ……わかった。それはＯＫだけど、ともかくちょっと話させて。まず一つ訊きたいことがある。あの絵……先週、郵送されてきた三枚の絵、あれを封筒からとり出す時、ローションみたいな香りがしたことない？」

胸ポケットにつっこんだ携帯電話が鳴ったのは、海津亮太が居酒屋のいつもの席に腰をおろした時だった。

五時四十分。

かけてきたのはゼミのOBの一人である。

「あ、沢井さん。どうしたんですか、突然」

その場で電話に出た。月曜のその時刻、広い店内に客は二、三組しかいない。

「今、どこにいる?」

「立川駅前の居酒屋です。今日はバイトが休みだから、友だちとここで待ち合わせて」

そう答えながら、手は自然にテーブルのすみの一輪ざしに伸びている。全国にチェーン店のある安手の居酒屋は料理と呼べるだけのものを出してくれないのだが、それでもすべてのテーブルに本物の花が飾ってあり、それが海津の気にいっている。

今日は、アルストロメリアが一本……。値段はどれくらいだろうと考えながら、沢井の「今、しゃべれる?」という質問に、

「だいじょうぶですよ」

と答えた。

「訊きたいことがある。理由はあとで説明するが……先週の金曜の晩、七時ごろ、君は研究室にいっただろう、引越しの手伝いに」

「ええ……麻木さんに頼まれて」

「麻木さんには会えたのか?」

「いいえ。研究室には誰もいなかったんです。遅刻したので帰ってしまったのかと心配しながら、しばらくキャンパスを探してみて……もう一度戻ったけど、やっぱりいないので、あきらめて帰りました」

「最初に研究室に行ったのは何時ごろ？」

「七時十五分、いや、もっと遅かったか……あの日はバイト先を出る時に、時計代わりにしている携帯電話を忘れてきてしまったので、ちょっと正確な時刻はわからないですが」

「俺の方が正確にわかるかもしれない……ええと、七時半ごろだ」

「………？」

「どうして俺が知ってるのか、不思議だろうが、それも後で説明する。ただし、俺が知ってるのはそれくらいだ……それで？　公衆電話からでも麻木さんの携帯に連絡してみなかったのか」

「それが、麻木さんの番号は携帯に登録してあったので。だから、バイト先に戻って、こっちの携帯から麻木さんの携帯にかけたんですけど、電源が切ってあって……。あのう、麻木さんに何かあったんですか。あれからずっと電話をかけ続けてるんですが、電源がオフになったままなので、心配してるんです」

「何かあったのか、なかったのか。それを知りたいんだ、俺も……」

沈黙が落ちた。

いつの間にか手が花にのび、黄色い花片をいじっている。クレープという生地があるが、あのさらりとやわらかな感触に似ている……海津は花博士という異名をとるほどの花好きだが、本当は花の色や形よりも、そんな手ざわりが好きなのだ。そのことはほとんど誰も知らない……もう一つ言うなら、花の手ざわりよりも、それが想像させる女の肌の方がもっと好きだが、そのことはもっと誰も知らない。

海津は童顔のせいで、女に対して未熟だと誤解されている。だが、実体験はともかく、空想で交わった女の肌は数えきれず、その空想上のセックスの小道具が、いつも花だった。いつの間にか花片にふれるたびに、かならず誰かの肌を連想する癖がついてしまった……いつの間にか……正確にはわからないが、たぶん、初めて矢萩教授の研究室で麻木紀子を見た時から……。

ドアを開けた際のほんの一瞬だ……麻木紀子は窓辺に立ち、机の前に坐った矢萩先生と何かしゃべっていた。いや、矢萩先生が一方的に語る言葉をただ黙って聞いていたのだ……先生は何か悲しい言葉を口にしていたのか。麻木さんは、その言葉や窓にあふれたまぶしすぎる朝の光から自分を守るように、少しかたくなな無表情をしていて……それが金色のヴェールに自分の美しい顔を閉ざしているように見え、ふと、夜が明けたばかりの薔薇のつぼみを想像したのだ。やっと夜から解放されたのに、まだ光に慣れず自分を閉ざしている薔薇のつぼみ。

そしてその日、海津亮太は大学からの帰路、花屋に立ち寄り、たくさんの薔薇の中から、紀子の肌を連想させるものをさがしだし、買い求め、抱いた……。

「どれくらいキャンパスで麻木さんをさがした？」

「三十分くらいかな……あの晩は文化祭の前夜祭で、わりと名のあるロックグループが来ていて、さがしながら四、五曲聞きましたから」

そう答えながら、このアルストロメリアも誰かの肌に似ているが誰だろうと考えた……麻木さんではないが、あの時の麻木さんに似た悲しそうな表情の女……誰だったろう、誰かと初めて逢った時、その肌にこの花の手ざわりを想像した……。

「と言うと、八時ごろだな。その時、研究室の中に誰かがいる気配はなかったか」

「いいえ」

返事の声に苛立ちが出た。苛立ちの原因は、アルストロメリアの花に連想する女の顔が思いだせないからだったが、沢井は別の意味があると受けとったようだ。

「いや、隠さなくていい。そのう……君は女性のおかしな声を聞いて……それでドアもノックせずに帰っていったんじゃないのか？」

「ちょっと待ってください。何の話ですか……ノックしたけれど返事がなかったので、僕は研究室のドアを開けて、この目でちゃんと誰もいないことを確かめてますよ」

何気なく言ったその言葉は、沢井の突然の沈黙にぶつかった。

「鍵をもってたのか、君」

「いいえ」

「じゃ、ドアが開いてたってこと？」

「ええ」

沈黙。沢井は何かをしきりに考えているようだ。

「三十分前はどうだった？……最初に行った時も、ドアは開いてたのか？」

「ええ」

沢井は舌打ちをし、長いため息の後、『あの話はまったくの嘘というわけか』と、ひとり言のようにつぶやいた。

「あの話というと？」

「いや、今説明するが、その前に……間違いないんだな、その三十分間、研究室が空っぽで人が誰もいなかったというのは？」

沢井は『はい』という答えを予想したのだろう、

「いいえ」

海津がきっぱりとそう答えたので、

「いいえ？」

つまずいたような声で、鸚鵡返しに訊き返してきた。

「完全に空室だったわけじゃなく、誰か出入りした者がいますよ」

「と言うと？」

「二度目に行った時には、薔薇の花が落ちてたんです、二本……最初に行った時にはなかったですから」

今度こそ沢井は本当に驚いたようだった。電源が切れてしまったような沈黙が続き、

「二本だけ？」

と訊き返してきた。

「ええ。花と言っても、ひどく乱暴に扱われたみたいに花びらもこぼれかけてて……三十分の間に麻木さんが花をもって入ってきて、何かが起こったんじゃないかと……それもちょっと心配してるんですけど」

「血のしずくは落ちてなかったか……棘で怪我したみたいな」

「いいえ、血はなかったと思います。だいたい棘はなかったですから」

「棘がないって……薔薇だと言ったよな、さっき」

「ええ、でもあれは薔薇でも棘のない種類ですから……スイートハニーという名の」

「スイートハニー？……そうか、君の沼津の家は花屋だったね。スイートハニーというのは『甘い蜜』という意味だな」

「ええ」

と答えてから、海津は友人が入ってきたことに気づき、手で合図を送り、それから携帯電話にむけて言った。

「そう言えば、手にとった時……血ではないと思うけど、何かのしずくが花びらからこぼれ落ちたような……そんな気はしましたが。蜜みたいなしずくが……」

6

携帯電話にまた沈黙が落ちた。

沢井を驚かせるようなことばかり、自分はしゃべっているらしい。しかし、金曜の晩、研究室に薔薇の花が二本落ちていたという話の何が、沢井を驚かせたのか。

海津は携帯の受話口を手でおさえ、となりに腰をおろした友人に、

「沢井さんから。重要そうな話だから先に飲んでてくれる？」

と断って、また携帯での会話にもどった。

「つまり君はあの日、麻木さんに会ってはいないわけだ……ゼミで最後に会ってるのは安田君らしいんだが、この電話の後にでもかけてみるよ」

「あ、安田さんなら、今ここにいるんですけど」

「えっ」

また、沢井を驚かせてしまったようだ。

「友達に会うと言ったでしょう？　うちのゼミは先輩後輩の垣根なしでみんな親しくしてるじゃないですか」

「まあな、みんなが仲良くするのはいいことだが……じゃあ安田君に替わってくれないか。彼にも訊きたいことがある。この電話をかけた理由は安田君に話しておくから、後で彼から聞いてくれ」

ウェイターが運んできたビールに早速口をつけ、安田優也は興味ぶかそうにこちらを見ていた。口もとに垂れかかった泡をぬぐい、さしだされた携帯に出て、

「あ、どうも……」

安田らしい愛想いい声を出した。神経質そうにやせた男だが、幼児性があるというか、言うこともやることも冗談っぽく、それが年齢差を越えて友達づきあいのできる理由だ。

「……ええ、麻木さんとは六時に正門前で別れて、麻木さんはその後、軽く食事すると言って喫茶店に行ったみたいです……いや、特別変わった様子はなかったスね。いつもの……と言っても、いつもの麻木さんが特別だし変わってるから、変わってたと言えば変わってたわけだけれど。つまり、あの日は普通のことしかしゃべらなかったんですよ。『彼女らしくないな、今日は、変に素直で』と思ったくらいだから。『寒いわね、今日は……』とか、『あの店のサンドイッチは高いのにまずいけど、軽く済ませたいから』とか……」

携帯にむけてしゃべりつづける安田の口もとを、海津はメニューを見るふりで、ちらちらと盗み見た。

青白い顔色のせいか、唇だけが変にあざやかな色だ……あざやかだが、生肉のようなむきだしの色をした唇。さっきその端から、ビールの泡がこぼれ落ちようとした時、海津はあの晩のことで二つのことを思いだした。

一つは、沢井にも言った薔薇のしずくだ……金曜の晩、床に落ちていた薔薇の一本を拾いあげようとした時、花片の一枚から、何かが一滴、すじをひくように闇の底へと落ちていった……廊下の

灯が届かない机の下の暗い闇の底へと。

あれは何だったのか。

血……。

一瞬だが、その可能性も考えた。蜜のような血……血のような蜜。

誰か女の体から……たぶん麻木さんの体から流れだした血のような蜜だったのか。

それとも誰か男の体が……もしかしたらこの僕の体が溢れさせてしまったにがい蜜だったのか。

死をいたむ涙にも似たかなしい蜜。どちらにしろ、それは一瞬の幻にも似たすじをひいて、闇に投げ捨てられるように消えた……。

携帯での会話は続いている。

「はい……ええ……」

安田の顔を盗み見ながら、そのうちに海津は安田の方でも、ちらちらと自分を盗み見ていることに気づいた。

日頃ひょうきんにふるまっているだけに、時々見せる目の暗さが、前から海津は気になっていた。

他人の体や気持の暗部をさぐる目だ……今もその目は、『オレはぜんぶ知ってるよ』と言っている。海津が誰からも隠そうとしてきたこと……もしかしたら自分からも隠そうとしてきたことを、その安田の目だけが覗き見てきたのだ。

そんな気さえする。

海津が花を一本だけ買ってきた夜に何をするのか、その目は知っている。花の匂いや感触が、海津の脳裏に描いていく女の体……その一本一本の線を安田の目は見ぬいている。乳房や腰、脚がどう動き、うねり、ふるえるかを……弓なりに反った首や、苦痛にゆがみ快楽にほころんだ唇を見やぶっている。それが誰の体かということも……。

そしてそんな今にも消え果てそうな女の体を一瞬でも自分のものにするために、彼が下半身の唯一の武器をどんなふうに砥ぎあげていくか……安田の目は一点の穴から覗き見ているのだ。最後にその武器からほとばしりだしたものが、女の顔に浴びせかけられる瞬間まで……。

女の……麻木紀子の閉じた目から涙のようにすべり落ちていくしずくの白い濁り。

そのすべてを安田の目は見ぬいている……。金曜の晩、あの研究室で海津の下半身に何が起こったかまで。

二人の目が合った。それぞれを盗み見ていた目が小さくぶつかったのだ。安田はちょっとおどけたように顔をしかめ、海津はごまかすように笑った。

「ええ……ええ……わかりました。その話は海津に今から伝えます。え？　いや、あの絵がゼミの学生全員に送られたということはないと思いますけど……せいぜい十人……たぶん麻木さんの身近の……ええ……はい……あ、ちょっと。確か海津が『矢萩先生のところにも送られてきている』と言っていたので、直接訊いてみてください」

携帯を海津に返し、安田は大きく息を吐いた。

「もしもし」

沢井に問われるまま、海津は先週の水曜の夕刻、研究室で先生が問題の絵の入った封筒をもっていたこと、研究室を出た後で麻木紀子に会い、金曜の引越しを手伝う約束をしたことを話した。

「夕方って何時ごろ?」

「……五時半ごろかな」

「そうか……やっぱりあの後、彼女、先生に会ったんだ」

沢井のつぶやきが聞こえた。ひとり言らしい。

「あのう、麻木さんが先生に会いに行ったのが何か……」

「いや……それより、その絵のこと、先生は何と言ってた」

「大学の関係者のしわざだろうけど、タチの悪いいたずらだって」

「たしかにな。だが、ただのいたずらではなくなってきたし、放っておくわけにもいかんだろう」

詳細は安田に話しておいたからと言って電話を切ろうとする沢井に、

「ちょっと待ってください。言い忘れたことが一つあって……」

海津はそう声をかけた。

「なに?」

「あの時、研究室の床には薔薇のほかにもう一つ……本も落ちてたんですけど」

「なんの本……」

と訊きかけて、沢井はすぐに「いや」と言い直した。

「何の本か想像がつく。ひょっとしてモームの『お菓子とビール』じゃないか」

今度は海津が驚く番だ。

「どうしてわかったんですか。僕はさっき、安田さんが飲んでるビールを見て思いだしたんですが」

「今持ってる手紙の中に、その一節が出てきたから。世間から不道徳と思われているヒロインの性格……というか性癖について書いたくだりがね。すぐに思いだせなかったけど、あれは『お菓子とビール』だ……」

「手紙というと?」

「その話も安田にしておいたから、彼から聞いてくれ」

沢井はそう言うと「また何かわかったら電話してくれないか。俺のほうからもするから」とつけたして、そそくさと電話を切った。

また安田と目が合い、今度も海津はごまかすようにちょっと笑い……それから十五分後には、安田の口から、その手紙が犬飼有美に偶然拾われ、沢井彰一に届けられた経緯を聞きだしていた。

「じゃあ、明日うちに同じものが届いても、開封せずに沢井さんに送らないといけないわけか……」

「ああ。麻木さんの名誉のためにもな。なにしろ彼女が先生か、先生を真似た男に襲われる話が克明に書かれているというから……たとえフィクションでも皆が読めば彼女、傷つくだろうし」

「本当にフィクションなのかなあ……」

ほとんど無意識のうちに、ひとり言のような声が海津の口からもれた。

「フィクションだろう。だいたい沢井さんは、君が証人だと言っていたぞ、その手紙が嘘だという……。手紙に書いてある事件は、金曜日の七時半ごろに起こっているというが、その時刻ごろ、君は研究室に行っているんだろ？」

「ええ……七時半ごろと八時に。二回とも研究室は空っぽだったけど、その三十分のあいだに事件が起こった可能性だってあるわけだし。そういう事件は三十分もあれば充分起こせるだろうし……読んでみたいなあ、やっぱり」

「馬鹿。やめろよ、そんな言い方は」

「どうして」

「なんだか麻木さんが本当にレイプされていた方がいいように聞こえたぞ」

ビールを飲みながらジョッキのふちから覗かせた目は、やはり何かを疑っている。

海津にはそう思えた。

「もちろん、本当じゃないことを願ってるけど……ただ、その作り話の事件の中で、僕がどんな風に登場するのか、興味があって……」

そう言い、ごまかすように腕時計を見て、「光瀬さん、また遅刻だな」と言った。

「のんびりしてるからな。あの子の人生は普通の人と三十分ほどずれてるんだ。もうすぐ来るよ。……その前に大事な話をしておこう」

一気にビールの残りを飲んで煙草に火をつけた安田に、

「大事な話って？」

と海津は訊いた。できるだけさりげない声を装って——。

「だから麻木さんの話さ。今の沢井さんからの電話がなくても、どのみち今日はその話をするはずだったんじゃないか」

海津の目を避けるように、安田はメニューをとり、

「腹が減った。何か少し食おうか」

料理の名に視線を走らせながら、横顔のまま、

「今、レイプ事件を記した手紙の中に、自分がどんな風に登場しているか知りたいと言ったね」

ひとり言を呟くように言った。

「ええ」

「でも、君にはもちろんもうわかってるんだろう……自分が犯人として登場していることは」

「…………」

ちらりとふり向き、安田は笑った。

7

安田優也は、「カレーコロッケにでもするか」と言って、メニューから顔をあげた。

「何を驚いてんだ？」

冗談の声である。

「いや、安田さんの言った意味がわからないから。どういうことなのかなあ、レイプ事件に僕が犯人として登場しているというのは？」

「バーカ」

安田は顔をしかめた。

「そんな真面目な顔をすると、冗談じゃなくなるぞ。だいたい金曜日に本当にそんな事件があったかどうかもわからないじゃないか」

あくまで冗談なんだから――。

大げさな笑顔がそんな言葉を伝えてくる。

「ただ本当に起こったのだとしたら、君は犯行時刻、現場と被害者に一番接近していた人物だし……だいたい日頃から麻木さんに関心をもち続けてるぞ。ほら、以前、ゼミの連中みんなで矢萩先生の家をたずねて、ごちそうになった時、麻木さんも言ってただろ？」

安田の顔には同じ笑みが貼りついている。だが、目は笑っていない。やはり、僕は疑われている

……。海津亮太はそう感じた。

それは、しかし、海津の目も同じだ。先輩につきあうように笑ったが、眼鏡の裏に笑っていない目がある……。自分でもそれがわかる。

みんなで先生の家に行ったあの晩、確かに麻木さんにも言われた。

『海津君の目って笑うと、冷たくなるわね』

偶然にもその日は麻木さんの誕生日で、白く細い腕にはみんなで用意した花束があった。うれしそうに花束を見守っていた麻木さんは、花に溶けそうにやわらかくなった目をふとあげ、次の瞬間、その目にさっと翳を走らせたのだ。

『あまり見ないで。海津君のそういう目、一番見られたくないところを見る目よ』

その言葉に誰かが反応した。

「へえ、麻木さんでも見られると恥ずかしい部分があるの。一点の汚れもない完璧な女性で、うらやましいと思ってたけど」

冗談めかした声でそんなことを言ったのは、そう……矢萩先生の奥さんだ。その目を麻木さんの体にはわせながら、「ねえ」と隣りの夫に相槌をもとめた。

「麻木君は、体に黒猫を一匹飼っているから、それが恥ずかしいんだよ」

先生がそう言い、みんなドッと笑った。ゼミで教材として使っているイギリスの新進作家の小説にそんな表現が出てくるのだ。あるアパートで管理人の飼っている黒猫の行方がわからなくなる……住人の一人に自堕落な暮らしを送っている若い娘がいて、管理人が『あの女の体の中に住みついて、ぎらぎら目を光らせているに違いない』と嫌味を言う。みんな、それを憶えていたのである。笑わなかったのは、麻木さん当人と意味がわからずにいる奥さんだけだった。いや、もう一人いる。

あの時も安田がふざけて、「矢萩ゼミで見られて恥ずかしいのは犬飼さんだけだ」と言い、いつもなら冗談で切り返す犬飼有美がなぜか露骨に嫌な顔をしたのだ。

冷たく意地悪く、麻木さんの横顔を見た。だが、海津の目はそれ以上に冷たかったはずだ。みんなに合わせて声をたてて笑った……だが、あの時も眼鏡の奥の目だけ笑っていないことに、海津は自分でも気づいていた。

紀子に指摘されたとおり、眼鏡の奥に小さく……小さく隠した目で、海津はいつも麻木紀子の一番恥ずかしい部分ばかりあばこうとしていた。スカートやセーターにひそんだ危険なほど肉感をみなぎらせた線……。

体だけではない。紀子にも見られたくない生活があるにちがいない……その生活を見たかった。だから、いつの間にか大学とバイトの合間を見つけては、紀子の行動をさぐるようになっていた。

金曜の晩もそうだった……。

安田はコロッケを食べながら、いつの間にか、金曜の午後六人でどんな風に麻木紀子を手伝ったかという話を始めている。安田の話を意識の半分で聞きながら、残りの半分で海津は金曜日、自分に何が起こったかを思いだしていた。

海津が金曜の晩に引越しの手伝いをしたいと申し出たのは、紀子と二人だけの時間を過ごしたかったからではない。バイトが夕方近くまであったのも本当だ……ただ、わざと遅刻することに決めていた。遅刻するふりで、早目に大学に行き、紀子が一人でいる時間を盗み見たかったのだ……これまでもこっそりマンションに近づいたりした。だが、路地からせいぜい窓を見張ることくらいしかできない。部屋の中まで覗くことはできなかったし、声も聞けなかった。

紀子が部屋の中で一人だけで何をしているのか……それを覗き見ることが出来る部屋が一つだけあった。

それが大学の研究室だ……。

ただ、紀子が研究室に一人でいる機会は少なかったし、その時に自分が紀子当人や他の誰にも気づかれることなくすぐそばにいられる可能性となるとやはりゼロに近い。ほとんどあきらめていたのだが、夏休みが終わり、先月中旬ごろからにわかにチャンスがおとずれ始めた。

新しいビルが建ち、研究室が移動することになったのだ。矢萩教授の研究室のとなりは、国文の石上教授が使っていたが、石上教授は早々と引っ越して行ったのである。

海津はその空室に入ってみた。壁に隣室を覗ける穴でも見つからないかと思ったのだが、意外にももっと大きな『穴』が見つかった。

ドアである。

古い建物のせいか、木製のドアによって二室が自由に行き来できるようになっていたのだ。二室ともこれまで境の壁が書棚で覆われていて、ドアは隠蔽されつづけてきたのである。その上幸運にも、ドアは鍵がかかっておらず、手前に引くと簡単に開いた。

ただしドアは開いていても、矢萩教授の書棚の背板に完全にふさがれていて、壁があるも同然だった。その背板に穴を開ければ、本のすきまからでも研究室は覗ける。しかし、それでは視界があまりに狭すぎて大したものは何も見えそうにない……。せっかく見つけたそのドアを何とか有効利用できないものかと考えているうちに、チャンスが訪れた。矢萩教授がベルリンに行くことになり、出発の日に紀子の先導で引越しが行われることになった。

十月九日金曜日。午後のうちはゼミ生六人が手伝うことになっていたが、夜は紀子一人になるという。

最初で最後の……最良のチャンスである。ただそのチャンスの前に、もう一つのチャンスをつかむ必要があった。紀子に近づいて八日の夜の約束をとりつけるチャンスである。

前々日の水曜日、大学内でこっそり紀子の動きを監視しつづけた海津は、夕方紀子が大学裏手の喫茶店で沢井と会うのを見届けると、その後矢萩教授の研究室にいくだろうと見当をつけて、研究室に先回りして教授と会った。その後、二階まで下りて、エレベーターをロックし他の階でボタンを押しても動かないようにすると、階段で四階にもどり、踊り場で紀子が来るのを待ちつづけた。そして、十五分もして一階からの足音がひびくと、海津はゆっくりと階段を下り始めた……。

足音は建物の入り口からそのまま階段を上ってきたから、最初からエレベーターを使うつもりはなかったようだ。わざわざエレベーターを故障中に見せかけたのは無駄骨になったが、偶然の出会いをよそおって巧いこと紀子から金曜の夜の約束をとりつけることができた。

先生の家で『そんな目で見ないで』と言われたことは海津の心の傷になっており、断られるのではないかと心配していたが、紀子は逆にその申し出を喜ぶそぶりだった。と言うより、沢井との密会を終え、矢萩との密会に向かおうとしていた紀子は、その途上で鉢合わせをしてしまった海津に後ろめたさがあったのかもしれない。

紀子がエレベーターを避けて暗い階段をのぼってきたのも、どこかに密会というイメージが自分でもあったからだろう……矢萩に会うのは大学内でも、紀子にとっては密会なのだ。海津は半年以上の監視と尾行から、紀子が矢萩と先生学生以外の関係にあることも……沢井との関係が先輩後輩のそれだけではないことも、だいたいわかっていた。

そして、金曜日。

海津は七時の約束にはわざと遅刻することにして、六時半には大学に行き、研究室の隣りの部屋に入った……。いや、その前日、木曜日の夕方にも下見のつもりで、海津は研究室にしのびこんでいる。木曜の段階ではまだ書棚にかなりの本が残っていたが、それでも二十センチほどずらすのは難しいことではなく、二、三秒で海津は研究室の中にいた。秘密のドアから入ると、見慣れた研究室がまったく違った新鮮な部屋に見えた……それなら、麻木さんも、これまでとは違う新鮮な『女』を見せてくれるはずだ。

翌日への期待が高まった時、廊下に足音がし、入り口のドアが開きかけた。足音が聞こえた瞬間、部屋の灯を切ったが、狼狽した海津は、ドアが開けられようとしたその刹那、ノブを内側からつかみ閉めてしまった。内側から施錠すべきか……いや、施錠してもすぐに鍵で開けなおされてしまう。

一瞬の選択をせまられ、結局、そのまま逃げることにした。廊下の人物はとまどったらしく、すぐにドアを開けず、数秒の余裕が生じた。その間に秘密のドアから隣室にもどり、海津は書棚を元通りにした……。

金曜当日も、昼間のうちに書棚の本が片づけられていたこともあって、研究室の中には楽に入りこめた。机とテーブル、その上に積まれた三十冊ほどの古書以外何もない……いや、書棚以外の棚はなくなっていたが、空っぽになった本棚がまだ壁の半分近くを覆っていた。ただし、本棚は他の棚と違い、家具というよりも研究室の一部になっている。色も壁や天井とほぼ同じクリーム色なので、本棚としてよりももう一つの壁としてそこにあるのだ……つまり壁には何もないと言える状態になっており、その裏にドアがあることなど想像できないし、二十センチ程度のズレは入り口から見たくらいではわからなくなっていた。ただし近づけばそのズレも背後のドアも、そこにひそんだ男のこともバレてしまう。それを心配し、海津は、テーブルの上に乗り、天井の蛍光灯をはずした。廊下から灯が流れこんでも、二十センチのすきまは本棚の影で塗りつぶされてしまう。

紀子からは七時ごろまで外で食事をすると聞かされていた。まもなくその時刻だ。七時からほんの三十分ほど……いや、それだけの時間もないかもしれないが、たとえ数分でも、そこは長いこと海津が夢見つづけた場になるのだ……。

麻木紀子が主演の舞台……海津はすべての男があこがれるその夢のステージをたった一人の観客として独占できるのである。

8

研究室の壁にも床にも書物やインクの乾いた匂いがしみついて残っている。

闇の中だけにその匂いはいっそう生々しく、いやでも海津の空想を誘発してくる……矢萩教授が麻木紀子を机に押し倒し、インクのしみで汚れた手をブラウスの胸もとからしのびこませる。若い弾力にあふれた紀子の乳房は、教授の器用な指の動きに合わせて、さまざまに形を変え……それはちょうど偉大な芸術家の指が、白いゴムのような自由に形の変わる素材を使って、一瞬一瞬の美を作りだしていくかのようだ。その指は胸だけでは我慢できず、スカートのすそからその裏へとしのびこみ……やがて指は鍵となって、紀子の体をしっかりと閉ざした錠を開く。

同時に、紀子は大きく唇を開き、教授の下半身に燃えさかっている火を求めて、声にはできない声をあげる。それは飢えたけだものの口とそっくりだ……『麻木さん』の中に棲みついていた一匹の動物を『矢萩先生』の体の火が、炙りだしたのだ。麻木さんだけではない、先生の体も火に焼かれ、ひそんでいたけだものがもだえるように身を反らせながら、咆哮をあげる……そんな二人の姿が、闇にぬりこめられた研究室の壁に、床に、空想とは思えないあざやかさで、ちょうど昔の幻燈のようにうかびあがってくる。

いや、ただの空想では決してない。

暇を見つけては、紀子の動静をさぐっていた海津は、紀子がこの研究室に教授と二人だけで閉じこもるのを何度も見ている。そして少なくともそのうちの一度はドアが内側から施錠された……。

まだほんの一ヶ月前、夏の最後とも言える日だった。紀子が研究室のドアに吸いこまれるように消えて十五分後、海津は思いきってドアをノックしてみたが、何の返事もなかった。ノブをまわすと、内側から錠のおりていることがわかった。ドアごしに室内の緊張がつたわってくる……先生と麻木さんが体を密着させたまま静止し、息をひそめている……。

海津はいったん外に出て、裏庭から建物の入り口をみはった。麻木紀子が出てきたのは、さらに十五分もたってからだった。研究室に入るときは、ノースリーブ姿だったのに、なぜか男物のコートをマントでもまとうように着ていた。先生が一年中、研究室の窓辺に掛けておいてあるトレンチコートだ……紀子は両手でコートの前を隠しながら、裏門から外へと駆けだし、通りかかったタクシーを拾い、どこへともなく去っていった。

なぜ、コートをまとっていたのか。

海津はその後、何時間も……何日間もその謎を追いつづけた。キスマークでもついてしまったのか……ノースリーブではその跡は目立ちすぎるので、コートを借りて隠したのか。

いや、コートの下は一糸まとわぬ裸だったのではないか。

紀子は着ていたものをすべて……下着まですべて、研究室に脱ぎ捨ててきたのではないか。

海津がそんな想像をするのは、それから五分もして建物を出てきた先生が、ちょうど衣類が入っているくらいの紙包みを大事そうに腕にかかえこんでいたからだ。しかも先生も人目につくのを恐れるように、小走りで裏門を出ていったのだ……紀子のあとでも追いかけるように。

結局、コートの下が裸だった理由はいくら考えても思いつかず、何日も考えた末、一つの答えを出した。

ノースリーブのシャツだとむきだしになる腕に、キスマーク以上の激しい、あざやかな痕跡が残ってしまったのだ。それを隠すにはあのコートしかなかったのだ。……その痕跡として、海津は何か鎖かひものような物で縛った痕を想像した。紀子は手首を縛られて、先生に抱かれていたのだ……紀子だけではない。先生も手首を縛っていたのではないだろうか……あの紙包みにはたいした物は入っていなかったのだろう。ただそれを大切そうに抱えることで、半そでシャツから流れだした腕に残った痕を隠していたのではないか。

想像というより、空想である。ただ、その空想は、海津の若い欲望をたまらなく刺激してくる……だから……だから海津は、あの絵を描いたのだ。

去ろうとしていた夏が、まだ残っていた熱や光を最後の一しずくまでしぼりだして、東京中にばらまくように投げ捨てた……。そんな夜だった。クーラーのない狭い部屋で、たがいに手首を縛りあった男女がいったいどんな体位で交わることができるのか、さまざまに下絵を描いて想像してみた。

汗が額から画用紙の上に落ち、下絵の線をにじませた。紀子の下半身の陰りを描くときは、わざとそこに汗を落とし、黒い陰りがにじむように湿る効果を楽しんだ。汗だけでは物足りず、自分の下半身にしたたり始めたものを、下絵の紀子の体に落としたりした……。

先週の金曜の晩もそうだった。

紀子が食事から戻ってくるのを待ちながら、真っ暗な研究室で、自分が想像で描いたあの絵を、もう一度空想の絵筆で闇に描きつけてみた……空想は背景に本物の研究室を得て、ただの絵ではなくなった。血が通ったように二つの体は動きはじめた。紀子は大きく体をそらせ、苦痛と快楽のいりまじった叫び声をあげ、教授は何とか自由になる下半身だけをうごめかせている……。

海津のはいたジーンズの裏で、若い欲望は早くもあふれだしそうだったが、その時、廊下に足音がひびいた。

冷水を浴びせかけられたように覚め、海津はあわてて棚の背後に隠れ、すきまから闇をうかがった。意外にもドアには錠がおりてなかったようだ。鍵を使うような物音はなく、すぐにドアが開いた。廊下の灯とともに、人影が流れこんできた……。

ドアのところに立った人物は、逆光になっているせいで、男か女かもわからない。

その人物は手に何か大きなものをもっている……花束だ。ドアとは数メートル離れていたが、闇に流れこんできた薔薇の香りを、敏感な海津の鼻ははっきりと嗅ぎとった。

花束を届けにきた花屋の店員だろうか。最初、そう考えた。

だが、そうでないことはすぐにわかった。

謎の人影は、壁のスイッチに手を伸ばしたようだが、灯がつかず、とまどった様子で、しばらくそこに突っ立っていた。

やがてドアを閉めながら、室内に足を踏み入れたが、完全にドアを閉めきらず、十センチほど開けたままにしておいた。廊下から灯をとりいれるためだ。わずかな光なので、花束をテーブルの上においたのはわかったが、依然、誰なのかはわからない。

人影はその後、テーブルの上に乗った。なぜかはすぐにわからなかったが、天井へと手をのばしている。蛍光灯がはずされているのに気づいて、それをはめなおしたらしい。ただ、はめなおしても灯はつかなかった。入り口のスイッチが『切』になっているのだ。

それに気づいて、テーブルから降り、スイッチに近づこうとした時、廊下に足音がひびいた。

人影はドア近くのいちばん闇の濃密になった場所に溶けるように消え……ほとんど同時にドアが大きく開いた。

影がまた床にながれた。入り口に立った新たな人影は、室内に人の気配を感じとったのか、『誰?』とつぶやき、それから壁のスイッチを入れた。今度は電気がついた。研究室は一瞬のうちに陰画から陽画に変わった。

今度の人影はまちがいなく麻木さんだ……。海津の胸は高鳴った。

麻木紀子はドアを閉め、錠をおろし、それからテーブルの上におかれた大きな花束に近寄った。

海津はさっきまで闇の中にいた『誰か』がどこにもいないことに気づき、おやと思ったが、気になりながらも、紀子の動きや花束に目を奪われた。花束は、海津が匂いから想像したとおり薔薇だ。何十本もの薔薇……。その花束の下に封筒らしいものが置かれており、紀子はそれを手にとって見ている。

携帯電話が鳴った。紀子は電話に出た。

電話をかけてきたのが誰かはわからない。

ただ、絵の話をしていたようだ。

『どんな絵?』

と訊き、

『その絵の中でわたしはどんな風に抱かれてるの』

と訊いた。そして、『ただのいたずらだろうし、忙しいから後でかけ直す』と言って、電話を切り……封筒をまた手にとった。数秒迷うような気配を見せた後、指でそれを開封し、中から何かをとりだした。海津の隠れていた場所からは、紀子の背中しか見えなかったが、紀子が何をとりだし、どんな表情になったかは簡単に想像がついた。

あの絵だ……あの絵がまたみんなに届いたのだ。今の電話の相手や、この矢萩先生の研究室に……。紀子は今の電話で、その絵のことをしゃべっていたのだ。

あの絵。海津が紀子のトレンチコート姿から想像し、自分の手で描いた絵……両手を縛った先生が、紀子を背後から激しく抱いている絵。絵には女の顔は描かなかったが、それでもみんな紀子だと気づいたようだ。

当の紀子自身も――。

これまで海津は紀子の裸身を服の上から想像するしかなかったが、海津の想像はかなり的を射ていたようだ。それがわかり、海津は絵の才能を認めてもらったような気がしてうれしかったが、ゆっくり喜んでいる余裕はなかった。

紀子の肩がふるえている。それがはっきりと見てとれた。怒りからか恐怖からか……。

その肩が陰った。誰かが紀子の背後に近づき、その影が紀子の背に走ったのだ。

そう見えた。

だが、それは錯覚だ。なぜなら紀子の背後には誰もいない。紀子の背後だけでなく、研究室には紀子以外誰もいない……。その時になって、海津はやっと『誰か』がどこに消えたのかと考えた。

紀子の前に研究室に入ってきて、闇の中でテーブルの上にあがり、蛍光灯をはめなおした人物。

花束と封筒を運んできたらしいあの『誰か』はいったいどこに消えてしまったのか。

廊下の足音を聞きつけ、ドア近くの闇に身を隠すように溶けこんで、その後どこへ消えたのか。

ほとんど同時に紀子がドアを開け、すぐに灯をつけ、またすぐにドアを閉め、錠をおろした。その間、ほんの数秒のことであり、紀子がドアをふさぐように立っていた以上、誰かが出ていくことは不可能なはずだ。それなのに、研究室に灯がついた時にはもう、誰かの姿はなかった。紀子に目を奪われていたとはいえ、誰かが錠を開けて出ていけば、必ず気づいたはずである。

蛍光灯の光は、闇だけでなく、闇に溶けこむように隠れていた一人の人間まで消してしまったのだ。

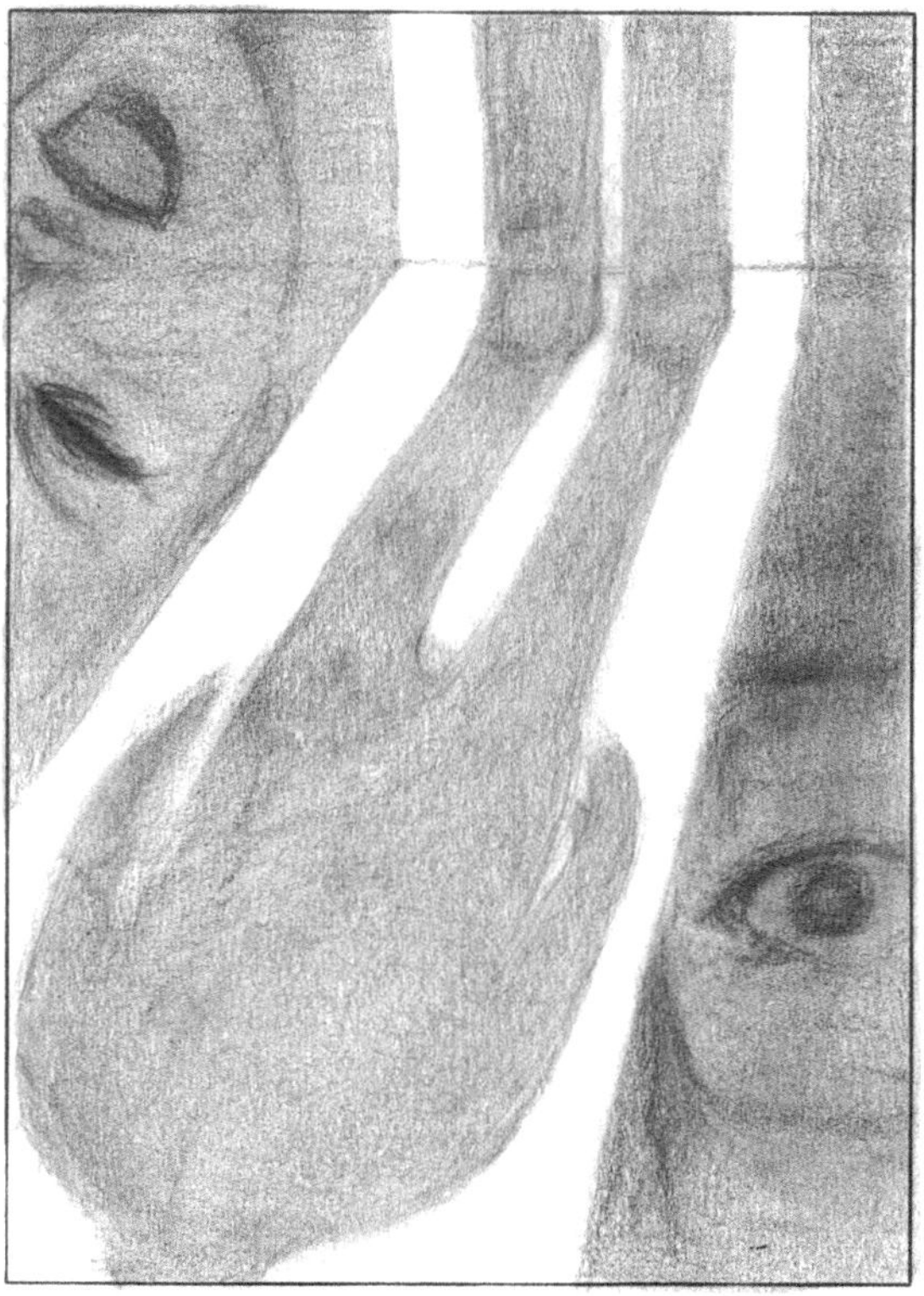

9

「麻木さんを狙っている男は多いからな」

安田のつぶやきに、

「そう言う安田さんだって、その一人でしょう？」

海津は笑った。頭の半分で金曜の夜の謎を必死に考えているとは誰にも想像のつかない自然な声で……。

「僕が研究室の引越しを夜だけしか手伝えないと言ったのは、麻木さんと二人だけになりたかったからだと、安田さんはそう思ってるかもしれないけど……それは安田さんも同じじゃないですか。あの日、安田さんは麻木さんと一時間でも二人になりたくて、一人だけ六時まで残ることにしたんでしょう」

いつの間にかテーブルは料理の皿で埋まっている。そのうちの一皿をフォークでつつきながら、

「大正解！」

安田は大げさな声を出した。

酔っぱらったような声だが、本当は、痛いところを突かれ、ふざけるふりで慌ててごまかしたのだ。

「と言っても、もちろん、麻木さんを襲うためじゃないよ。あの日はみんなに届いたおかしな絵の

ことを直接、彼女に訊いてみたかったんだ……みんな、あの絵のモデルが麻木さんと矢萩先生だと気づいているのに……いや、気づいているからこそ、逆にあの引越しの日、いっさいその話題には触れないようにしていたからね。あの絵のことを彼女がもう知っているか、知っているならどう感じているか、訊きたいと思ってね」

「それで？」

余分なことを言うとボロが出そうなので、海津はただそれだけを言った。

安田は首をふった。

「結局何も訊けなかった。彼女が意識的に普通にふるまっているのがわかって……それはたぶんあの絵のことでひどく傷ついているからだと想像がついたからね。プライドの異常に高い人だろ？　傷ついているのを人に知られたくなかったんだな」

安田は横顔である。その横顔がやはり、自分を見ている……あの三枚の絵を描いたのが僕だと見抜いている。だから、安田さんは昨日、電話をかけてきて「話し合おう」と言ったのだ……。だのに、核心に触れてきたかと思うと遠ざかり、無駄話で会話を空転させている。たぶん、わざと……。

海津は腕時計を見た。光瀬さんが来るまでに……二人だけのうちに、何とか安田の口から『その言葉』をひきだしておきたい。

『あの絵を描いたのは、海津、君だろう？』

という言葉を……。

「安田さん」

と呼びかけたのと、

「それにしても光瀬、遅いな」

安田のつぶやきが重なった。

「まあ、そのうち来るだろう。光瀬には三時間も待たされたことがあるからな。のんびりかまえた方がいい」

海津は眼鏡の奥の目を大げさにみはり、「すごいなあ」と言った。

「ああ、俺は、一応先輩だ。その先輩を待たせるんだからな」

「いいえ、光瀬さんより、三時間も待っていた先輩の方ですよ、すごいのは」

「そうかな……俺は待つのはいくらでも平気なんだ。お前のことだってアパートの階段で一時間以上待ったことあるぞ、俺は」

「そうだったかな……ああ、僕がコンビニにいることも知らずにね。そんなこと、確かにありましたね」

海津のアパートは一階がコンビニになっている。コンビニでマンガ本を立ち読みしているとは気づかずに、すぐ外の階段にしゃがみこんで安田が待っていたことがあるのだ。そう……安田は海津の部屋を頻繁に訪れてくる唯一の客で、海津が部屋のすみに隠している絵に気づく可能性をもった唯一の人物でもあるのだ。

海津は中学校のころから、両親にも隠して絵を描くようになった。両親だけではない、今まで他人には誰一人、その趣味について教えたことがない。なぜなら、その絵は海津の性欲の捌け口であ

り、決して人には見せられないものだったから……。安田が遊びにきても、ばれないように絵具類もすべてベッドの下に隠してある。だが、海津の部屋でも図々しく自分の部屋と変わりなく自由にふるまう安田が、その絵の存在に気づいた可能性は充分あるのだ。

「そう言えば……」

安田さんくらいだな、僕の部屋に来てくれるのは——と、そんなところから話を一気に核心に向けようとしたのだが、その時、店のガラス戸が開いて、一人の女性客が入ってきた。

光瀬紗枝ではない。だが、その客は店内を見回し、すぐに二人に気づいて笑顔で近づいてきた。

「紗枝のピンチヒッターよ。どうしたのよ、愕いた顔して。紗枝から電話なかった？　自分が行けなくなったから代わりに私が行くって……」

犬飼有美は二人の前に座り、一気にそう言った。

「愕いた顔っていうより、嫌そうな顔だな、二人とも。そりゃあ、私は紗枝ほど美人じゃないし、おしとやかでもないけど……うるさがらないでよ。おもしろい話があるんだから」

そう言い、それから生ビールの中ジョッキを空けるまでの二十分近い間に、問題の封筒を拾った経過や封筒の中にあった手紙の内容を二人に語った。語ったというより、ばらしたと言った方がいい。

「手紙の内容については、沢井さんに口どめされたんじゃないのか」

有美がしゃべり始めてすぐに、安田がそう注意したが、

「みんなに封筒が届いても開かないように伝えてくれと言われただけ。それに、女の私では絶対に

口にできないような恥ずかしい言葉ばかり書いてあったから、全部はとてもばらせないわ」
と答え、結局、遠まわしな表現をたくみに使って、手紙の内容をほぼすべて二人に伝えてしまった。

安田は熱心に聞いていたが、海津は頭の半分で、依然事件当夜のことを考えていた。

犬飼有美は話し始めてからも、何度か時刻を気にして壁の掛け時計に視線を投げた。そのちょっとした仕草が、あの晩の麻木紀子そっくりに思えたのだ。

金曜の晩、封筒の中身を見て背中をふるわせていた紀子も、ふっと横をふりむき、壁の方へ視線を投げた。何かの気配を感じとってハッとふりむいたように見えたが、ただ壁の掛け時計を見ただけだ。海津も、紀子の視線に合わせて掛け時計を見た……その時、闇が落ちた。

ヒューズでも飛んだように、突然研究室は真っ暗になり、麻木紀子の背中は闇に飲みこまれた。一瞬のうちに陽画は陰画に反転したのだ。闇だけの完全な陰画に……。そして、あの声が聞こえた。

「騒がないように……」

闇自体がため息でもついたような静かな声だった。

だが、その静かな声が、どんな轟音よりも海津をゾッとさせた。声が矢萩先生の声と似ていたからではない……その段階では、男の声の特徴まで聞き分けている余裕はなかった。

声が聞こえたというそのことだけに驚愕したのだ。先刻、研究室が明るくなると同時に消えてしまった謎の人影が、闇になると同時にまた現れたのである。

いいや、それは本当に『人』なのか。普通の人間なら、闇の中では消えるのに、謎の影は反対に光の中では消え、暗くなると現れるのだ……完全な闇の中でしか棲息できない奇妙な生き物……今、すぐ近くで声を発している男がそんな特別な生き物のように思えて、海津の背すじに冷たいものが走った。

完全な闇？　いや、正確にはそれは真っ暗闇と呼べる闇ではない。突然の闇で目が慣れず何も見えなくなっているのだが、窓には外の明りがにじんでいる。

そのかすかな明りを集めてはねかえし、何かが小さく光っている。

「動かないように。それから騒がないように……手にもっている危険なものを使わせないでほしい」

またそんな声が聞こえたから、光っているのはその危険なものにちがいない。たぶん、カッターだ……さっき、机のすみにおいてあるのを見た。そのカッターがすぐ近くで危険な光を放っている。

すぐ近くで？……それはもしかしたら僕のこの手の中ではないのか。

「命をうばいたくない。君の命は、君以上にぼくにとって大事なものだから」

すぐ近くでまた声が発せられた。すぐ近くで？　その声はもしかしたら僕の声ではないのか。

闇の中に不意に現れた生き物というのは、この僕なのだ。海津はあの金曜の晩も闇に体を溶けこませながらそう思った……カッターを手にし、麻木さんの背後から襲いかかろうとしているのはこの僕だ。そう考えれば、あの人影が消えたり、現れたりする理由が説明できる。灯がつくと、僕は僕を見うしない、逆に闇の中では、明るい時よりもずっと生々しくしっかりと自分の存在を感じとることができるのだから……ちょうど、闇が鏡の役割をしてそこにもう一人の自分を映しだすかの

ように。

闇の中で僕は『誰か』を見ていたのではない……『誰か』を感じとっていただけだ。

そう、この僕なのだ。先生の声をまねて、麻木さんをおどし……あの絵とそっくりに麻木さんの両手を縛り、自分の両手も縛り、麻木さんをレイプしたのは。なぜなら、麻木さんの体を自由にできる先生のようになりたいと願っていたのはこの僕だし、あの絵を描いたのもこの僕なのだから……。


「ねえ、ちゃんと聞いててくれた、私の話」

犬飼有美がビールを飲みほして、そう訊いてきたので、

「ああ、もちろんだよ」

海津はそう答えた。事実、頭の半分で金曜の晩のことを考えながら、残りの半分で有美の話に耳を傾けてもいたのだ。

「麻木さんには悪いから、聞かない方がいいと思ったけどね。やっぱり興味があるから」

「それなら、どう思う？　私と沢井さんが読んだ手紙に書いてあった事件は本当に起こったことだと思う？……海津君は唯一の証人なんでしょ」

その有美の質問に答えたのは、海津ではなく、安田だった。

「いや、海津は証人じゃないんだ。証人というより、犯人だからね。金曜に麻木さんが襲われた事件の――。あの絵を描いた奴が犯人なわけだろう。君が今話した麻木さんの事件はあの絵のとおり

に起こったんだから。あの絵を、こいつの部屋で見たことがあるんだ、俺は先月末に」

そう言うと、意外なことにひどく真面目な顔になったのだ。刑事が犯人を告発するような厳しい目に……。

もっとも海津はこの瞬間を待っていたのである。安田が、『お前が犯人だ』と言いだす瞬間を——。

意外だったのは、安田が有美の前で、しかもさっきと違い、冗談にはできないような真顔でそう言ったことだけである。

第四章　光と影の共謀

1

意外なことに、海津は一瞬眼鏡の裏の目を丸くしただけで、落ち着きはらっている。

かすかな笑みが薄い膜のように唇に貼りついている。

そればかりか、

「あれ、今度は冗談だと笑い飛ばさないのですか、さっきみたいに」

そんなことまで言ったのだ。

開きなおったのか。

いや、違う。やはり、こいつの童顔を信じてはいけない……安田は胸の中でつぶやく。こいつは俺が『犯人はお前だ』と指摘する瞬間を待っていたのだ。

『あの絵を描いたのはお前だ。だからレイプ犯はお前だ』

俺の口から、むしろその言葉をひきだしたがっていたのだ。確かに俺は先月こいつの部屋で、ベッドの下からあの絵を見つけた。こいつがトイレに入った時に煙草を吸おうとして、灰皿をさがしたのだ。

何十枚もの裸の女の絵。何枚もの裸の男女がからみ合った絵。そして一枚のとりわけ危険でひわいな絵……手首を縛った男が女を自分の体で縛りあげるように背後から攻めている絵。

女は、自分の体にひそんだ快楽の声を男の腕に絞りあげられて、唇からほとばしらせている。の

けぞっているために顔がよくわからないが、すぐに麻木紀子だとわかった。なぜなら、大半の他の絵には、はっきりと彼女の顔が描かれていたからだ。こいつは……海津は、想像力と絵筆で毎晩のように麻木紀子を犯していたのだ。

海津の重要な秘密をにぎったと思い、いつかこの秘密を利用してやろうと考え……そして今日がそのチャンスだと信じてここに呼びだしたのだが、もしかしたら、こいつの方が俺の秘密をにぎってるのかもしれない。

もっとも、したたかさは安田も同じである。

計算違いで海津が何一つ動揺していないと見てとると、すぐに何事もなかったように笑った……先月の晩、見つけた絵をまたベッドの下に戻すと、トイレから出てきた海津に何事もなかったように自然な顔で笑いかけた、その時と同じ笑顔で。

「冗談かどうかは、お前に答えてもらわないとな」

その安田の言葉を無視して、海津は犬飼有美に、

「そうだ、訊き忘れていた。光瀬さんの急用って?……もしかしたら、それも金曜の事件と関係のあること?」

と訊いた。

二人の男のあいだに敵対と言ってもいいような微妙な溝を感じとったのだろう、有美はとまどいを見せながら、

「関係あるような、ないような……」

あいまいな答え方をした。

「どういうこと？」と海津。

「紗枝、ここに来るつもりで家を出たのよ。でもその直後に矢萩先生の奥さんから携帯に電話が入って……突然、今から晩御飯を食べに来ないかと誘われたみたい。私がその直後に電話したわけ……紗枝、迷ってたから、こっちは私に任せて、先生の家に行くようにすすめたわ。矢萩先生が金曜に本当にベルリンに発ったか、さぐってきてもらいたかったから」

有美は新宿で沢井とわかれてすぐに、光瀬紗枝に電話をかけ、問題の手紙の内容を教えたのだと言う。安田が口をはさんだ。

「沢井さんがみんなに手紙を読まないようにと注意してまわっても、何の役にもたたないじゃないか。君がこんなに言いふらしていたら」

「だから、麻木さんが傷つくような言葉は避けたって……女同士でも口に出すのが恥ずかしいことはあるから」

有美はムキになって反論した。

「そんなことより」

海津が言った。

「なぜ、光瀬さん一人が先生の奥さんに呼ばれたんだろう」

「あれっ、紗枝があの奥さんに可愛がられてること知らなかった？……よく、先生の家に遊びにいってるわよ。先生の留守の時だけど……子供も大きくなって自分だけの世界作っちゃったから、奥さん、さびしいみたい。知らなかったの？」

海津はうなずき、安田の顔を見た。さぐるような目だ。有美も不思議そうに安田を見ている……。

「海津君が知らないのはいいとして、紗枝、安田さんにもその話したことないの？」

安田さんにも……というのは、『恋人の安田さんにも』という意味らしい。恋人と言えるほどの関係ではないが、去年の夏ごろから安田は後輩の光瀬紗枝とつきあっていて、その関係は半ば公然のものになっている。

「ああ、一度も」

と答え、安田は「変だな」と首をかしげた。

「そうねえ、安田さんに隠す必要もないことなのに」

「いや、彼女は秘密主義で、俺は他のこともあんまりよく知らないから、そのことはいいんだけど……奥さんがなぜ光瀬を呼ぶのかなって。どうして光瀬なんだ。麻木さんじゃなく……麻木さんは先生の秘書みたいなもんだろ、奥さんが麻木さん家に呼ぶのならわかるが」

「麻木さんへのあてつけなのよ。先生が麻木さんを可愛がっているのを知ってるから、奥さんは別の子を可愛がるわけ……紗枝は麻木さんの次に矢萩ゼミが誇る美形で、麻木さんの唯一のライバルだわ。奥さんはそこらへんのこと承知で、わざと紗枝を可愛がるの……男の人にはわかりにくいだろうけど」

「わかるよ、それくらいはもちろん。それに先生が留守の時に、麻木さんを誘ってもムダだと、奥さんにはわかってるだろうからな」

と言い、安田は海津を見て、目だけで『そうだろ?』と同意をもとめた。

海津はそれを無視し、

「やっぱりあの奥さん、気づいてたんだ。麻木さんと先生のこと……」

ひとり言のようにつぶやいた。

「そりゃあ気づくわよ。私たち女子学生だけじゃなく、男子学生のあいだでも噂になってたんでしょ、先生と麻木さんのことは。いくら奥さんがお嬢さま育ちでおっとりしているからって、気づかないはずないわ」

安田は、みんなで先生の家を訪ねた時に矢萩夫人が見せた一瞬の目を思いだした……麻木紀子はみんなからもらった誕生祝いの花を抱えていたが、みんなの『ハッピーバースディ』の合唱の陰で、夫人は一瞬針のような視線を紀子へ投げたのだ。冷たく黒い、毒を塗ったような針が、紀子の微笑を一突きした……。

矢萩教授はK大卒業のエリートで、妻は師にあたるK大文学部教授の一人娘である。矢萩夫人には育ちのよさを物語る真綿のような純白で柔和なところがあるのだが、そんな夫人がかいま見せた意外な顔に、安田は驚かされたのだった。

もっとも次の瞬間に見せた微笑は毒針にも似たその目を呑みこみ、今この瞬間まで忘れていたのだが。

「そう言えば、矢萩夫人と麻木さんって似てない?」

「顔だち?……そうかなあ、夫人は丸顔だし、麻木さんは瓜実だけど」

「そう。でも、赤と青だって、あいだに紫をおけば、意外に近い色だってわかるわ。紗枝がその紫にならない？　矢萩夫人と紗枝は似ているし、麻木さんと紗枝にも似たところがあるから……」

「美人はみんな似てるんだよ」

安田の言葉に有美はわざとらしく口をとがらせた。

安田は笑った。

「それに麻木さんは年齢のわりに大人っぽくて、逆に奥さんは、四十過ぎとは思えないほど子供っぽいから。いつか、奥さんが大学に来た時、少女みたいな長い髪をしていて、学生かと思ったくらいだから」

その晩、安田は奥さんと矢萩教授が抱き合う夢を見ている。奥さんの体に火の嵐が起こり、髪を黒く燃えあがらせ、火が一うねりするごとにその女は奥さんから麻木紀子に変わっていった……黒い火が奥さんの顔に隠れていたもう一人の女の顔をあぶりだしたように……。

夢とは思えない鮮明さで今も黒い嵐は記憶に残っているが、もちろんそこまでは口にできず、海津に、

「あの時お前も一緒だったろ。お前、あれはかつらだろうかってひどく気にしてたじゃないか」

そう声をかけた。だが、今度も海津は安田の言葉を無視し、

「そうか、先生の奥さんだったんだ」

とつぶやいた。何かを思いだしたらしい。ふと手をのばして、花瓶の黄色い花に触れ、「この花が誰かに似てると思ってたんだけど、矢萩先生の奥さんだったんだ」とつづけた。

どこかに得意げな響きがある。

安田は海津が時々小さな発見をしては、自分の繊細さを誇るように大げさに口に出すのが好きではなかった。この時も少しいらいらしたが、

「相変わらず君はアーチストだな。俺にはさっぱりわからんよ、この黄色い花がなぜ矢萩夫人に似ているのか」

機嫌とりの笑顔になって、そう言った。

今度は無視しなかった。海津は、同じように笑いながらも眼鏡のレンズの背後から一点の乾いた目で、安田を見て、

「じゃあ、あの絵もアートだと認めてくれるんですね」

と言った。

「ああ」と安田はうなずいた。

「待ってよ。それって、みんなのところに送られてきた絵のこと?」

二人の男の間で何度も視線を往復させていた有美が口をはさんできた。

「さっきあの絵を描いたのは、海津君だって……安田さんがそう言ったけど」

「そうだよ」

安田より一呼吸早く海津自身がそう答えていた。

「安田さんが芸術だと認めてくれたので隠さずに言うけど、あの絵を描いたのはこの僕なんだ……モデルは、もうみんなが気づいているように麻木さんと矢萩先生だ。もちろん体は想像で描いたの

だけどね」

落ち着いた声のままである。

やはり開き直ったのか。や、決してそれだけではない……。

「それ、自分が犯人と認めてるの？」

有美の大声に、周囲の客が視線を集めてきた。いつの間にか店内は客でたてこんでいる。

有美は声を落とした。

「じゃあ、今日ポストの前でぶつかったのは、海津君だったわけ？」

海津は笑って首を横にふった。

「僕はあの絵を描いただけだ……いいか、あの絵を描いた人物イコールあの絵をみんなに送った人物とはかぎらないよ。僕自身が一番びっくりしてるんだ……あの絵のコピーがみんなに送られたと知って。しかも、僕のもとにまで犯人はそのコピーを郵送してきたんだから」

そこでふり向くと、海津は視線をまともに安田の顔にぶつけてきた。

「これで満足かな、安田さんは」

そう言った。

童顔の中の覚めきった一点の目。

その目は誰が犯人かを見抜いている。すべてを知っている。金曜の晩、安田が麻木紀子と別れた後、ふたたび研究室に戻ったことまで……。

2

「でも、海津君が描いた絵を誰がどうやってコピーしてばらまいたの」

有美がそうつぶやいた。質問というよりひとり言に似ていた。

海津の目は有美の顔から安田の顔へと動いた。点のような目が微笑でふくらんでいる。

「あまり人には見せたくない絵だから、部屋の隅に隠しておいたんだけど、それを誰かが見つけたのか……アパートの一階のコンビニにコピー機の精密なのがあるから、僕の目を盗んでコピーするくらい簡単なんだ」

「じゃあ、コピーしてみんなに郵送した犯人は俺しかいなくなるじゃないか。お前の部屋に出入りしてるのは俺だけなんだろ?」

安田の言葉に、海津は首を横にふった。

「そうとはかぎらないよ。先月、あの三枚の絵のうち一番新しいのを描きあげたころなら、犬飼さんたちも来てるし」

「そうね、紗枝と私の女二人でプミラをもらいにいったわ」

海津が夏のあいだに育てた観葉植物を女二人でもらいにいってきた……確かに紗枝がそう言って安田のアパートを訪ねてきたことがある。星くずのような葉が密集した鉢を抱えて……。

「他には?」

「他は誰も……」

「じゃあ、やっぱり俺が犯人の第一候補じゃないか」

と言う安田に、

「でも……僕は、あの絵を三枚とも、大学に何度も持っていってるし、教室や研究室に鞄をおきっ放しにしておくから、そっちの方で誰かがこっそり……という可能性もあるし」

海津はそう言った。微笑の目を安田の顔にまとわりつかせながら……。

『嘘だ』

安田は胸の中でそう答えた。絵をコピーしたのがこの俺だと、海津にはわかっている。それなのに、今嘘を言った。あの絵を大学に持ってきたなどということはありえない……なぜ、こんな嘘を……もしかしたら、俺を助けるためなのか……。

安田を助けようとしたのは、だが、海津だけではなかった。

「安田さんが犯人だということはありえないわ」

犬飼有美が確かな声で言った。

「うれしいね……でも、どうして?」

「安田さんだけでなく、私たちのグループには誰もレイプ犯はいないはずだから」

ゼミ生たちは、気の合う者同士がごく自然に一かたまりになり、いくつかのグループに分かれている。あの日、引越しを手伝ったのは安田や海津を中心にしたグループで、このグループが麻木紀子と一番近い関係にある……。

「つまり、あの日、引越しを手伝った連中にはいないと言いたいわけよ」

「だから、どうして?」

「だって、六人はみんな、あの日の夜、研究室に海津君が来ることを知っていたのよ。犯人が本当に麻木さんを襲うつもりなら、そんな邪魔が入る時間をねらうはずないじゃない。それに私の読んだ手紙……というか手記にも、研究室のドアがノックされて、犯人がちょっと慌てる様子が書かれていたわ」

「なるほど、犯人は海津が来ることを知らなかった人物というわけか」

安田は納得したように大きくうなずき、

「さすが聡明さでは麻木さんのライバルと言われている犬飼だな。おかげで、俺もふくめグループ全員の無実が立証されたわけだ」

相変わらず冗談っぽい手つきで、犬飼有美の頭をなでた。

有美はその手を払った。

「そうとは言い切れないわ。六人の無実が証明できた代わりに、犯人は海津君しかいなくなってしまったんだから」

有美はいどむように海津を見た。海津が絵を描いた張本人だとわかって、有美はかなりのショックだったようで、これまで視線を引いていたのだ。

海津は無表情で黙っている。

「それこそ『そうは言い切れない』だな」

安田が助け舟を出した。

「逆にそのことが海津を守るんじゃないかな。自分が真っ先に疑われるとわかっているのに、事件を起こすほど海津はバカじゃないよ。なあ」

と笑顔で同意を求めた。海津がさっき自分を助けてくれたことへの返礼のつもりだった。だが、せっかく出した助け舟を、海津は皮肉っぽい薄笑いと「さあ、どうかなあ。裏の裏をかくということもあるから」という言葉で押しもどしてしまった。

いったいこいつは何を考えているのか。安田はいらだちを覚え、有美のいない場所で単刀直入に海津にその本心を訊いてみたくなった。安田は一旦この話題から逃れるために、

「まあ、本当にそんな事件があったかどうかもわかってないのに、あれこれ詮索しても意味ないよ」

と切りだしたのだが、この時、携帯の着メロが鳴り響いた。

光瀬紗枝からだ。

「今すぐかけ直す」

電話に向けて言い、外に出ようとして立ちあがった時である。

海津が安田を見て、黙ってうなずいてきた。眼鏡のレンズの裏で、微笑にくずれた目が点滅するように光った。『うまくいったね』目がそんな言葉をつぶやいた気がした。

店の外に出てから、安田にはやっとその目の意味がわかった。あれは共犯者の目だったのだ……

海津があの絵を描き、俺がこっそりとそれをコピーして、みんなに郵送した……そういう意味では俺たちは共犯者だったのだ。海津は自分の描いた絵がコピーされてみんなに郵送されたと知ってギ

ョッとしただろう。驚くと同時に、しかし、海津にはすぐにそれが誰の仕業かわかったはずだ……。

俺の方もそうだ。郵送したのが俺だということはすぐにバレる……それを承知であえて、そうした。なぜ?……最初はほんのちょっと海津を困らせてやろうという冗談半分だった。海津が何か言ってきたら、『あの三枚の絵が気にいったから、こっそりコピーして自分一人で楽しむつもりだったのが、どうも俺のところへ遊びにくる悪友の誰かが、またこっそりコピーしてばらまいたようだ』とでも言ってごまかすつもりだった。海津の部屋とはちがい、俺の部屋にはしょっちゅうゼミ生の誰かが来ているから。

だが海津は何も言わなかった。

みんなにはもちろん、俺に対しても沈黙を守った。他の連中には『あの絵を自分が描いた』などとは告白できないだろうが、俺には何らかの反応を見せてもいいはずだった。だが、黙っていた。奇妙な沈黙だった。俺は苛立ち、三枚目のあの『麻木さんが矢萩先生にレイプされているらしい絵』を駅前のポストに投げこんだ段階で、この絵が届いても海津が何も言わなかったら、自分の方から探りを入れてみよう……そう思った。だから金曜の晩のことがなくても、俺はあいつのバイトの定休日である今日、会って酒でも飲んで軽い気もちで話し合うつもりでいた。

ただ、金曜日……とんでもないことが起こったのだ。あの日、六時まで引越しを手伝い、大学の正門前で麻木紀子と別れた後、俺はいったん駅前に戻り、ハンバーガーを食いながらパチンコをやった……パチンコ台は色とりどりの遊園地に似ているが、うまくいかない時は落とし穴だらけの迷路になってしまう。

釘というより、針の迷路。俺のはじく玉はむなしく迷路をさすらい、落とし穴に吸いこまれていく……。いつの間にか銀色の玉は黒真珠になって、麻木紀子の体をころがり落ちていく……。誰かから聞いたことがある。矢萩先生にはそういう趣味があって、ネックレスの糸をちぎったりして、女の肌をパチンコ台のように楽しんでいると……今はそう言ったのが誰なのか思いだせるが、その時は思いだせないまま、ただただ脳裏に貼りついてくる女の肌に夢中になっていた……先月抱いた紗枝の肌が、なまなましく浮かんできた。

さっき話に出た観葉植物を、紗枝が海津の部屋からもらってきた晩だ……プミラ。葉が茂り、すじをひいてたれ落ちていた……紗枝が水をやったので、湿った葉からしたたりおちるものがあった……俺はその葉が一人の女の陰りに密集している気がした。紗枝の体ではない……俺は欲望に負けて紗枝の体を襲いかかるように抱いたが、俺が思い浮かべたのは麻木紀子の体だった。これまでもそうだったのだ。紗枝の体を何度も抱きながら、紗枝には悪いが、いつも麻木紀子を思いだしていた。そしてそれは海津も同じにちがいないと思った。部屋の中で観葉植物を育てながら、海津もまたその葉の茂りに女の体を思いだしているのだろうと……。その想像の結果があの何十枚もの絵であり、あの絵は海津が自分の部屋で育てあげた一番の豪華な植物だという気もした……隠花植物。その華やかな、暗い陰り。

そんな風に俺には彼女の体がすべてになってしまう瞬間があり、あの金曜の晩もそうだった。彼女の胸を飾っていたネックレスがちぎれ、パチンコ玉は黒真珠となって一人の女の体の迷路をじゃらじゃらと転がり落ち、最後の落とし穴へと消えていった……。

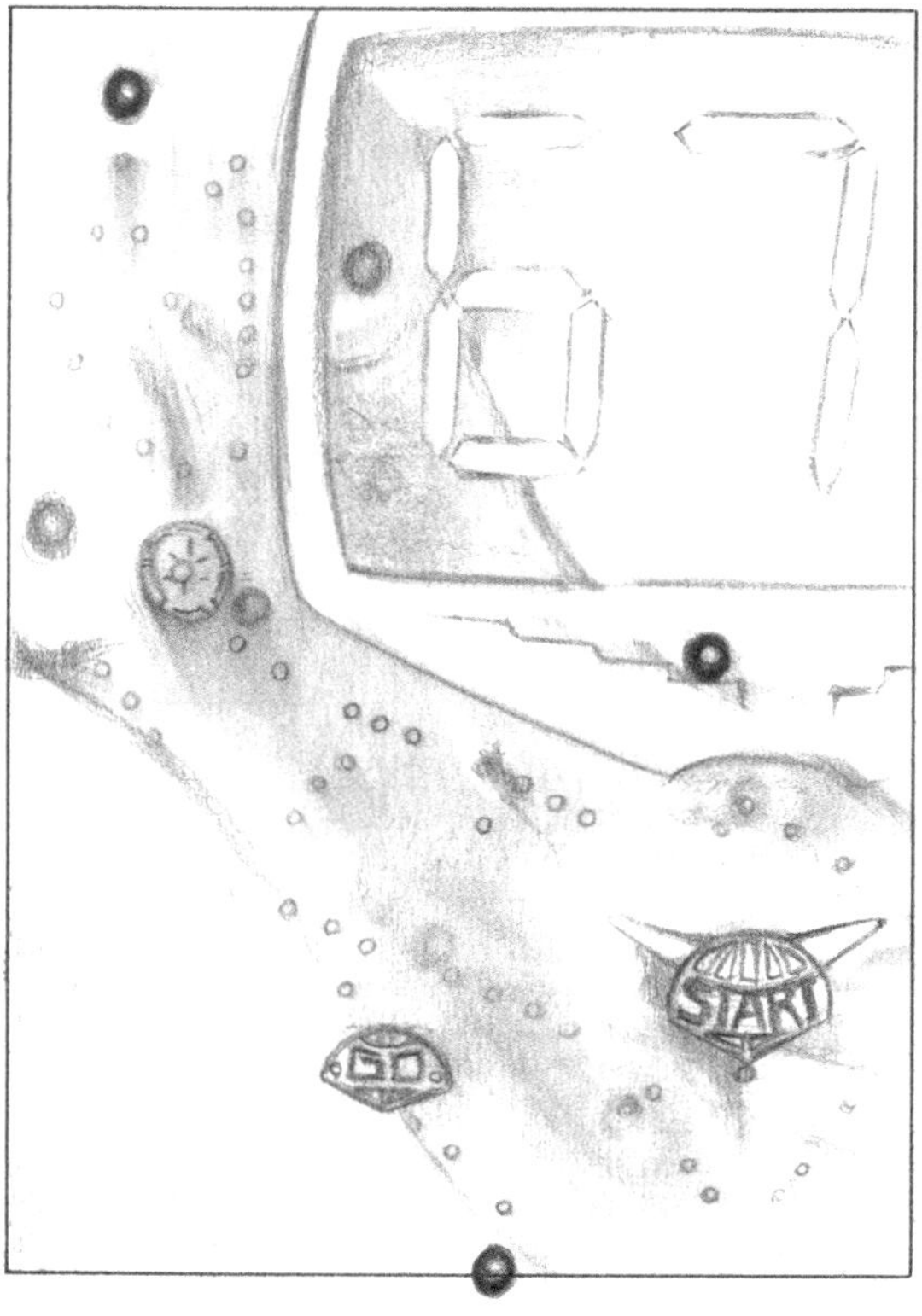
START
GO

何時までそのパチンコ店にいたのか。今思いだせるのは夢中で大学へと駆け戻った後からだ。エレベーターを避け、階段をゆっくりと上がった。パチンコをしながら、突然のように俺にわきあがった欲望には、一つの不安と嫉妬がからんでいた。

海津が夜に麻木さんと二人だけで本の整理をしたいと言ったのは、麻木さんといっそう親密な関係になるためだ……それ以外には考えられなかった。もしかしたら、絵を描いたのは自分だが、あれをコピーしてみんなに郵送したのは『安田さん』だと彼女に話しているのかもしれない。

麻木さんは、ゼミ生の中で海津のことを一番気にしている。俺にはそう思えた……海津は、ある種の女の母性本能を刺激するタイプだから。彼女と先生の関係にも気づいていたし……沢井さんとの関係にも、紗枝たちから聞いて気づいていた。ただ、この二人は先生であり、先輩であり、特別な位置にいるから、嫉妬よりも仕方がないという思いの方が強かったが、海津のことだけは許せなかった。

俺は海津と麻木さんを二人だけにしたくなかったので、『用が済んだからまた手伝いに来た』と嘘を言うつもりだった。だが、最初に研究室のドアをノックした時には何の返事もなかった……新しい研究室の方に行っているのかと思ったが、そっちに行ってみてもドアには錠がおりていた。前夜祭で騒がしいキャンパスを三十分ほどさがしまわり、もう一度研究室に行って、ドアをノックした……一度ノックしただけで、俺の手は一瞬のうちに石膏で固めたように止まってしまった。

金曜の晩、まちがいなくレイプ事件は起こっている……その証拠である声をドア越しに俺ははっきりと聞いたのだ。体の奥底からほとばしり出た本能の声……獣じみた声。

3

居酒屋はビルの地階だから、入口のドアを出るとすぐに地上への階段になる。コンクリートの階段の途中に腰をおろし、安田は紗枝に電話をかけることも忘れ、よみがえったあの夜のあえぎ声に夢中になった。

とは言え、思いだせるのはほんの数秒間の声だ。安田は、自分が何か恥ずかしいことをしたかのように、そそくさと研究室のドアを離れたのだから。それでもその声は、麻木紀子のものだと安田は確信した……そう、あの声は彼女の声にまちがいなかった。男のほうの声が誰なのかははっきりとしなかった。ただ女が麻木紀子なら、男の方は海津だとしか考えられなかった。信じたくないが、海津なのだ……二人はここで合う約束をしたはずなのだから。

俺がドアを離れ、階段を駆けおりて逃げだしたのは、説明のつかない恥ずかしさのためだけではなかった。嫉妬……そう呼ぶには激しすぎるもの、黒く煮詰まりすぎたもの。

怒り……憎悪。

俺はその段階では、まだそれが『レイプ事件』だとは知らず、麻木さんも合意の上の行為だと考えていたので、海津だけでなく麻木さんのことも憎んだ……誰とでも寝る女だ。今度は俺が誘ってやろう。海津と寝るくらいなら、俺とだって簡単にオーケーするはずだ。

そんな風に毒づくことで、俺は火傷に似たショックの痛みをしずめようとした。体がどうしようもなく騒いでいた。

真っ暗の穴の中に吸いこまれていったパチンコのはずれ玉が、いつの間にか俺の股間にあふれかえるほど溜まり、俺は痛みさえ感じていた。缶ビールを何本も空けながら一時間近く町をうろつき、紗枝のバイト先に電話をかけた。

「すぐ出られないか。突然抱きたくなった」

俺は無茶を言った。

「何があったの」

「お前が今夜死んじゃう夢を見たからだ。夢の中で、もう一回やっておけばよかったと後悔したんだ」

紗枝が怒るかもしれないと思ったが、紗枝はいつもの笑い声をあげ、

「あと一時間もすれば抜けられるから、部屋に帰って待ってて」

と言った。

電話の最後に「だから、お前のことが好きなんだ」と言うと、あいつはまた笑った。紗枝に言ったというより、自分に言い聞かせた言葉だ。紗枝と先輩後輩以上の関係になってから、俺はあいつがかすれるほどの大声で屈託なく笑うたびに、『だからお前のことが好きだ』と言ってきた。そしてその後いつも、胸の中だけでこっそり『麻木紀子なんかよりずっと……』とつけ加えた……。

特に俺は、あいつがセックスの後、後戯の指がくすぐったいというようにあげる笑い声が好きだ……セックスなんてそんな必死になるようなことじゃない、ただの楽しい遊びじゃないのと言うよ

うに笑う声が。俺の体はもう長いこと麻木紀子にしばられ、彼女を愛することも、同時にあきらめることも、必死にならなければならない義務か仕事のようにしか思えずにいたのだ。

ただ、あの金曜の晩……俺の部屋に来て抱かれた後、紗枝は笑わなかった。

「何かあったの」

電話の時よりも深刻な声でそう訊いて来た。

「どうして」

「だって、セックスじゃなく暴力だったわ、今の……」

「激しいのは愛がある証拠だ」

俺がまた伸ばした手を制し、

「何かあったの、麻木さんと」

紗枝は唐突にそう訊いてきた。

「どうして、彼女の名前が出るんだ。こんな時に」

俺はギョッとしたが、鉄面皮にそうごまかした……そのつもりだった。

紗枝は笑った。いつもとは違う皮肉なかすれ声で……。

「夕方、私たちが帰った後、麻木さんと二人だけになったでしょ。その時何かあったんじゃない？」

「別に……どうしてだよ？」

「だって麻木さんのこと好きだもん、安田さん、私なんかより」

俺の気持を勝手に決めるなよと否定しようとしたが、できなかった。

「去年、初めて誘われた時からわかってた。麻木さんの代わりだってこと……。女ってそういうこと敏感だし、男の人って嘘、下手だから」

「………」

「それなのに、どうして安田さんを受け入れたか、わかる?」

俺は黙りつづけ、紗枝はしゃべりつづけた。

「麻木さんなら、仕方ないから。だって女の私から見てもきれいだもん。いつかゼミ旅行で、ホテルの部屋が一緒になった時、麻木さんの裸見たことあるけど、目に痛みをおぼえるほどまぶしい体だった……あの人、自分でも自信があるのね。だから浴室に入る前に私の前で平然と……見せびらかすみたいに全部脱いで……。ちょうどこんな風に」

紗枝は裸のままベッドから下り、両手をうなじへと回してくるくるっと髪を丸く束ねあげ、浴室の方へと歩きだした。

「似てない? と言うより気づかなかった? あの時の麻木さん、何だかものすごくカッコよくてセクシーだったから、これまでも何度か真似して歩いてみたんだけど」

そう言い、ふと立ち止まると、

「麻木さんに似て見えたら、抱いてもいいよ」

背中を向けたまま、ひとり言でもつぶやくように素っ気なく言った。

馬鹿なことを言うな……と笑い飛ばそうとしたが、やはりできなかった。背中の腰から腿にかけての曲線は、見慣れた紗枝の体とは全くの別人だった。いや、そんな角度から紗枝を見るのは初め

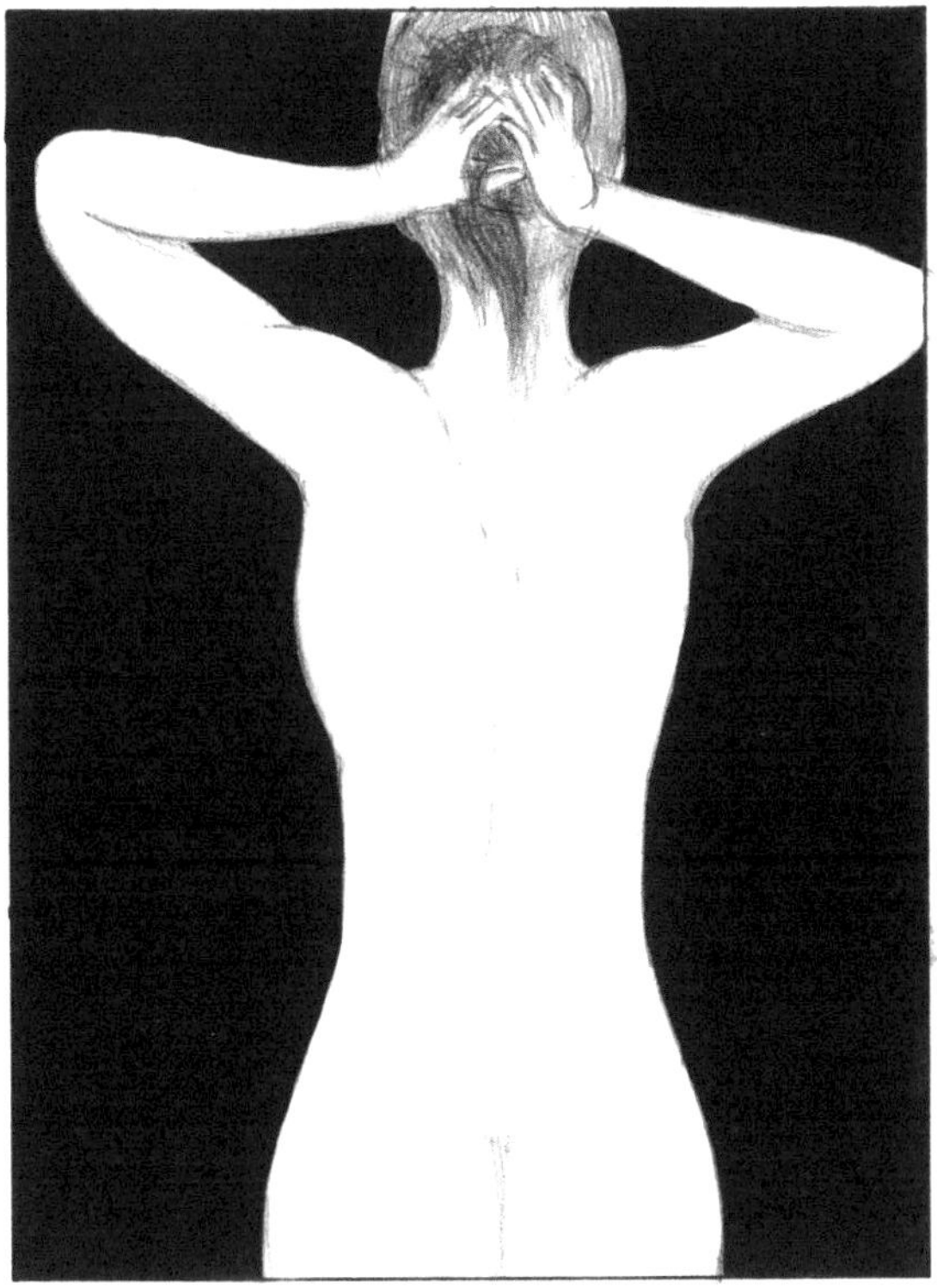

てだったし、いつもと違うことを言いだした紗枝は実際、別人のようだったし、何より研究室のドアごしに聞いた麻木紀子のあえぎ声がまだ耳に……全身にからみついて残っていたのだ。あの声は、別の女を一度抱いたくらいではぬぐいされなかったのだ……海津なんかの手ではなく、この俺の手で、あの声を麻木紀子の体から絞りだしたかった……だから俺は紗枝の体に無理やり麻木紀子と似た線を見ようとしていただけなのかもしれない。だが、ただの錯覚だったにしろ、確かにあの時、紗枝の背中が俺の目には麻木さんの背中に見えたのだ。

俺は立ちあがり、ゆっくりと紗枝の体に近づいた。俺の両脚のあいだで、すでに欲望は沸点に達し、吐き出し口を求めてそれは必死に暴れていた。俺は背後からその体を抱いた……そして二人の体勢が偶然にも海津の描いたあの絵に似ていると気づき、それが俺の欲情に最後の火をつけた。俺はあの絵とそっくりに女を抱きたくなって、何か紗枝の手をしばりあげるものがないか、部屋を見まわした。

俺の手に空きが生じたのを、遠慮と誤解したらしい。紗枝が「遠慮しなくていいわ。私を麻木さんだと思って」と言い……次の瞬間、冷水でも浴びせかけられたように俺の体はさめた。続けて紗枝が、「その代わり、あなたも先生になって」と言ったからだ。

「矢萩先生になって」

確かにそう言った。俺の好きな笑い声とは別人の暗い声で……コールタールみたいな黒くねばりつく声で。

「先生?」

俺は間の抜けた声でそう訊きかえし、

「そう。安田さんが麻木さんの身代わりに私を抱いてるとわかってても、私が怒らなかったのは、私の方でも同じだったからよ。私も先生の代わりに、安田さんを抱いてた……先生を教壇から私のいるところまで引きずりおろしたかったけど、私の力では無理だとわかってたし」

力のぬけた俺の手を、紗枝の手がとり、自分の胸へと運んだ。紗枝の手に誘導されて、俺は親指と人さし指の二本だけで、乳房をつかんでいた。残りの三本の指をピンと反るように立たせて……。

それが、矢萩教授が黒板に字を書くときのチョークの持ち方だと紗枝は言った。

「気づかなかった？　なんだかひどくいやらしく私には見えるんだけど……きっと、先生、麻木さんの胸もこんな風につかんでるのよ」

紗枝は突然、疳高い笑い声をあげた。残響のように笑い声は続いた。俺は手を乳房から離し、紗枝のほほに触れてみた。指がほほをつたうものを拾い、かすかに湿りを帯びた。思ったとおりだった。紗枝が笑っていたのは声だけだったのだ……。

欲望の代わりに、愛しさのようなものがこみあげてきて、麻木紀子にくらべると貧弱で小さいその体をかばうように……包みこむように、背後からそっと抱いた。

その手をまだ遠慮しているのだと誤解したらしい、今度も「いいのよ」と紗枝は言った。

「麻木さんの代わりに抱いてもいいわ。その代わりに先生の声でしゃべって。安田さん、先生の物真似、誰よりもうまかったでしょ」

と続け、声だけでまた笑った……。

手にしたままだった携帯が鳴り、安田はわれに返った。

紗枝が待ちきれずに電話をかけてきたのだ。ちょうどサラリーマン風の男二人が階段をおりてきた。二人が店の中に消えるのを待って、安田は電話に出た。

「あ、俺……今ちょうど電話しようと思って店の外に出てきたところ」

安田は、そう嘘をついた。

「犬飼から聞いたけど、先生の家に呼ばれたって？」

「ええ」

「それで、今、先生の家から？」

安田はできるだけ軽い声を出した。

なぜ紗枝が電話をかけてきたのか、安田にはわかっていた。先生の家に行く前に犬飼有美から連絡を受け、紗枝は怪文書のことを知らされている。その瞬間から、紗枝はもし本当に金曜の晩にレイプ事件が起こっているのなら、犯人は安田以外にいないと疑ったはずだ。安田が見せた異常な激しさに、あの晩すでに紗枝は不審をおぼえていたのだから。

そのことでかけてきたのだろうと予想したが、この予想ははずれた。

「今、私も奥さんにちょっと買い物を頼まれて、先生の家を出てきたんだけど……ちょっと安田さんに訊きたいことがあって」

そう言い、

「金曜の午後、みんなで引越しを手伝った時、麻木さんがどんなストッキング、はいていたか憶えてない?」

突然そんなことを訊いてきた。

「どうして……」

「だって、私より安田さんの方が麻木さんの脚、気にしてるじゃない」

「いや、なぜそんなストッキングのことなんか急に訊くのかと思って」

とまどっている安田に、紗枝はこう答えた。

「さっき先生の奥さんが、よくストッキングが片方なくなると言ったのよ。でも、前に麻木さんからも、同じ話を聞いたことがあって……私、奥さんの失くしたストッキングと麻木さんの失くしたのが、ペアになっている気がしたから」

紗枝が何を言いたいのか、安田にはいっそうわからなくなった。

4

「どういうことなんだ。あの日、麻木さんがストッキングをはいていたかどうかも俺は知らないが……」

安田は警戒の声で、そう訊き返した。レイプ犯なら、麻木紀子がストッキングをはいていたかどうか知っているはずだ……俺を疑っている紗枝が、そう考えてカマをかけてきたのかもしれない。

他に理由は思いつかなかった。

「はいてたのよ、まちがいなく。新しい研究室で、机や棚を動かす時に伝線するといけないからって脱いだの。あの時、安田さん、いなかった？」

「いや……憶えてないから、古い研究室の方にいたんだと思う」

「じゃあ、門野君かな、そばにいたのは。男がいる前で、平気でスカートのすそをたくし上げてストッキング脱ぐんだもの。ね、麻木さんって、意外に大胆なところあるでしょ。自分の体に自信があって見せびらかしたいのかもしれないけど」

紗枝は皮肉な声になった。

「けど、それがどうしたわけ？」

「その後、トイレで一緒になった時、バッグの中にしまっておいたはずのストッキングの片方がなくなってると言うから……今夜先生の奥さんがはいてるストッキングが、あの時麻木さんのバッグから消えたストッキングじゃないかって気がするのよ」

「同じストッキングなのか」

「黒で、同じ網目模様……星みたいな模様の……」

「わからんな」

「でしょ？　なぜ麻木さんのストッキングを奥さんがはいているのか」

「いや、わからんと言ったのは、君がなぜそんな風に考えたかだ。ストッキングなんて似たものが出回ってるし、ただの偶然じゃないのか……それに、今の君の言い方だと、奥さんは片方しかストッキングをはいてないみたいじゃないか」

「ごめん……最初からきちんと話す。奥さん、私なんかが客でも、いつもどおり、最高級のおしゃれしてるんだけど……ストッキングが右と左、模様がちがうのよ。片方が星で、もう一方が四葉のクローバーみたいな模様で……両方とも模様が小さいから一見同じように見えるけど。私がすぐに気づいて注意したら……」

　矢萩夫人は『わざとなのよ』と答えたと言う。

洗濯の際の不注意なのか、干す時に盗まれるのか、片方だけになったストッキングが溜まってしまうので、家の中では似たものをペアにしてはいている……そう答えた。

「でも金曜の午後、トイレで麻木さんも似たようなことを言ったわ。私が『誰か男子学生が盗んだんじゃないの』って心配したら……」

　麻木紀子は、『よくあることなのよ。あの後、何度もバッグの口を開けて中の物をとりだしたから、その時に落ちたのね』別に心配するような様子もなく、そう答えたと言う。

「やっぱり、ただの偶然だろう。麻木さんのバッグから消えたストッキングの片方をなぜ、あの奥さんがはいてるんだよ」

「ええ、考えすぎかとも思うんだけど……ただ……」

言葉をにごしている紗枝に、

「それより、犬飼から聞いてるだろ、金曜の晩のことで怪文書がポストに投げこまれた話は……」

安田は自分からそう切りだした。

「もちろん。私、半分はその怪文書に書かれていたというレイプ事件の偵察のつもりで先生の家に来たのよ」

「それで、先生は金曜の晩に本当にベルリンに発ったのか……事件が起こったことになっている七時から八時ごろ、先生がどこにいたかが問題なんだが」

「奥さんは、五時ごろ自分が車を運転して成田に行ったと言ってる……七時すぎに成田で別れて、九時すぎに家に戻ってきたって」

矢萩夫人の答え方はさりげなくて、嘘を言っているような気配はみじんも感じられなかったという。

「だから、金曜の晩、麻木さんを襲った犯人は先生じゃなくて、先生の真似をした誰かなのよ」

「まあ、奥さんが嘘を言っていないという君の勘が正しければ……の話だが。紗枝の勘は時々大きくはずれるからな」

いつもの冗談を装った声に、

「私の勘はまちがいないわ」

携帯の声はムキになった。

「私の勘が当たるからこそ、安田さんも疑われずに済んでるのよ」

「……どういう意味？」

「有美から電話もらった時、私、真っ先に安田さんを疑ったわ。金曜の晩の様子、普通じゃなかったもの……でも、私の勘では、あの異常さは、レイプ事件を起こした犯人のものじゃないわ。麻木さんを襲った直後にあんな激しく私を抱くなんて、絶対にありえないって……私の勘がそう言うから。この電話でも声の感じでわかったわ、絶対にレイプ犯は安田さんじゃないってこと」

またも沈黙し、安田はずいぶんたってから、「ありがたいね」と言った。

「ストッキングがどうのこうのというわけのわからない話は、俺がどんな声を出すか聞きたかったためなのか？」

「それもあったけど……もちろん、それだけじゃないわ。ストッキングのことは私の今いちばんの謎なの……金曜の晩の事件とも関係がある気がするし」

「そう真剣になるなよ。まあ、本当に金曜の晩、われわれが帰った後でそんな事件があったかどうかも、今のところ、わからない状態だし」

ともかく、早いこと矢萩家の偵察を終えてこっちに合流しろよとでも言って一旦電話を切るつもりだったが、

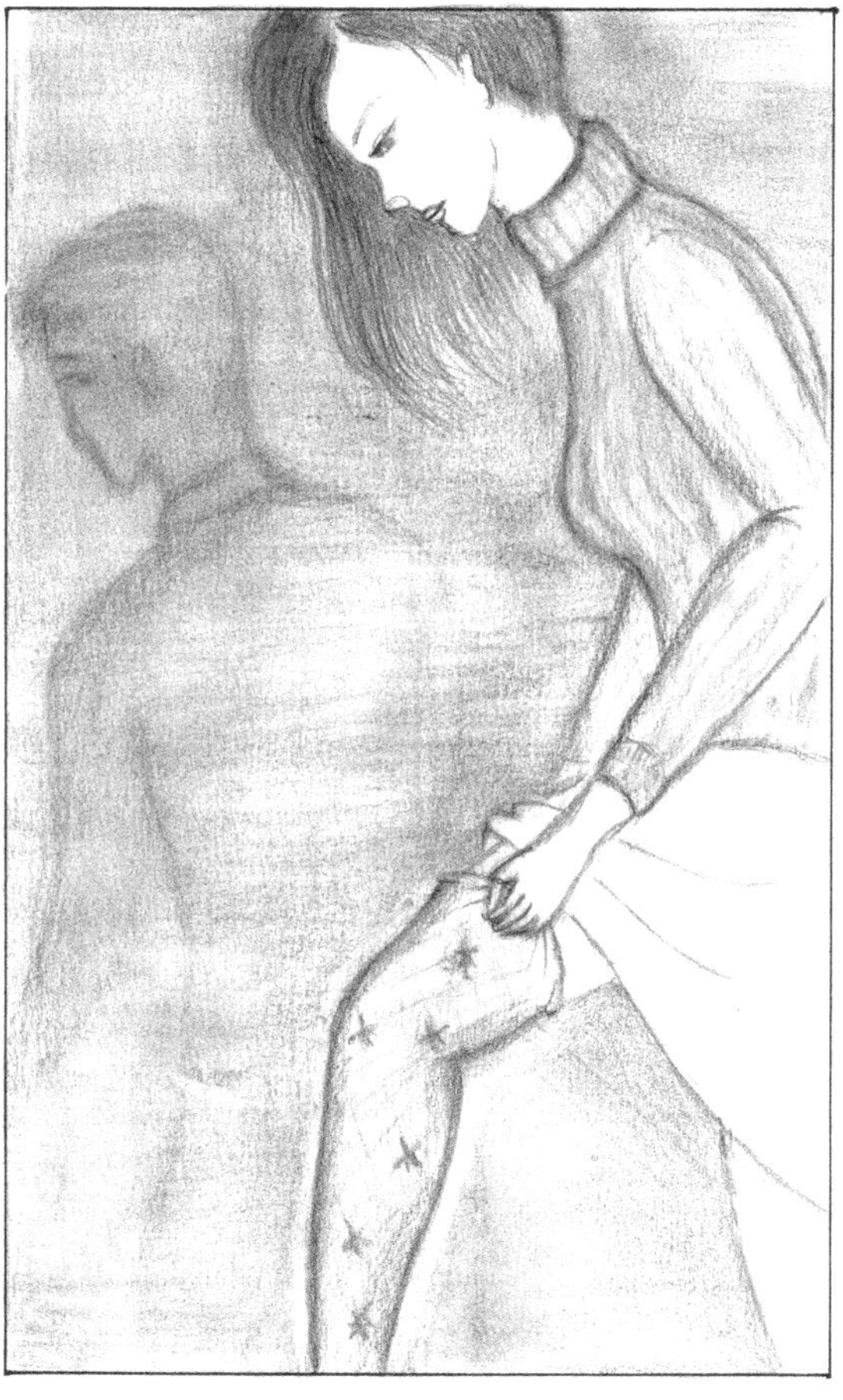

「事件はあったのよ、まちがいなく。金曜の晩、研究室で……レイプ事件と呼べるだけの大変な犯罪が」

紗枝はきっぱりとそう言いきった。

「君の勘では……だろ？」

「ええ。でもこの勘も確かなはずよ。それは安田さんが証明してくれるんじゃないの？」

「どういうこと……」

「だって安田さん、レイプ犯ではないけど、事件のことで何か重要なこと隠していない？」

「…………」

なんと勘のいいヤツだ……安田は胸の中でそうつぶやいた。押しの強い犬飼有美の隣りで、容姿の目立ち方とは裏腹に地味でおとなしすぎる印象だったが、実際には有美より勘も鋭ければ頭の回転も速い。安田が本当は麻木紀子を愛していることも見抜いていたのである……。それとも、俺の芝居が下手すぎるのか。少なくとも紗枝にはこれ以上嘘はつかず事実をしゃべった方がいい。

そう思いながら、「たとえば？」と訊いた。

「たとえば、俺が何を隠していると君の勘はささやいている？」

「そうね……たとえば、事件の一部始終を目撃したとか……」

ため息が安田の返答になった。『脱帽だ』という意味である。

「勘がいいことは認めるよ。ただし、一部始終ではなくほんの一分足らずの時間だ。ちょっとした用で研究室に戻って、ドアごしに男女の……あの時の声としか思えない声を聞いただけだ。レイプ事件だったかどうかも、あれではわからなかった」

と言い、

「だから、怪文書を書いたのも、もちろん俺じゃない」

とつけ加えた。

「誰の声だったかはわかった？」

「女の声は麻木さんだと思う。男の方の声はよくわからなかったが……状況から考えて、海津しかいないんだ、犯人は」

そう答えながら、安田は背後に人の気配を感じてふり返り、次の瞬間、全身を硬直させた。すぐ背後に海津が立っていた。いつ店を出てきたのか……。視線は海津の顔をとらえると、凍りついてしまった……いや、ふり返った安田の顔をしっかりととらえ、離そうとしないのは眼鏡の裏にひそんだ海津の小さな目だ。安田は目に痛みさえおぼえ瞳孔をふるわせたが、海津の目は冷静に……ただ冷ややかに笑っている……。


「ちょっと用ができたから」

後でかけなおすと言い、安田は唐突に電話を切ってしまった。何かあったのか……。

紗枝は、安田と一緒にいるはずの有美に電話をかけてみようかとも思ったが、あまり時間がたつと奥さんに不審をあたえるかもしれないと考え直した。

コンビニで頼まれていた牛乳のパックを買い、五分後には矢萩教授の家に戻っていた。

矢萩邸――。

学生たちはそう呼んでいるが、レンガ塀と庭の緑に洋風館のおもむきがあるものの、木造のこぢんまりとした家である。阿佐ヶ谷駅から歩いて五分というのが信じられないほど静まり返った住宅地には、豪邸とも言える旧家が多く、むしろ小ささが目立った。と言っても、内装はちょっとした置物までが洗練し尽くされていて、住む人の品格や趣味のよさが感じとれる。

「ごめんなさいね。ホワイトソースを作るのに、一番肝心の牛乳を忘れるんだから」

矢萩夫人は台所で、フライパンの中に牛乳を流しこみながら、そう言い、「矢萩にもよく言われるのよ。一番大切なものを忘れるのは私の悪癖だって……この家で私がよく、結婚していることも、夫がいることとも忘れてしまうから、不満らしいの」そんなことを言って笑った。

紗枝はつきあって微笑しながら、さりげなく視線を夫人の足もとに流した。五分前の安田との電話も、一番肝心なことを言いだせずにいるうちに切れてしまった。

この家に着いてから三十分……紗枝は、一つ重要なことを、夫人の口から聞きだしているのだ。ほかならぬ麻木紀子が、おとといの土曜の夜、この家を訪ねてきて二、三時間夫人と話をしていったという……。

「矢萩がうちにもち返った大学の本が、急に必要になったからって」

夫人はそう言ったが、紗枝には紀子がもっと別の、何か特別な目的があって先生の留守中にこの家を訪ねてきたのだとしか思えなかった。土曜の夜といえば、有美から聞いたレイプ事件の翌晩なのである……。

しかも、金曜の午後に紀子がはいていたのと同じストッキングを、夫人が片方の脚にはいているのだ。そのストッキングの話にからめて、何より土曜の夜の紀子の訪問のことを電話で安田に話したかったのに、その話には触れることもできなかった。

「あの、ちょっとトイレ借ります」

紗枝はそうことわり、廊下に出ると、二階への階段のすぐ横にあるトイレのドアを開けた。髪を直したかったのだが、手洗い場の鏡を見て紗枝はおどろいた。

鏡をたてに大きく二つに割り、ひびが走っている。

鏡とともに、驚きの表情をした紗枝の顔もひび割れている。だが、紗枝は自分の顔よりも、土曜の晩、その鏡が麻木紀子のどんな顔を映しだしたか……その方が気になった。前日の金曜の晩、レイプ事件の被害者になった一人の女が翌晩、この家を訪ね、ひび割れたこの鏡にどんな顔を映したのか。

5

それにしても、いつ、なぜ、鏡はひび割れたのだろう。

夏の初めにも、紗枝はこの家を訪ねているが、その時には何ともなかった。それは確かだ。あの時……トイレに立った矢萩夫人に呼ばれ、一緒にこの鏡の前に立った時のことなら、はっきりと思いだせる。

「胸のここのところに、小さなしこりがあるような気がするんだけど……どう？」

夫人は白いブラウスを着ていたが、その胸のあたりを鏡の中で心配そうに見つめながら、背後に立った紗枝の手をとった。そうして、紗枝の右手を自分の右の乳房にみちびき、

「遠慮しないでいいわ。さわってみて……乳癌の芽じゃないかって、心配なの」

と言った。

そんな風に言われても、手は遠慮し、とまどいを見せた。すると、夫人は自分の手で紗枝の手をあやつり、乳房をまさぐるように、なで回させたのだ、結局、しこりは見つからず、

「よかった、ただの気のせいね。祖母も母も乳癌をやってるから、変に気になって……」

安堵のため息で終わったが、たったそれだけのわずか一分足らずの出来事を、紗枝はひと夏のあいだ、くり返し思いだした。

紗枝の方ももちろんTシャツを着ていたし、触れたのはあくまでブラウスの上からだったが、夫

人の乳房は若い弾力を失わずにやわらかく、直接、自分の指でわしづかみにしたような錯覚が紗枝の手に残ったのだった。乳房だけではない。紗枝の短めの髪と夫人の長い髪が寄り添った肩の上でからまった時、二人が共に裸でいるような……自分の方からその乳房に手をのばしたような錯覚が紗枝にはあった。そしてその錯覚の方が、現実よりもなまなましく、記憶に残ってしまった……。色香と言うのだろうか、熟しきった果実がくさり落ちる間際に放つような最後の甘い香り、あざやかな色彩を、紗枝は年上の女の乳房のやわらかさに感じとり、あの一分のことを思いだしてはいけない悪夢のように、どこか後ろめたく思いだした。

今も三ヶ月前と同じ鏡の前に立ち、裸の二人が浮かんでくる……紗枝は首をふって頭にしのびこんでくるその姿をふりはらった。

大事なのは、あの時には何ともなかった鏡が、今はひび割れていることだ。

しかも、ただの不注意で走るようなひびではない。ハンマーか何かを、意図的にぶつけたとしか思えない……だが、なぜ……。

先生か奥さん、ひとり息子の祐樹さん。

この家に暮らす三人のうちの誰かに、こんな風に鏡を割る理由があったのだろうか。

どんな理由も思いつかないまま、紗枝の頭に、今度は白雪姫の童話が浮かんだ……意地悪なおきさきが鏡に向けて『世界で一番美しいのはだあれ』と訊いている……鏡は『おきさき様です』と答えて一旦はおきさきを喜ばせるが、その後に意地悪く、『でも森の中に住む白雪姫にはかなわない』と答える。

この矢萩家の鏡は、おきさきに向けて……矢萩夫人に向けて『でも、大学院にいる麻木紀子さんにはかなわない』と答えたのだ。プライドを傷つけられた奥さんは、今台所で料理を作っているおだやかな顔からは想像もできない恐ろしい形相で、ハンマーを鏡にふりおろした……。

いや、夫人はこう訊いたのだ。

『鏡よ、鏡……世界で一番、矢萩浩三に愛されているのはだあれ』

鏡は、もちろん麻木紀子の名前を答える。

夫人の顔が大きくゆがむ。

四十女の醜くゆがんだ顔は、まちがいなく麻木紀子の方が夫に愛されていることを物語っている。夫だけではない。学生たちも……女たちまでも白雪姫を愛していた。

紀子への憎しみは、鏡への憎しみとなって夫人の腕に走り、ハンマーかそれに似た凶器をつかませたのだ。

そんな妄想が浮かぶ。

私の質問にも鏡は、やはり麻木紀子と答えるだろう。紗枝はそう思った。鏡と共に二つに割れた自分の顔を見ながら、紗枝は、

『鏡よ、鏡。世界で一番、安田優也に愛されているのはだあれ』

胸の声で、そう訊いてみたのだ。

金曜の深夜、安田にいつもより激しく抱かれた後、紗枝は『自分が本当に好きなのは矢萩先生だ』と言った。『安田のことは愛していない。先生の身代わりにすぎない』と——。

あれはもちろん嘘だった。安田が本当に愛しているのは、自分ではなく、麻木紀子だ……それがわかっていたから……最初に誘われた時にもうわかっていたから……抱かれるたびに体でわかっていたから……特に金曜の晩は、いつもと違う激しさにいつもよりはっきりとそれがわかってしまったから、あんな嘘をついたのだ。安田を傷つけるためについた嘘なのに、安田が簡単に信じて傷ついたような顔をしたので、逆に紗枝自身が傷ついてしまった。

そう、鏡がいけないのだ。みんなは私のことをきれいだし、魅力があると言ってくれる。鏡さえなければ、自分に自信をもてたし、安田が『紗枝は大学で一番可愛いよ』と言ってくれた言葉も信じただろう。だが、鏡はそんな安田の言葉の嘘を暴いてしまう……安田を好きになってから、紗枝は以前より頻繁に鏡を見るようになったが、そのたびに傷ついてきた……たしかに、普通より整った、チャーミングなラインを紗枝の顔はもっている……だが、それは麻木紀子のゴージャスさにくらべるとあまりに貧弱で、つまらない。

安田がどう嘘でごまかそうと、

『お前は安田に愛されていない』

鏡は、特にこのひび割れた鏡は、はっきりとその言葉を紗枝にささやいてくる。

いつもより醜くゆがんだ顔……自分よりきれいな女をねたんでいる女の顔。麻木紀子があの晩、レイプされたかもしれないと聞いて、本当だったらいいのにと意地悪い微笑を浮かべた残忍な娘の顔。

この顔だけではない。誰かがこの鏡を割ったのだ……いったい、誰のどんな顔をこの鏡は知っているのか。それから、土曜の晩、麻木紀子のどんな顔をこの鏡は映しだしたのか……ひび割れてできたすきまから覗けば、その顔がまだ鏡の中に残っているような気がして、紗枝が鏡に目を近づけた時である。

電話が鳴った。

携帯ではなく、この家のリビングと台所の間におかれた電話である。

数回のコールの後、矢萩夫人が出た。

「ええ……ええ。こちらはもう夜……あなたの大切な学生さんの一人を呼んで今から食事をしようとしているところ……。そう、光瀬さんよ」

澄んだ、細いがどこか切れ味のいいナイフにも似た鋭さをもった夫人の声が、トイレのドアごしに響いてくる。

矢萩教授からの国際電話らしい。

「いいえ、まだ何もわかっていないわ。後で訊いてみようと思ってるんだけど……」

夫人はそんなことを言い、

「光瀬さん」

と声を大きくして、紗枝を呼んだ。

「ベルリンからだけど、主人がちょっと話したいって」

紗枝はあわててトイレから出ると、リビングに駆けこみ、夫人の手から受話器を受けとり、耳にあてた。

「悪いね。妻がわざわざ呼び立てたようだが……」

聞きなれた矢萩の声だが、海外から届いているのだと思うと新鮮に聞こえないこともない。国際電話でしゃべるのは何年かぶりだが、意外なほど声は近い。

「こちらはすべて順調で、しあさって帰国したら、学会での成果をみんなに報告できると思うが……ただ、そっちでは困ったことが起こってるらしいね」

「困ったことと言うと……」

「いや……話は妻から聞いてくれないか。私も四、五時間前に妻から電話をもらっただけで、何が何だかよくわからないし。君を呼んだのは、たぶんそのことで何か訊きたいことがあるんじゃないかと思う。まあ、ただの悪質ないたずらだと思うが、力を貸してやってくれないか……もちろん君のできる範囲でいいから」

矢萩はそう言うと、「今、こちらは昼時でこれからドイツの有名な翻訳家と食事をしに行くところだ」と案外に元気な声で言い、電話を切った。

「どうしたの」

料理に戻った夫人が、その手を休めてたずねてきた。紗枝は、受話器をおいた姿勢のまま、硬直したように突っ立っていたのだ。

「今、先生がこちらで何か困ったことが起こっているって……」

夫人は「ええ」とうなずいて顔をしかめた。

「後で食事をしながら、ゆっくり話そうと思っていたのだけど」

牡蠣のグラタンを準備していた夫人は、ちょうど一区切りついたところだったらしい。皿をオーブンに入れ、

「焼きあがるまで二十分ほどかかるから」

と言い、紗枝を椅子にすわらせた。

「あなたたち学生にもおかしなメールが届いてない？」

「メールって……郵便物なら、明日たぶん受けとると思うんですが」

「明日たぶんって？」

眉間に細い、神経質そうなしわを走らせて、夫人はそう訊き返した。そして十分後、この家を訪ねる直前、犬飼有美からかかってきた電話の内容についてすべて話し終えた紗枝は、顔色を変えた夫人に書斎に案内されていた。

前に一度のぞいたことがあるが、古書でうずまった研究室とそっくりの書斎である。ただし、主役である骨董品のような机が、部屋の空気にまで重みを与えている。その机の前に紗枝をすわらせ、夫人は、

「沢井さんと犬飼さんはその手紙を読んでるけど、あなたはまだなのね」

そう確認し、パソコンのファイルを開き、紗枝の前においた。

「たぶん、同じ文面だと思うけど、うちにはEメールで届いたのよ。大学の研究室に、みんなが使えるパソコンがおいてあるでしょ。そのパソコンから今朝送られてきたみたい」

夫人はそう言ったが、画面に映しだされているのは、絵である。

何の絵だろう……どこかで見たような記憶があるが……。

そう思い、それが先週自分も受けとった絵の一部だと気づき、紗枝は画面から目をそらした。裸の男女が……先生と麻木さんらしい男女が鎖でつながれたあの絵の一部分だ……。

「この絵の後に、えんえんと文が続いてるわ」

そう言いながら夫人は手をキーへとのばし、その瞬間、紗枝はおやと思った。夫人の右手に小さな異変が起こっているのに、紗枝はこの時やっと気づいたのだ。それは、その日、その家で、紗枝がストッキングと鏡に続いて気づいた三つ目の謎だった。

なぜ、いつも左手にはめている結婚指輪を、夫人は右手の薬指にはめているのか……。わからないまま、紗枝は割れた鏡の中でその手を見ているような気がした。

6

キーを押す夫人の指が、紗枝の指にぶつかった。紗枝がひっこめようとした手は、逆に夫人の指にからみついてしまった。

「すみません」

とっさに謝ると、夫人は『大丈夫よ』と言うように首をふり、自分の手をやさしく紗枝の手にのせた。

絹の手袋でもしたようなやわらかな、なめらかかな感触が紗枝の手を包んだ。

「口にするのも恥ずかしいようなことが書かれているから、飛ばし読みでいいわ。だいたいは、犬飼さんから聞いていることと同じだろうし」

声までが絹のスカーフとなって、紗枝の緊張をやさしく包みこんだ。

メールの過激な文章から若い娘を守ろうとしたのだろうが、紗枝はそれから階下でグラタンが焼きあがるまで、時間をかけてすみずみまで読んだ。たしかに変質者的なことが書かれているが、それよりも安田が電話でしゃべったことと矛盾した箇所がないかどうか……安田が本当に無実かどうかが気になったのだ。

読み進み、紗枝はホッとした。研究室のドアを二度ノックしたのは、まちがいなく安田のようだ……。

レイプ犯は、犯行の最中に自分の手首を縛っている。もし安田が犯人なら、その痕跡はなまなましく手首に残ったはずだが、あの晩、安田の手首にそれらしい痕はみじんもなかったのだ。

ホッとしながらも、恥ずかしさから何度も顔を赤らめた。

事件の舞台が研究室であり、『矢萩』や『海津』といった実名が登場するせいだろう、これがフィクションではなく現実に起こった事件なのかもしれないという思いが、奇妙ななまなましさで紗枝の体にせまってくる……それと夫人の息づかい。

夫人は紗枝の背後から、いっしょにそのメールを読んでいたが、その息づかいがすぐ耳もとで聞こえる……言葉にはならない、息だけの透明なささやき。

化粧品の香りや紗枝の手に重ねたままの手のやわらかさが、パソコン画面を埋めつくした字に危険な色づけをしてしまう……。

「どう?……誰が送ってきたのか、わからない? 犬飼さんがポストの前でぶつかったという男と同一人物だと思うけれど」

一階のキッチンに戻り、テーブルに料理をならべて紗枝にすすめながら、そう訊いてきた。

「送信時刻は今朝の十一時ちょっと前になってましたよね。私、今日は昼すぎに一度大学に顔を出したんですけど、その時、研究室は開いてたから」

「それは新しい研究室の方?」

紗枝はうなずいた。パソコンだけは金曜の引越しの数日前から新しい研究室の方に移動してあったのだ。

「鍵は誰がもっているの?」

「先生と麻木さんと……教務課と。ただ今日は新しいエアコンをとりつけるために、工事の人が出入りするから、教務課の人が朝からドアを開けておいたんです」

「ということは、誰でもあのメールを送れたというわけ? 研究室のパソコンは、ゼミ生ならみんな自由に使えるのでしょう」

「ええ、でも……」

今日、研究室のドアが開いているのを知っていたのは、金曜に引越しを手伝った学生だけだ。引越しの最中に教務課から人が来て、月曜は午後一時ごろまでエアコンとりつけ工事のためにドアを開けておくから、貴重品はおいておかないようにと言いにきたのだ……。だから、犯人はその中にいる可能性が高い。

「そう……でも、あれだけの文章を書いて送信するにはずいぶんと時間がかかるでしょう? そんなに長いこと研究室にいたら誰かに見つからない?」

パソコンには慣れていないらしい、夫人はそう訊いてきた。

「いいえ、自宅で文章を書いてフロッピーに入れておけば、ほんの一、二分しかかかりませんから」

オーブンにはデザート用のりんごのタルトが入っていたが、その焼き具合をたしかめながら、夫人は、

「ね、金曜に引っ越しを手伝ったのは何人?」

と訊いてきた。

「いつものメンバーです。夕方までは六人で麻木さんを手伝って……あのメールにも出てきたけど、夜だけ海津君が手伝いにくることになっていたから、海津君も入れれば……」

そこまで言って、紗枝は唐突に黙りこんだ。ふと思いついたことがある……。

「どうしたの」

夫人は椅子に座りなおし、テーブルごしに不審の目を投げてきた。

「いえ……あのう……それより、有美に電話したいんですけど。さっきのメールと有美が読んだ沢井さん宛ての手紙が、完全に同じ内容なのかどうか……」

「そうね。だいたい、あのメールの内容がどこまで本当なのかもわかっていないし。光瀬さん、あなたはどう思う?……もちろん、矢萩当人ではないけれど、誰かが矢萩の真似をして麻木さんを研究室で襲ったなんて、ありうると思う?」

安田との電話で、事件と呼べるだけの出来事が本当にあったことはわかっていたが、

「さあ……」

とあいまいに首をかしげ、

「奥さんはあのメールを読んで、どう思いました?」

自分の方から質問した。

「そうねえ」

困った質問だと言うように、自分も首をかしげ、「紀子さんが土曜に訪ねてきたことは、話した

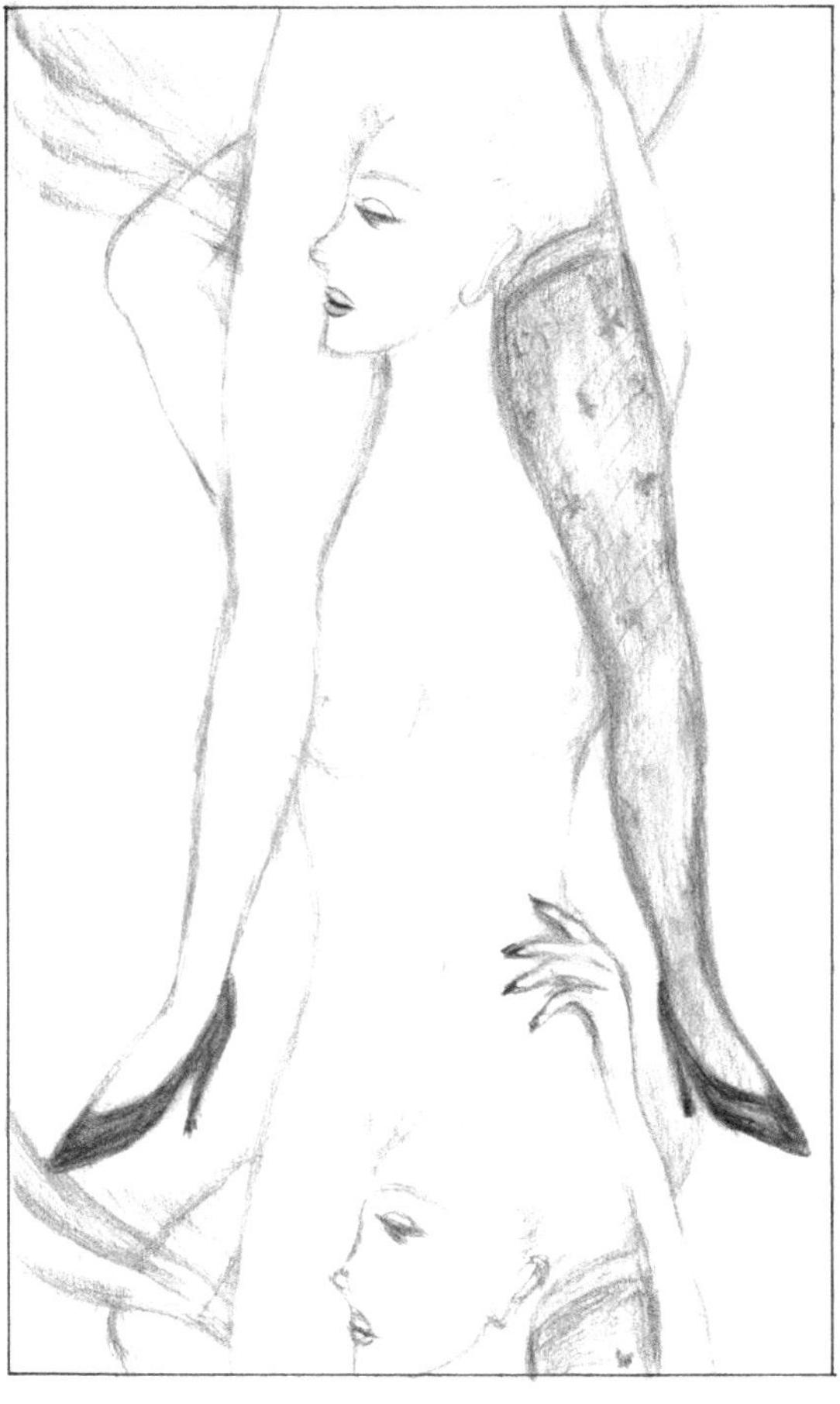

でしょ。特別変わった様子はなかったの。前の晩にそんな大事件が起こっていたなんていう気配は全然……」と言った。

「ただ、変と言えば、そのこと自体が変だったのかもしれないわ」

「どういう意味ですか」

「何かの用があって訪ねてきたわけじゃないの。二時間ほどお天気や意味のない話をして、私の作ったお菓子を食べて帰っていっただけ……後になって、なぜ来たんだろうってふしぎな気がしたんだけど……もしかしたら、あんな何気ない顔をしていても、私に事件のことを打ち明けたかったのか……それとも、本当に自分を襲った男が矢萩ではなかったかどうか、確かめに来たのかもしれないわ。矢萩が金曜の晩、本当にベルリンに旅だったかどうか……」

夫人はみじかく沈黙し、

「打ち明けたくても、あんな事件、私には打ち明けられなかったろうし」

ため息まじりの声でそうつけ加えた。

紗枝は、この時、夫人はまちがいなく先生と麻木さんの関係を知っていたのだと確信した。あのメールは二人の恥ずかしい関係を暴露しているが、夫人はそのことには触れようとしない。どうでもいいと思っているのではなく、逆に殺したいほど麻木紀子のことを憎んでいるにちがいない……そして、夫人はまたこの私が、麻木さんに嫉妬の炎を燃やしていることにも気づいているにちがいない。紗枝はそう思った。

私が安田さんと交際していることはすでに夫人に話してあるが、安田さんが私なんかより麻木さんを好きだということを夫人は見ぬいているのだ……いわば夫人も私も麻木紀子という女の被害者で、夫人は被害者同士、手を結ぼうとしている。

先刻の手のやわらかさを思いだしながら、紗枝はそう考えた。それからこの微笑……オーブンからりんごの焼ける甘い、香ばしい匂いがただよってくるが、その匂いに似合った甘く透明な蜜のような微笑。

だが、紗枝は夫人のことを信じてはいなかった。

片方だけのストッキング。ひびわれた鏡。右手にはめた結婚指輪。

謎はそれだけではない。夫人そのものが、一つの大きな謎である。

これまでも紗枝は夫人の美しさや若々しさに作り物めいたものを感じとっていたが、今日の微笑や手のやさしさにも同じ嘘を感じるのだ……。

紗枝はテーブルのすみにおいた携帯電話をとりながら、一時間ほど前の夫人の手を思いだそうとした。

「りんごをたくさんいただいたから、デザートに簡単なタルトを作るわ」

そう言って、りんごの皮をむいた夫人の手を——。

一つながりになって垂れおちていく皮に見とれて気づかなかったが、あの時も指輪は右手の薬指にはめられていたのか。

有美はなかなか電話に出ない。何度もかけ直しながら、紗枝はまた、さっき自分が唐突に黙りこんでしまったことを思いだした。あの時、紗枝は、

「海津君も入れれば七人になる」

と言おうとして、ハッと気づいたのだ。

これは、やはり、童話だ……『白雪姫』の童話。

麻木さんは聖英大学という森に住む美しいプリンセスで、そのそばには白雪姫をあがめる七人の後輩がいたのだ。紗枝ら二人の女子大生も、すくなくとも表面上はまばゆいほど美しい白雪姫にあこがれたふりをしている。そして、ここには……小さな城にも似た古い洋館には、この姫をねたみ、葬り去りたがっているおきさきもいる……美しさの裏に、魔女の残忍な爪を隠しもったおきさき。

ただの偶然だろうか。

紗枝は胸の中で、『ちがう、ただの偶然なんかじゃない』とつぶやいた。

割れた鏡。おきさきが手にしたりんご。

金曜の晩の事件も、今日みんなに送られた手紙も、白雪姫を葬るための毒りんごではなかったのか。

白雪姫をねたんだおきさきの……この矢萩夫人の奸計。

「この前より今までで一番うまく焼けたわ。きっとおいしいわよ」

焼きあがったタルトを切りわけながら、夫人は声をはずませてそう言った。その笑顔にも、りんごとバターのとけあった甘酸っぱそうな褐色の香りにも、紗枝は『毒』を感じとった。

レイプ事件が本当に夫人の企みなら、夫人には共犯者がいる。

金曜の晩、麻木紀子を襲い、その詳細を記した手紙をポストに投げこんだ人物……誰か、男の共

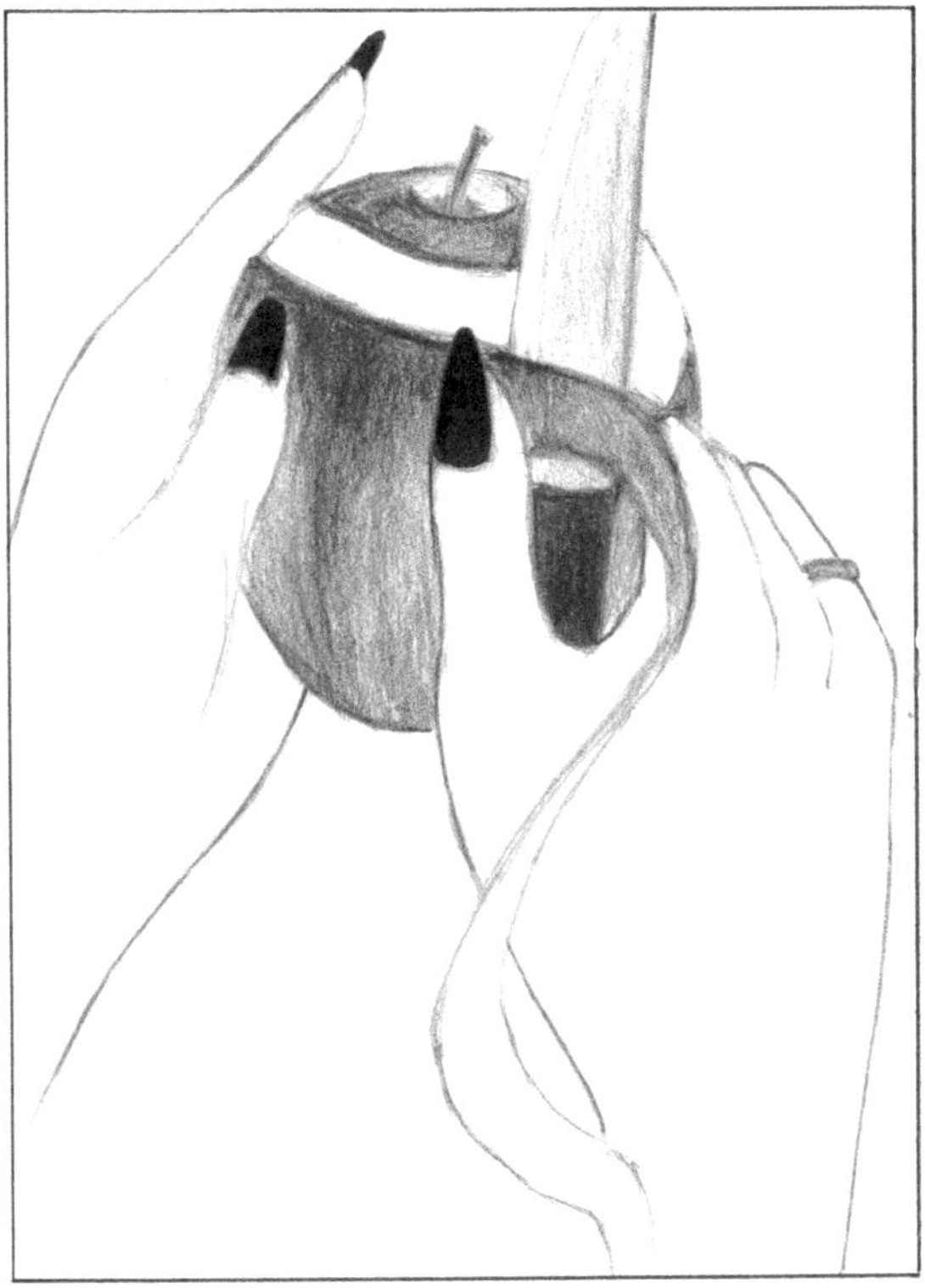

犯者がいるのだ。

手紙やメールの文章を書いたのは夫人だろう。レイプ事件の実行犯から、金曜のうちにでもその詳細を聞きだして、夫人が書きあげた……しかも夫人は自分がうたがわれることのないように、それをメールの形でこの家のパソコンに送信させたのだ。今日、その共犯者が大学に行き、メールを送信した……。

そこまで考えて、紗枝は二つのことに気づき、胸の中だけで小さく「あっ」と叫んだ。共犯者は七人の小人たちの中にいる……それから、七人のうちの一人である私は、何より、あのメールを読まされるために……夫人が事件とは無関係だという証人になるために、今日、この家に招かれた……。

「この前って、麻木さんの来た晩ですか……麻木さんもこのりんごのお菓子を食べたんですか?」

そう訊いた時、手の中の携帯が鳴った。

7

「もしもし……あ、紗枝？　今、まだ先生の家？」

電話は犬飼有美からである。

「ええ。今、ちょうどこっちから電話しようとしてたところ。有美が今日拾った問題の手紙のことで……」

紗枝はこの家に届いたメールの話を始めたが、少し話しただけでも問題の手紙の文面とまったく同じだとわかった。

「だったらまちがいないわね。先生の家だけメールにした理由はわからないけど……それより有美のほうの用は何？　何か急用だった？」

「ううん。ただ男たちが行っちゃって、私一人だから。どうしようかなあと思って」

「行っちゃったってどこへ？」

「どこかはわからないけど。なんか男だけの話があるみたい。一時間くらい前、紗枝、安田さんに電話かけたでしょ。あの後すぐ……『悪いな』って」

「それで、有美はまだ店にいるの？」

「私も今出てきた。女一人で居酒屋にいられるわけないじゃない？……先生のところには後どれくらいいる？」

るし」

「さあ、まだちょっとわからないけど」

紗枝はテーブルを離れて喋っていたのだが、電話の内容の見当がついたらしい、矢萩夫人が、

「犬飼さん、一人になったの？　それならこっちへ来させて……タルト、大きく作りすぎて余ってるし」

そう声をかけてきた。

紗枝としてはできるだけ早くこの家を辞したかったのだが、一応有美に訊いてみると、「じゃあ、すぐに行く」と答えた。

電話を切り、

「すみません、私だけでもお邪魔でしょうに」

そう言うと、夫人は「そんな……」と首をふった。

「私の方が呼んだのに、何を言ってるの。それに犬飼さん、犯人の男と会ってるんでしょ、直接話を聞きたいから、ちょうど……」

いいわと言おうとしたのだろうが、そこで不意に言葉を切り、「いやだ、私……今夜、もう一人客があることを忘れてた」そう言うと、壁の時計を見て顔をしかめた。

ついさっきまで見せていた笑顔も大げさだったが、その困ったような顔もわざとらしかった。眉間に寄ったしわや、

「ごめんなさい、すぐに犬飼さんに電話して、ここに来る話、取り消してくれない」

と言う声の焦りにも、どこか嘘が感じとれた。

紗枝は言われたとおり有美に電話をかけて今の話をキャンセルし、その後、「じゃあ、私もこれで失礼します」と言った。

「ごめんなさいね。重要な客じゃないから、すっかり忘れてたけど……もうそろそろ来る時間なの。タルトは犬飼さんのぶんももっていってあげて、今、包むから。あ、それから、あのメールや麻木さんのことで何かわかったらまた電話くれない？　ただのいたずらだろうけど、矢萩のことまで中傷してるわけだし、心配だから」

五分後、玄関まで送りに出た夫人は、ドアを閉める間際まで済まなそうな顔をしつづけた。

あくまで『済まなそうな顔』である。

あの人は顔にも言葉にも、すべて厚化粧をほどこしている……嘘の色で塗りたくっている。

夜道を駅に向けて歩きだしながら、紗枝はそう胸の中で愚痴のようにブツブツつぶやいた。

『重要な客じゃないから忘れていた』というのは嘘だ……ちゃんと客が来るのがわかっていて、本当はそんなつもりなど毛頭ないのに『犬飼さんもこっちへ来させて』と言ったのだ……。本当はそろそろ紗枝も邪魔になってきていて帰らせたかったのだろう。だが、そのまま『帰って』と言うわけにはいかず、逆に有美まで呼ぶふりをしたのだ。ちょっと遠回りをすることで、誰にも気づかれずにうまいこと最短距離をとったのである。

それにしても客は誰なのか。

今は八時半を少し回った時刻だ。こんな時間から訪ねてくるというのは男ではないのか……しかも、夫や息子がいない夜にしか呼べない男の客。

そう考えれば、謎の一つは解ける。

結婚指輪を右手に移したのは、男をむかえいれる準備なのだ……男と密会する時、結婚指輪をはずしたり、はずすと紛失する恐れがあるので他の指に移す人妻がいるというから。

秋の影をしみつかせ、高級住宅地には深夜と錯覚しそうな静寂が広がっている。ひんやりとした夜気が黒い絹のスカーフのように肌にまとわりついてくる……かすかな風が体にしみついたりんごの香りをすっと立ちあがらせる……甘く焼けたりんごの匂い。

芳香の中にひそんだ一しずくの毒の匂い。

矢萩夫人の指の感触が、紗枝の肌によみがえってくる。絹のような高級感のある触感……その中に一滴、黒い蜜でもまじっているような、かすかだが同時にねっとりと暗い、危険なすじをひく感触。

同じように、時おり紗枝へと流してくる視線にもすじをひくものがあった。紗枝は一瞬、夫人はもしかしたら男よりも女の方が好きなのかもしれないと心配になったが……あの蜜は、男のやって来る時刻もせまって、体の奥底の巣からひとりでににじみだしてきたものではないのか。あの色っぽすぎる指づかいや目つきを思いだすと、紗枝にはそうとしか思えなかった。

最初の曲がり角まで来て、このまま街灯の陰に隠れて、どんな男が来るのか見張っていようかと考えた。街灯のところで立ち止まったものの、その考えをすぐに捨て、携帯から安田に電話をかけた。

安田はすぐに電話に出た。

「さっき有美から電話があったんだけど、今、どこ？」

「大学に向かってる……と言ってもう裏門の近くだが」

「研究室に行くの？」

と訊き、「現場に行くの？」と言いなおした。

「相変わらず鋭いな。どうしてわかった？」

「裏門から入るのなら、研究室に決まってるじゃない？　海津君も一緒なんでしょ？」

「ああ。そっちはまだ先生の家？」

「今、出てきたところ。私も行こうかな、事件の現場に」

「いや……悪いが、事件の関係者だけで話があるんだ。俺の部屋に行ってろよ。一時間くらいで俺も帰る」

「そんな」

と紗枝は不満の声をあげた。

「私だって関係者よ。重要な証人なんだから。今夜、ベルリンにいる先生としゃべったのも私だけだし、夫人と接触して、事件とは無関係そうな夫人が何かあやしいと感じとっているのも私だけだから」

紗枝はさらに、問題の手紙を自分も読んだ話をした。

「先生の家にもメールで届いてたの。それで奥さんが私にも……」

と話しながら、紗枝は今出てきた家をふり返った。この周辺では小さな家だが、それでも夜の闇と門灯のうす明りのせいで、城のような大きな影がそびえているような錯覚がある……毒りんごで白雪姫を抹殺したおきさきは、今、あのひび割れた鏡に向かい、これから始まる夜の舞踏会のために身支度をととのえながらほくそ笑んでいるにちがいない……。

絹の白生地のようなあの優雅な指には、毒りんごをにぎるのに似合った魔女の爪が隠されているのだ。そして今夜、おきさきはその魔手を、白雪姫だけでなく、小人たちの一人である私にまでのばしてきたのかもしれない……紗枝は寒けをおぼえ、バッグを持ったほうの手を自分の体にまわした。

寒けの半分は、この時、夜道をふきぬけていった秋風のせいだった。とっさに手で自分の体をかばい……その瞬間、紗枝は麻木紀子の体を思いだした。前にゼミ旅行でホテルの同じ部屋に泊まった時……紗枝の目も気にせず裸になった紀子は、浴室に向かう前に鏡の前に坐り、ふっと寒さでもおぼえたように片方の手を背中にまわし、自分の体を抱くような動作をしたのだ。ほんの一瞬のことだが、紗枝の記憶に焼きついたのは、その手が男の手のように思え……誰か見えない男がそこにいて、紀子を抱いているような気がしたからだ。

そう、麻木紀子はそういう体をしている……特別に美しい、豊かな体だが、男の手が届かない高嶺の花ではなく、逆に男の手がないと様にならない体……一人でいても男に抱かれているような体、男に抱かれていないと体の意味をなくしてしまうような体なのだ。

だから男たちの手をごく自然に引き寄せてしまう……。

「でしょう？　私は事件の関係者なのよ」

携帯にむけてそんなことを言いながら、紗枝は同じ言葉を自分にも向けた。

そう、私は重要な証人だ……七人の小人たちの中で白雪姫の体を見たことがあるのは私だけなのだから。今度の事件で被害者の体は一番重要な証拠品だが、白雪姫があの清楚な衣装の裏に秘めたその大切な証拠品を見たことがあるのは、この私だけなのだから……。

「ともかく、俺の部屋に先に行っててくれ。詳しい話はその時に聞くし、俺の方でも話があるから」

安田はそう言って、携帯電話を切り、周囲を見回した。

駐車場の柵ぞいの歩道に立ち止まってしゃべっていたのだが、そばにいたはずの海津がいない。先に裏門から大学の中に入ったのか。

安田優也は、携帯を上着のポケットにつっこみ、後を追うために走りだした。海津が何を考えているのかよくわからない。居酒屋の外で紗枝と携帯を使ってしゃべっていた時には、今とは逆にいつの間にか背後に立っていて、やはり驚かされた。その後、「今から事件の現場に行って、二人だけで話した方がいいと思うけど」と言い、適当な口実で有美と別れ、男二人で大学まで来たのだが、何を話しかけても、

「研究室に着いてからにしてほしいけど……」

の一点張りだった。

安田は息を切らしながら、以前の研究室があった建物の中に入った。引越しが終わっているので、

電気が切られていないかと心配したが、エレベーターは動いたし、廊下にも灯がある。
ただ、もとの研究室のドアにはしっかりと錠がおりていた。
「海津、いないのか、そこに」
何度もドアをノックしたが、無駄だった。
いったいどこに行ったのか。
あきらめてドアを離れようとし、最後にもう一度ノブを回し……安田はギョッとした。
今度はドアが簡単に開いたのだ。
闇と静寂とが、安田を待ち受けていた。

8

誰もいない。

廊下の灯が流れこみ、つい先週まで研究室だった部屋を光と闇に切り分けて浮かびあがらせたが、誰もいない……。

たった今、誰かが部屋の中から錠をはずしたはずだ。その『誰か』は海津としか考えられない……それなのに海津どころか誰もいない。

「海津、いないのか？」

無駄だとわかっていながら、そう声をかけずにはいられなかった。

安田の呼びかけに答えたのは、上着のポケットに突っこんであった携帯電話だった。

電話は海津からだ。

「もしもし……お前どこにいるんだ」

「安田さんのすぐそばだけど」

今度も無駄だとわかっていながら、安田は室内と廊下を見回した。

「どこだ」

「だから、すぐ近くですよ。今、安田さんはドアを開けたところでしょう？　そのまま中に入ってドアを閉めてください。あ、部屋の灯はつけないで、暗闇の中でほんの数秒だけ、我慢して……」

安田は携帯にむけて、ため息を返し、

「バカなことを言ってないで、どっかに隠れてるのならさっさと出てこいよ」

と言った。そう言いながらも、安田は言われたとおり、室内に一歩足を踏みいれ、左手でドアを閉めた。右手の携帯を耳にあてたまま……。

体は暗黒に近い闇にひたされた。

一秒……二秒……。

安田の頭は自動的に秒読みを始めた。海津は数秒と言ったのだ……異次元にいるとしか思えない海津の声は、奇妙な説得力で安田の意思を動かしている……。

五秒……六秒……。

突然足音が響いた……廊下だ。廊下を誰かが近づいてくる……海津だろうか。

携帯にむけて、

「もしもし」

と声をかけたが、何の返答もない。

安田は手さぐりでノブをさがし、ドアを開けた。廊下の灯が流れこんだ……だが、廊下には誰もいない。

誰の足音だったのか。

ふしぎに思いながら、

「もう電気をつけるぞ」

携帯にむけてそう断り、入口わきのスイッチを入れた。

研究室は一瞬のうちに陰画から陽画に変わった。

安田の顔はゆがんだ。

テーブルの上にさっきまではなかった封筒がおかれ……それから花。何かの花……名前はわからないが、見たことのある花が数本、封筒のそばに、投げ捨てたように乱暴におかれている。

周囲を見回したが自分以外誰もいない。安田はゆっくりと封筒に近づいた……花だけではない、封筒にも……いや、この状況自体にも見憶えがある。こんなふうに空っぽ同然の研究室で、テーブルの上におかれた封筒と花に向けて、恐る恐る近づいていく自分を以前にも見たことがある。

既視感というのか……前にも一度この研究室で、こんなふうに封筒を開き、中からこれと同じ絵をとりだした……いや、同じ絵ではない。今度の絵は、裸の女が本の散乱した机の上に倒され、立っている男の肩へと片方の脚を伸ばしている……そんな大胆な体位で、二人は下半身を交わらせ、黒いリボンがからみあいながらそれぞれの一方の片手をしばりあげている……問題の絵と完全に同じ絵ではないが、男と女の体も似ていて同一人物のようでもあり、その絵を見ている自分にやはり既視感がある……いや、見たのじゃない、聞いただけだ。

金曜の晩、麻木紀子は七時過ぎに食事から研究室に戻り、花束と共にテーブルの上におかれていた封筒から一枚の絵をとりだした……。

さっき、立川の居酒屋で犬飼有美から聞いたのだ……怪文書にそう書かれていたと。

今、俺はあの晩の麻木紀子と同じことをし、同じような絵を見ている……あの晩はその直後に灯が消え、この研究室は闇に襲われ、男の声が麻木紀子の耳もとで聞こえたのだ。

「騒がないように……」

その声が彼女をふるえあがらせた……いや、ふるえあがったのは、彼女じゃない、この俺だ……なぜなら今、突然闇に襲われ、耳もとではっきりとその声は聞こえたのだ。

「騒がないように……」

男の声が確かにそう囁いた。携帯から聞こえたのではない。携帯は封筒を手にとる時、テーブルの上に置いた……。背中を冷たい水滴のようにすべり落ちていく戦慄を、変に他人事のような実感のなさで感じとり……次の瞬間、安田は笑い声を口に爆発させた。

「海津、やめろ。バカな冗談は」

闇にむけてそう怒鳴り、

「ええ。今、電気をつけます」

闇は素直な声でそう答えた。

そして足音がひびき、すぐに灯がついた。

ドアを背にし、スイッチに手を伸ばしたまま、海津がこちらを見て笑っている。海津らしい無表情なままの、笑っているかどうかはっきりとわからないような薄すぎる微笑……。

「どこに隠れていたんだ」

安田はまずそう訊いた。

海津は黙って、壁の本棚に近づいた。本棚は壁にぴったりと張りつき、壁そのものになっている

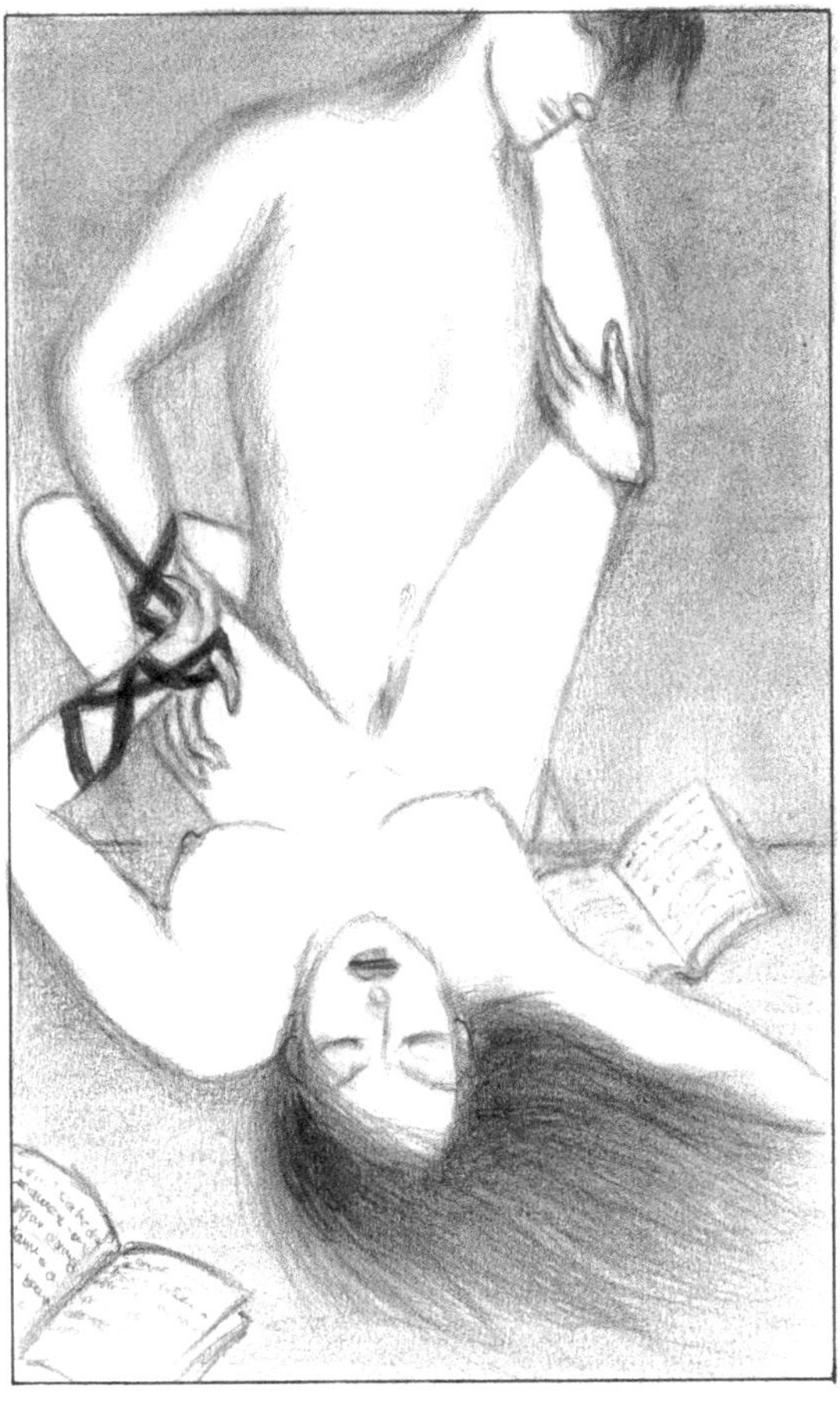

……いや、さっきドアの位置から見たときにはそうとしか見えなかったのだが、明るい灯の中で間近に見ると、一端が二十センチほど壁からはなれている。

近づいてその隙間からのぞくと、本棚の背後にドアがある。さらに深くのぞきこむと、半ば開いたドアのむこうに隣室が暗く広がっている。

安田は目をみはったものの、驚くというよりあきれ、ため息になった。

「そこに隠れていて、どうやって今、部屋の灯を消したんだ」

と訊いた。

スイッチと本棚とは五、六メートル離れている。

「安田さんがテーブルに近づいた時、本棚の裏から出て……安田さんは花と封筒に気をとられて、背後で僕がこっそりスイッチに近づいたことには気づかなかった。それだけのことなんだけど」

海津はテーブルのそばで、花をいじっている。「ああ」と安田の口から息のような声がこぼれた。

居酒屋に飾ってあった花だ……居酒屋でも海津はその花をいじっていた。封筒と絵は、いつも持ち歩いている鞄の中に入っていたのだろう。

海津は今、金曜の晩の事件を安田の前で再現して見せたのだ。安田自身と、その花と絵を使って——。

「金曜の晩、麻木さんも花束と封筒に気をとられて、背後の犯人の動きに気づかなかったというわけか」

「ええ」

「それで？　今の事件の再現は、自分が犯人だという告白なのか？　そのために俺をここへ……事件の現場へと連れてきたというわけか」

海津はゆっくりと首をふった。

「いいえ、あの晩、そこの本棚の裏から僕が何を見たか、それを話したかっただけです。ただ……安田さんは僕のことをレイプ犯だと疑っていた。それがわかっていたから、ちゃんと事実を話して疑いを晴らしておきたかった」

「どうして俺がお前を疑っていると考えたんだ？」

「絵を描いたのが僕だと見抜かれていたし……事件の真っ最中に誰かがドアをノックしているでしょう？　被害者の麻木さんも犯人も僕がやって来たと考えたようだけど、僕じゃない……本棚の裏で、僕もそのノックを聞いていたわけだから。あれは安田さんだったんでしょう？」

安田はうなずいた。

「しかし、海津、お前の方では俺を疑わなかったのか」

「僕の絵をコピーしてみんなに送ったのは、安田さんだと疑ってはいたけど……あの時、本棚の裏にいた僕の眼前で、闇に隠れてレイプ事件を起こしていたのが、安田さんだとは一度も考えなかった」

「どうして、そんなに俺を信用してくれたんだ。俺自身が俺を一度も信用したことがないのに」

やっといつもの自分をとり戻し冗談めかして笑った安田に海津はホッとしたようにうなずき、

「闇に隠れていたけど……と言うより闇に隠れていたからこそ、僕には犯人が誰かわかったから」

と言った。そして、

「さっき、事件の最初の部分を再現したのは、僕の推理が正しいかどうかを確かめたかったからでもあるんだけど」

とも言った。

安田には理解不可能な言葉だ。

「それで犯人は誰なんだ？」

とだけ訊いた。

海津はそれには答えず、封筒を鞄の中にしまい、その代わりに大学へ来る途中の自販機で買った缶コーヒーを二本とりだすと、一本を安田に渡してきた。安田はテーブルの上に腰をおろし、すぐにそれを一口飲んだ。すっかり酔いがさめ、乾ききったのどに、コーヒーのにがさが心地よく沁みた。海津は窓辺に立ち、同じように一口飲んでから、

「安田さんはどう思う？……麻木紀子って女性を」

と訊いてきた。

「どう思うって？」

「みんなに送られた僕の絵の中に、麻木さんが暗いレースのスカーフを顔や体に巻きつけているのがあったでしょう？　あのスカーフは矢萩先生がいつか、麻木さんとホテルで逢う前にデパートに寄って買ったものだけれど……僕の想像する麻木紀子は、あのスカーフで顔を隠しているんです、いつも」

「…………」

「彼女がそんな姿で手に何かを握っている夢を何度も見たんですよ。いったい何を握っているのかわからなくて、僕は変に焦って、苦しんで、あぶら汗を流して……それで目を覚ますんです」

海津は眼鏡のレンズごしの冷たい視線を窓ガラスのむこうの夜へと投げ、「何を握っているのか、目を覚ました後も必死に考えた」とひとり言のようにつぶやいた。

「僕や安田さんや……男たちの心臓なのか。いや、気もちよりあの人は体を……男たちの下半身をしっかりとつかみとって離してくれないから、たぶん、あの部分なんだという気もした。彼女に何一つ責任はないけど、彼女の体を見るだけで、僕は下半身がつかみとられたような痛みを感じるから……それとも、普通の女ではつかめない特別な幸運をつかんでいるのか……他の女たちの羨望や嫉妬心をかきたてるような、恵まれた女だけの幸福を」

海津は横顔のまま首をふった。

「でも、違ってた……そんなものじゃなかった。それがあの晩わかったんです」

「どういうことなんだ?」

「金曜の晩、彼女がドアを開け、廊下の灯にその影を浮かびあがらせた時わかったんです……彼女が何かものすごい物をつかんでいるように見えていただけで、実際には何ももっていないことが……。彼女は空っぽの自分の手を……さびしい自分の手を見ていただけだということが」

9

光瀬紗枝は、阿佐ヶ谷駅の券売機で乗車券を買ってから、迷いだした。

安田のアパートに行く前に、やはり大学に行ってみようか。それとも有美に会っておこうか。

矢萩夫人から有美への土産としてもらってきた手製のタルトがあるし、怪文書のことをもう少し有美と話しておきたい。

改札口の時計は、九時二分をさしている。ともかく電話だけでも有美にかけておかなければ……。そう思って携帯電話をバッグからとりだし、立ち止まった。その瞬間……。紗枝は誰かと肩をぶつけた。

「失礼……」

一言だけ声をかけ、男は、紗枝をふり向くこともなく去っていった。

その後ろ姿を紗枝は見送った。コートを着た背中が駅の外へと消えるまで……にらみつけるような恐ろしい目で。

まさか……。

胸の中でそうつぶやきながら。

男は今着いた下りの快速から降りてきたのだろうか。改札口を出てきて、紗枝がやってきた方向に去っていった。そのまま紗枝の出てきた家に行くのではないか……あの夜の城で、夫人が待っていたのがあの男だとしたら……。はっきりと顔が見えたわけではない。だがすれちがい際に見えた顔の一部と背中の印象は紗枝のよく知る男と似ている。でも、まさか、あの人が夫人の相手……。

紗枝は、男が消えた後もその方向を目だけで追いながら、何度も首をふった。

「金曜の晩、そこの本棚の裏から僕が見たのは……」

窓のむこうの闇にむけて、ひとり言でもつぶやくように海津は語りつづけた。

まず、七時ごろに『誰か』が花束をもって部屋に入ってきたこと、その時は部屋の灯がつかず、『誰か』は天井の蛍光灯がはずれかかっていることに気づいてテーブルの上にあがって直したこと、ドア横のスイッチを入れ直そうとしてテーブルから下りた時、廊下に足音がひびき、『誰か』はとっさに闇の一番濃くなったところにひそみ……その後、ドアが大きく開いて麻木さんが入ってきたこと……。

「詳細に記憶してるんだけれど、ドアが開いて、廊下の灯が逆光となって麻木さんの体を浮かびあがらせ、床にも長く影が伸び……それから『誰かいるの』と訊き、返事がないので、そこの……ドア横のスイッチを入れ、部屋が明るくなったんです。まちがいなく麻木さんだった」

麻木さんが襲われるかもしれない――。

海津はそう心配したのだが、彼女の動きの方に気をとられた。紀子は花束に気づいてテーブルに近寄り、かかってきた電話に出た後、封筒を開けた。海津から見えたのはほとんど紀子の後ろ姿だけだったが、封筒を開けた瞬間、その背に戦慄が走るのがはっきりと見えた……。

「さっきの俺と同じだったわけだ。それでその間、犯人はどこにいた？」

安田はそう訊いた。

「見えなかったんです、僕には。本棚の裏からだと死角になるところと言うと」

「本棚の前面……」

そうつぶやいた安田に向けて、海津は、

「ええ」

と大きくうなずいた。

目は相変わらず窓を見ているが、窓ガラスに安田の姿が映っているのだ。

「僕が覗いていた本棚の右端ではなく、左端の前面にいれば、麻木さんの後ろになって、僕にも麻木さんにも気づかれずに済んだでしょうね。それについさっきまでいた『誰か』の姿が見えないことに僕が気づいてから、電気が消えるまではほんの短い間だったし」

その後は安田が今体験したとおり、電気が消え、すぐ耳もとで「騒がないように」という声が聞こえた……。

「後は、その犯罪が終わるまで、お前は本棚の裏から全部を見ていたわけか。いや、全部を聞いていたというわけか。真っ暗だったのなら」

安田はそう訊いてため息をつき、さらに、

「怪文書のままだったというなら、それ以上聞かなくてもいいが」

と言った。

「たぶん、問題の怪文書のままでしょうね。あの晩この研究室の闇の中で起こったことは……でも、あくまで『たぶん』ですよ。僕は何が始まったかわかった段階で、隣の部屋にもどり、境のドアを閉めてしまったから」

隣室の闇の中では、声も物音もかすかにしか聞こえないし、それも中庭のロックバンドの演奏にほとんどかき消されていたと言う。ただし、安田が来て研究室のドアをノックした音や、事が終わって二人が出て行く際にたてたドアの開閉の音はよく聞こえた……。

「二人が出て行ったのは何時ごろ？」

「その後すぐ僕は隣からこの部屋に来てみたけれど、その時、そこの時計は八時少し過ぎだった」

「というと、ほんの三、四十分の出来事だったわけか。犬飼の話だと怪文書には事細かに書いてあったようだから、長い時間のことのように感じていたが……その時部屋の様子はどうだった」

「薔薇の花が二本、先生の本といっしょに床に落ちていて……」

海津は床の一点へと視線を投げた。老人のような淡い目で……。

「二人が帰った後、お前もすぐに帰ったのか」

その質問に海津はしばらく沈黙を守っていたが、やがて、

「事件とは無関係だから、答えなくてもいいでしょう」

そっけなくそう言った。眼鏡のレンズごしに、目は床の一点を遠く見守っている。

安田にもそこに無残な花の残骸が落ちている気がしてきた。金曜の晩の夜気がよみがえってくる……その夜気には海津が電気をつけたあとも、闇の湿りがなまなましく残っていたにちがいない。

犯人と麻木紀子の汗の匂い……二人の体からこぼれだしたしずくの匂い。

しおれた花の残骸にまだ残っていた夏が、秋の気配に気づいてしぼりだした最後の露……夏の残り滓のような熱いが、どこか冷えたしずく。それがいつの間にか海津の体からあふれ落ちた汗となり、しずくとなって薔薇の残骸をさらに傷めつけ、どす黒く汚していく……事件の後、この殺風景な研究室で、海津はたった一人、自分の体から毒のようなそのしずくをしぼりだしたのだ……もしかしたら、犯人のそれよりもっと熱く危険なしずくを。

安田にはそれがはっきりと見えた。

「金曜の晩、この部屋には結局何人の人間が近づいたと思いますか」

話題を変えたかったのか、海津はそう訊いてきた。

「麻木さんと犯人、それに証人の俺たち……合計四人じゃないのか」

「いいえ、三人です」

「どうして?」

「誰か一人が犯人を兼ねてるんですよ」

「それは……まだ俺を犯人だと疑っているという意味か」

海津はきっぱりと首を横にふった。

「ということは、やっぱり自分が犯人だと認めているのか」

「いいえ」

今度も海津は首を横にふった。安田は顔をゆがめた。それなら、犯人は麻木紀子だということになる……彼女が自分で自分を抱いたということに。

安田の胸のつぶやきを聞きとったかのように、海津はうなずいた。

「今ここには二人しかいないのに、光と闇のせいで四人いるようにも見えるでしょう」

いつの間にか安田の近くに来ていた海津は、ふたたび窓辺にもどった。窓ガラスが鏡となって二人の虚像を映しだしている。海津はそのことを言いたいのだ……そのためにさっき窓辺に立ち、ガラスに映った安田に向けてしゃべっていたのだ。

「しかし」

と安田は反論した。

「お前、七時にまず誰かが花束をもって入ってきたと言わなかったか」

そいつが麻木さんの足音を聞いて闇にひそみ、そこへ麻木さんが入ってきた……海津はそう言ったはずだ。

「ええ。でも七時に花束をもってきたのが麻木さんだとしたら?」

「………」

「麻木さんは天井の蛍光灯を直した後、テーブルをおりてスイッチの方に向かい、足音を聞いた。誰の足音だろうと思い、一瞬立ち止まり、また歩きだしてドアを開けた。それだけのことだったんですが、僕には、驚いた『誰か』が闇に身を隠したように見えたんです」

「ドアは麻木さん自身の手で内側から開けられたというんだな」

「ええ、それなのに、廊下の灯が流れこんで影を浮かびあがらせ、それが麻木さんが外からドアを開け、入ってきたように僕には見えたんです。さっき安田さんが同じことをした時、やっぱり僕には、外から誰か別の人物が開けたように見えたから」

安田はため息をついた。窓辺に立った海津とガラスに映った海津……確かに二人いるように見えるのだから、今海津が言ったことも可能かもしれない。光と影。しかし……。

「しかし、お前はさっき本棚の後ろで足音を立てたんだろう。それなのに、なぜ廊下から聞こえたんだ」

「闇の中で声や物音を聞く時は方向も距離も大きく狂うことはさっき言いました。正反対方向から聞こえることもあるから……それに安田さんには足音が立つのは廊下以外にないという先入観があったろうし」

「じゃあ、その後、男の声が『騒がないように』と言ったのは？」

「麻木さんは小型のテープレコーダーでも持っていたんです。以前、そういうプレイをした際に先生と自分の声を録音しておいたものを……」

安田は頭に浮かんできた麻木紀子の姿を否定するように首をふった。

「そんなテープを流して、麻木さんがいったい何をしていたと言いたいんだ」

安田の質問をひとり言でも聞いたように無視し、

「以前、安田さんは女を抱く時、体が一つになる瞬間があると言ったけど……」

と言った。

安田はうなずいた。

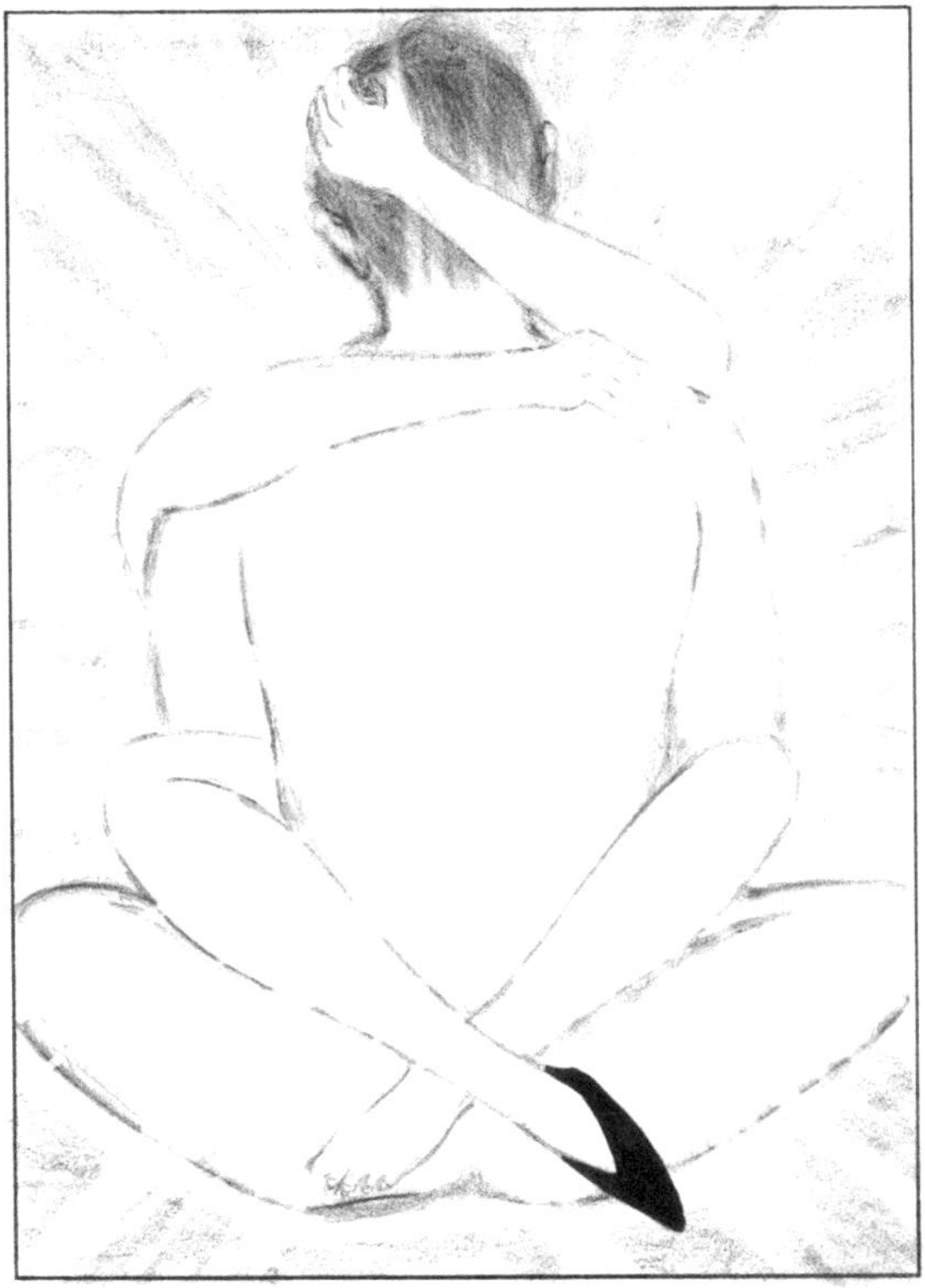

二人の体が一つのリズムと一つの熱さの中に溶けこみ、完全に一つに合体して生まれ変わったような一瞬がある。それが一番の快感だ……まだ女性経験のない海津に、酔ったいきおいで得意げにそんな話をしたことがある。

「逆に相手がいない時は……一人きりでする時は、頭の中で二人になるようにするでしょう？　相手が生の体でそこにいるかのように……写真や絵を見たり、声を聞いたりして。麻木さんがそれをしたんです。闇の中で先生の声を聞いて、先生の体を生々しく感じとろうとした……あの晩、麻木さんはこの研究室の闇に想像で先生の体を描きつけながら、自分で自分をレイプしたんです」

第五章　黒い空白

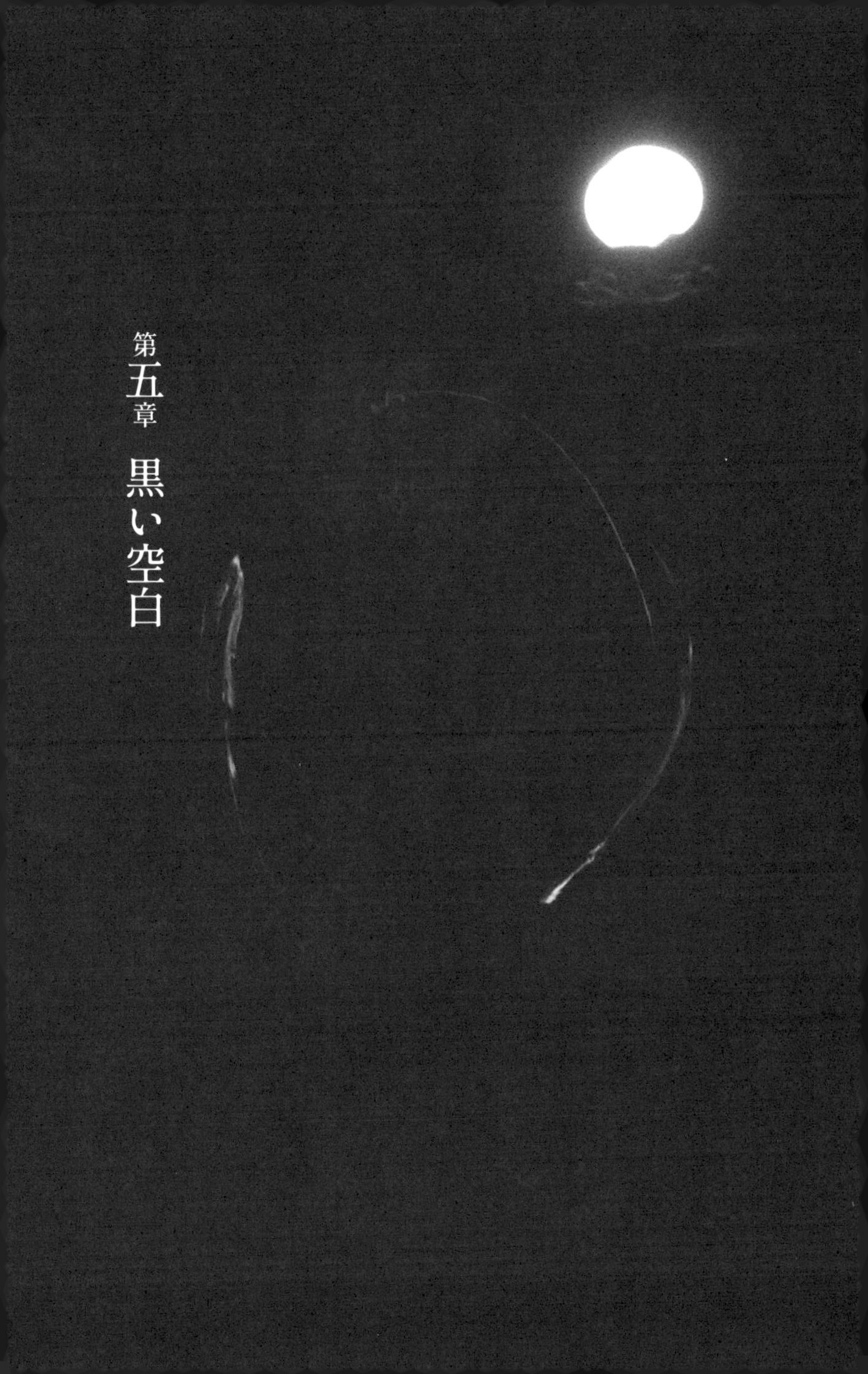

1

「しかし、何のために研究室で、麻木さんはそんな真似を……しかも、お前が来ることになっていたというのに」

安田は信じられないと言うように首をふりながら、そう訊いた。

安田の頭に浮かんでいるのは、紀子が透明な男にでも襲われているかのようにたった一人裸身をのけぞらせている姿だ……海津が描いた絵とは違って紀子を背後から犯しているのは男ではなく、何もない空白の闇。その下半身に小さく広がる箱庭のような黒い湿原……。

そこにうごめいているのは、あの絵にあったような男の指ではなく、紀子自身の指だ……自分の手を自分でしばり、紀子は自分で自分を犯している……ただしその片方の手は一見、男のいかつい手のように見える。なぜなら、その手には革の手袋がはめられているから……紀子は男の抱擁や愛撫の感触を思いだすために、革の手袋をはめているのだ。

手袋?

なぜ、そんなことを考えたのか。そう、海津の部屋で見た絵の中に何枚か、男の手が革の手袋をはめていたのがあった。矢萩先生らしい男の手に……片方だけ。

「研究室は一番、刺激的なんですよ」

と海津は答えた。

「一番先生のことを想像しやすい場所だし……。思い出の場所でもあるんじゃないですか。前に麻木さんが先生のコートをまとってこの建物から逃げるように走りだしていったことがあって……二人は何度かこの部屋も利用してるんです、きっと。引越しも終えて、あれはこの部屋を使える最後の晩でしたからね」

安田は、やはり首をふるしかなかった。

二人には濃密な体の関係があると想像してはいたが、研究室を使うほどの大胆な真似をしているというのは信じられなかった。

「あの日、夜だけ僕が手伝ってもいいと言ったら、麻木さんは簡単にうなずいた。それは僕が来るというのも一つの刺激になったからですよ……午後のうちにこんなに片づいていたのなら、本当は僕など必要なかったはずでしょう?」

「………」

「ただノックの音を刺激にしたかっただけで、研究室の中で自分が何をしているかは、僕に知られたくなかった。それなのに二度目にノックの音がひびいた時は、うかつにも恥ずかしい声を聞かれてしまった。実際にノックしたのは僕ではなく安田さんだったのだけど、誰にしろ、ともかくその声を聞かれてしまった。それで麻木さんはごまかすために、あの怪文書を書いてみんなに送ることにしたんです。すでに絵をみんなに送った犯人が実在している以上、その怪文書も同じ犯人のしわざにできると考えて……。誰も麻木さん自身があんな恥ずかしいことを書いて配るとは考えないはずだから」

「今日、犬飼がポストの前でぶつかった男も、麻木さんだったと言うのか？　彼女の変装だったと……」

「ええ。麻木さんの体軀なら簡単な変装で男に見えるはずだし、だいたい犬飼の話を聞いた際、ぶつかった相手の身なりが不自然すぎる気がしたんです……それに、麻木さんは駅前で誰か知り合いのゼミ生が通りかかるのを待っていたんじゃないかな。そうも考えられる……そして犬飼有美を見つけたので、わざとその前を歩いて不意に立ち止まり、ぶつかるように仕向けた……」

「沢井さんへの封筒を落としていったのもわざとだと言いたそうだな」

海津はうなずいた。

「犬飼さんがそれを拾うことも、沢井さんにすぐ電話を入れることも、沢井さんは口どめするだろうけど結果的には逆に騒ぎが大きくなることも、麻木さんは計算していた」

安田はもう一度首をふろうとして、途中で止めた。

ありうるかもしれない……。ふっとそう思ったのだ。犬飼が問題の『男』とぶつかった話は、安田自身も偶然が過ぎる気がしていたのだ。

「それに、麻木さんと先生の関係は暗礁に乗りあげていたようですからね。先週の水曜日、そこの部屋で会った後、僕は隣の部屋で聞いたんですが、二人は別れる別れないという口論をしていました……いや、それ以前からうまくいってなかったんです。もしかしたら、最初に関係をもった時から」

「…………」

「先生は奥さんを愛しているのに、奥さんの方では先生を愛していない……そのことで先生夫婦もうまくいってなかった。気障な言い方になるけど、小説風に言えば、先生はその空白感を、麻木さんとの関係で埋めようとしたんです……必死に」

海津が童顔とは似合わないことを言いだしたのに驚きながらも、安田はあまりの違和感にどこかそらぞらしいものを感じてもいた。

「何か証拠でもあるのか」

「金曜までそこに先生の机があったでしょう。ひきだしの中に、奥さんへの手紙を見つけたことがあって……『面とむかっては言いづらいことだから』と前おきして、奥さんへの思いが綿綿と書かれてましたよ」

「…………」

「そんな目で見ないでほしいけど。安田さんだって僕の部屋で似た真似をしたじゃないですか……それに先生のひきだしを盗み見したのは、二、三回だけだから」

「いや、言ってることが信じられなかっただけだ……つまり、お前は、あの怪文書はいやがらせというよりも、先生への脅迫状みたいなものだと言いたいんだな」

「ええ、自分と別れるならもっとひどいことを書いて配るという……。一見、麻木さんへのいやがらせのようで、あれは麻木さん自身が書いた先生への脅迫状だった」

安田は缶コーヒーを口に運んだが、すでに空になっている。海津の話が信じられないという思いもこめて、もう一度首をふり、缶を手で握りつぶした。

「やっぱり信じられないな」

「何がです」

「先生と麻木さんがこの研究室で裸で抱き合っていたとか……異常なことをしていたとかいうのは……」

「安田さんは僕の部屋で、手錠を描きこんだ絵を見なかった？」

記憶にない……足首に変わった飾りをつけたような絵があったが、あれが手錠だったのか……。

「先生の机のひきだしに、手錠を見つけたことがあるんです……しかも、次の日、真夏の恐ろしく暑い日だったというのに、麻木さんはストッキングをはいていて、よく見ると、片方の足首に包帯でも巻いているようだったから」

安田は、先生が素足の指で麻木紀子のアンクレットをいじっていたという話を思いだした。紗枝がそう言っていたが、先生は前夜、紀子が足首に負った傷あとを自分の足の指でいたわるように愛撫していたのではないのか……。

「やっぱり信じられないですか」

「ああ」

「でしょうね。自分でも信じていないから」

安田の怒りの目をまねるように海津は暗い目でにらみ返していたが、不意にその目がやわらかく崩れた。突然笑いだしたのだ。

笑い声とともに、

「いや、全部がデタラメということではなくて……そういう推理も決して不可能じゃないと……」

と言った。

安田は舌打ちをした。

「スミマセン。でも全部が嘘ではなくて、手錠の話も奥さんへの手紙も本当です。先生が奥さんの身代わりに麻木さんを抱いていたというのも、それを麻木さんが知って、焦っていたことも……。先生は僕がいっしょの時、麻木さんのことを間違えて『アヤ』と呼んでひどく狼狽していたけれど……奥さんは『アヤ子』という名前でしょう?」

窓ガラスに指で『絢子』と書き、また真面目な目に戻って安田を見た。本物の安田ではなく、ガラスに映った虚像の安田を――。


犬飼有美は、立川駅のホームから光瀬紗枝の携帯に電話をかけた。

「もしもし……紗枝、まだ先生の家にいるの?」

「いいえ、阿佐ヶ谷駅のホーム。ごめん、先生の家はもう三十分も前に出たんだけど、有美に電話かけようと思った時にちょっとしたことがあって……ホームのベンチに坐って考え事をしてたのよ。今、やっと結論が出て、私のほうからも電話かけようとしてたところ。有美は?」

「私も立川駅のホーム。立川でぶらぶらしていても時間のロスだから、新宿方面に出ようと思って。紗枝と逢うなら、阿佐ヶ谷にすればいいし、あと、新宿に出れば沢井さんの帰宅途上になるし……」

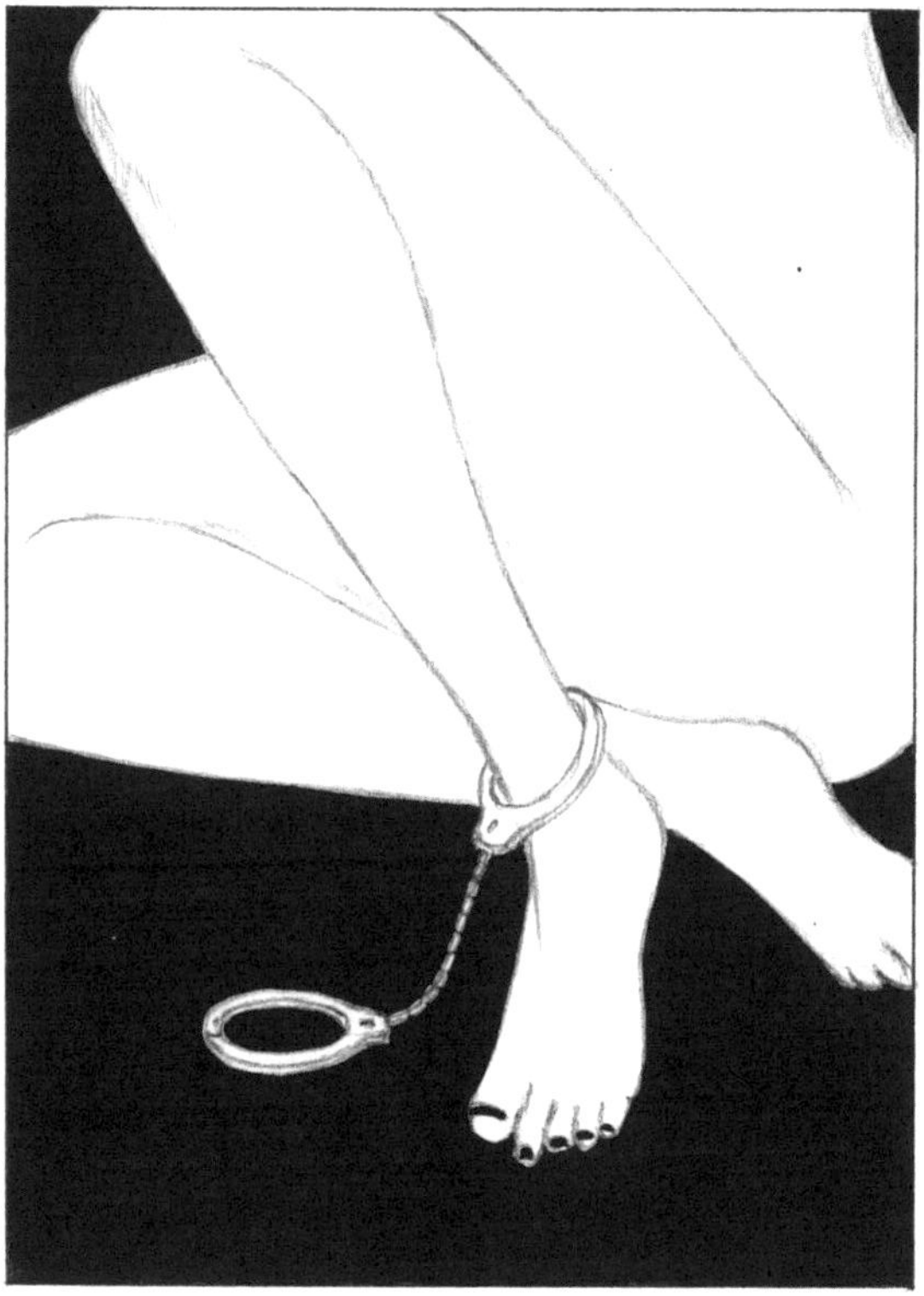

「沢井さんとはあれから連絡がとれたの？」

「いいえ、まだ……どうして」

すぐに返事はなく、やがて「ねえ、有美」と、ためらいがちの声が耳にしのびこんできた。

「今日ポストの前でぶつかった人って沢井さんの可能性はない？」

「………」

有美は沈黙した。夕方新宿駅西口の高層ビルで沢井と会った時、有美も同じ疑いをもった……。

「どうして？」

「その男は午前中に研究室のパソコンを使って、先生の家に怪文書を送ってるわ。その後、有美とぶつかるまでの時間が二時間くらいなの。大学を出て、駅に戻って顔見知りが改札口から出てくるのを待ってたんじゃないかと思うのよ……そして有美を見つけてわざとぶつかった。時間的に見てちょうどそんな感じがするの。しかもわざと沢井さん宛ての封筒を落としていったんじゃないかな……有美がすぐにその封筒の宛名の人物に電話をかけて、会って封筒を渡せるように」

「………」

「私、その男は沢井さんの居場所や行動をよく把握してる人物だと思うの。沢井さんがすぐに有美からの電話に出られるか、すぐに有美と会ってその封筒を受けとれるか。沢井さんのスケジュールをよく知ってるから、沢井さん宛の封筒を有美が拾うように仕向けたんだと思うの……そして、沢井さんの行動を一番よく知ってるのは、沢井さん当人でしょ？」

「そうだね。賛成しておく……私も似たこと考えたから。でもどうして、沢井さんがそんな真似を」

　有美の声をホームのアナウンスが断った。東京行き快速の到着が告げられ、電車のライトが夜を割いて接近してくる。

「今、電車が来たからともかく乗る。吉祥寺で会おう、中央線快速ホームの真ん中あたりで待ってるから」

「わかった……今の質問の答えはメールで送るから」

　有美は電車に乗りこみ、一分後、走っている電車の中でそのメールを受けとった。

『沢井さんをさっき駅で見かけた。矢萩夫人に逢いに行ったと思う。夫人も客を待っていたから。たぶん密会。それが、金曜の麻木さんレイプ事件の動機かな、たぶん……』

2

沢井彰一はチャイムを鳴らしてから、いつもどおり深呼吸をした。玄関のドアが開き、夫人と顔を合わせる瞬間、いつもどんな顔をしたらいいかわからない。

古い黒光りするドアのすきまからのぞく夫人の顔は、いつも期待にあふれ、餌でも見つけた野良犬のように自分だけの身勝手な笑みをにじませるのだ。

どんな顔を返したらいいかとまどいながらも、沢井は胸の中で、『そう、この顔だ』とつぶやく。『俺をベッドの上に立たせ、脚の間から何かを見ようとする時、きっとこの女はこんな顔をしている』

と……。

夫人はよく、彼をベッドの上に立たせ、自分の手で門でも開くように彼の両足を開きながら、そのむこうをのぞきこもうとする……下半身の透明な扉のむこうに、誰にも見えない夫人だけの部屋が広がっているかのように。

夫の教え子の下半身を開き、そのむこうの何もない空間に教授夫人はいったい何を見ているのか。

もちろん本当に何かをのぞきこんでいるわけではない。沢井の背後には、寝室の白い壁しかないのだから。ただ自分の足もとで犬のような姿勢をとっている夫人が、沢井には『本当は若僧のあんたなんかに興味はないのよ。私が本当に抱きたいのはこのむこうにあるものだけ』と言っているような気がしてならなかった。

逆に、もしかしたらそれはただの愛撫かもしれないと思うこともある。男の両脚のあいだにあるものを夫人は、ランプか電球のようだと言ったことがあるが、彼の電球は半ば夫人の髪にうずまり、髪がうごめくたびに無数の指がこの上なくデリケートな愛撫を与えてくる……あっという間に彼の電球は発光し、それは鉄の武器か何かのように赤く、熱く焼かれはじめる。すぐに夫人は何か危険なおもちゃでも手にいれたように、その武器を楽しみはじめる……だから、実際それはただの愛撫だろうが、それでもやはり、沢井には、夫人がランプか電球に灯をつけて、透明な扉のむこうにあるものをもっとよく見ようとしているように思えたりもするのだ。

立っている彼の目には、夫人の髪のうねりしか見えず、どんな顔をしているのかはわからない。ただ、夫人が玄関のドアを開けて、顔をのぞかせる時、

『きっとこの顔だ』

そう感じる。

なぜかはわからないまま……。

やっとドアが開き、夫人はいつもどおりの顔を見せた。いつもどおり、チャイムを鳴らしてから、もう一分以上経っている。男の到着を待ちこがれているくせに、すぐには開けず男がいらだち始めるまで待っている……そうして開いたドアのむこうにいらだった男の顔を見つけ安心するのだ。自分が男を抱こうとしているドラマを、男のほうが自分を抱こうとしているドラマにすり替えることができるから……。

この女はいつもそうだ。すべてを自分で決め、男を思いどおりにあやつりながら、男がまるで自分の意思でそうしたかのように錯覚させるのがうまい……この上なく狡猾な女だ。初めて彼の職場に電話をかけてきた時もそうだった。

「この近くに来たからちょっと電話してみたの。もちろん、勤め始めたばかりだからぬけだす時間はないでしょうけど」

と言い、彼が無理に時間を作って喫茶店に顔を出すと、

「無理しなくてもいいと言ったのに……でもうれしいわ、逢いにきてくれて」

そんな一言と微笑とで、彼のほうが逢いたがっていたことにしてしまったのだ。先生の留守の晩、彼を家に呼びつけた時もそうだった……「今、あの人、麻木さんと逢ってるのよ」だしぬけにそう言い、「よかった、逢いにきてくれて。ひとりきりだったら、死ぬことだって考えそうだったわ」そんな脅迫とも受けとれる言葉で、彼が自分の意思で逢いにきたことにしてしまった。逢いにきたことだけではなく、その後、寝室にいき、ベッドにあがったことまで……。

矢萩夫人は、自分の夫を教え子のまだ若い女に奪われた仕返しに、その女がつきあっている青年に接近し関係をもったのだが、沢井が気づいた時には、それは正反対の話にすり替えられていた。すべては夫人の意思だったが、沢井自身が時々、自分が紀子と先生の関係に嫉妬し、その復讐のために先生の奥さんに近づき、誘惑したような錯覚にとらわれることがあった。

今日のことだってそうだ。

「食事は済んだ?」

いつもどおりまずリビングのソファーに沢井を坐らせてそう訊き、沢井がうなずくと、

「それでどうだったの、今日は。うまくいった？」

と言った。「うまくやってくれた？」ではなく、「うまくいった？」なのだ……まるで、今朝、大学にいってあの怪文書をこの家のパソコンに送り、その後、駅前で知り合いの誰かがやってくるのを待ち、予想どおり現れたゼミ生の一人にわざとぶつかり、自分を宛名にした郵便物の一通を落とし、そのゼミ生が携帯に電話をかけてくるのを駅の近くで待ち、その後新宿に出て、ホテルで彼女と会い……といったことすべてを、沢井が自分で考えたかのように。

だが、ちがうのだ。今日のことは何もかも夫人が計画したことだ。彼は矢萩夫人というたくみな人形師にあやつられ、魂まで吹きこまれ、自分の意思で動いているように誤解しかけた人形にすぎない……今日の行動のうち唯一、自分の意思でしたことといえば、新宿に出た後、ホテルのレストランで犬飼有美と会うまでに、ソープに寄り、夫人と似た女を抱いたことだけだ……今夜、夫人はまた俺を抱く……俺を人形のようにあやつって自分を抱かせる。そんな風に抱かれるのがつらくなってきていたから、俺は誰でもいい、自分の意思で女を抱きたかったのだ……夫人と似た女を選んだのは、夫人への復讐の気もちがあったからだろう。夫人はある理由で蝶々のイヤリングをほしがり、今夜それをつけた自分を俺に抱かせるために、イヤリングを俺に買わせた。俺はもっていたそのイヤリングをソープの女の耳につけさせて、抱いた……夫人をそんな風に裏切っておかなければ、俺は自分自身を失ってしまいそうな気がして、もう二度とこの家に来ようとはしなかっただろう。

あの怪文書を書いたのも夫人だったし、もとはといえば、金曜の事件だって夫人が自分の手で起

こしたのだ……。

それなのに、沢井は、

「ええ、うまくいきました」

従順にそう答えていた。

「大学では誰にも見つからなかったし、駅前では予想どおり知り合いの学生が通りかかって……」

「犬飼さんでしょ。幸運だったわね、あの娘なら、口止めすればするほどみんなに言いふらすタイプだから。光瀬さんはうちに来る前に、もうその話を知ってたのよ。犬飼さん、新宿であなたと別れてすぐに光瀬さんに電話したみたい……光瀬さんは三十分ほど前に帰ったんだけど、大丈夫、私がうまくやっておいてあげたから」

夫人は、沢井のグラスにビールを注ぎながらそう言った。「うまくやっておいてあげた」という言葉で、夫人はまた、それが彼の立てた計画で、自分はただその計画を手伝っただけだということにしてしまったのだ。

だが、そのことより、沢井が気になったのは、光瀬紗枝が三十分ほど前に帰ったということのほうだった。

それなら、道のどこかで光瀬とすれちがったのではないか。この家に来るところを光瀬に見られてしまったのではないか。

沢井も三十分前にはこの家の近くまで来ていたのだが、やっぱりこのまま帰ったほうがいいかもしれないと考えながら、迷路にでも迷いこんだように付近を歩き回っていたのだ。

夫人との関係だけは、誰にも知られたくなかった。それなのに、先週の木曜、麻木紀子と携帯でしゃべった時にも口をすべらせ、もう少しで紀子に夫人との関係を知られるところだった。……前日の水曜、大学裏の喫茶店で紀子と別れ話をしていた時、窓のむこうの駐車場に夫人の車が止まったが、あれも夫人の計画だった。紀子が「水曜にいつもの喫茶店で逢いたい」と言ってきたことを夫人に告げ、

「たぶん別れ話だと思う」

そう言うと、夫人は、「あの駐車場が見える喫茶店ね。それなら窓辺に坐って。彼女に見せたいものがあるから」そんな命令をしてきたのだ。

「逢うのは何時？　その時刻に合わせて、私、車を駐車場に止めるから、よく見ていて。いいえ、よく見せて……麻木さんに」

そう言った。

何を見せるのかは言わなかったが、水曜の夕方、喫茶店の窓ごしに見たのは夫人の車から降りてくる矢萩先生だった。麻木紀子は、すぐには駐車場に止まったのが夫人の車だということにも、外国車だということにも気づかなかったが、賢い女性だけに、翌日沢井が電話をかけ、ヒントを与えようとした時にはすでに先生が誰か女の運転する外国車の助手席から降りてきたこと、降りる直前まで運転席の女と抱き合っていたことはわかっていたようだ……後はその女が夫人だと気づかせればいい。そうすれば、麻木紀子を嫉妬させることができる……苦しめることができる……それが夫人の目的だったし、その目的に適うのが自分の役割だと沢井は思っていた。そのために遠まわしに

……最初のうちは「車を運転していたのが誰かはよく見えなかった」と否定しながら、少しずつ、その女が矢萩夫人だと覚らせようとしたのだが、その途中で口をすべらせてしまった。矢萩先生の代わりに一人の男が助手席に乗ったことをしゃべってしまった……麻木紀子の賢さなら、あの車を運転していたのが夫人だということに気づくと同時にその男が沢井だと気づきそうだった。沢井は焦り、電話での会話は半端なまま終わってしまったが、今もまだその心配は残っている。

紀子は俺とこの夫人の関係に気づいてしまったのではないか……そうして金曜の晩、研究室で何が起こったかを覚り、そのためにあの晩、俺を訪ねてきて俺に自分を抱かせたのではないのか……。

沢井の胸中の不安には気づかず、

「暑いわね。何だかあなたが来たら急に暑くなったわ。あなたの体が熱すぎるんじゃない？」

自分の体の熱さをやはり沢井の責任にしながら、夫人はリビングの窓を開けた。髪が乱れ、その横顔はしのびこんできた夜風に犯されているように見えた。あの時の横顔と同じだ……水曜の夕方、紀子が去った後、沢井も喫茶店を出て、駐車場の白い車に近づき、助手席のドアを開けた。あの時も、暗い革の匂いが充満した密室の中で、夫人は髪も服装も乱し、まだ先生の影に抱かれているかのように、かすかに唇を開き、沢井には聞こえないあえぎ声をあげていたのだ……。

3

「先週の水曜、階段の途中で麻木さんと会った後、僕はまた裏門から出てあの喫茶店に行ったんです」

海津はつづけた。

「沢井さんと麻木さんが会っていた喫茶店です。沢井さんがどうしたのかと思って……。喫茶店まで行く必要はなかった。沢井さんは駐車場に止まっていた白い車の助手席に乗りこむところで……その車は矢萩夫人が最近買ったワーゲンだったから」

物陰に隠れて、車が駐車場から出ていくのを見送ったという。

「つまり、二人ができていると言いたいんだな」と安田。

海津はうなずいた。

「うちのゼミの男女関係は乱れに乱れていると言うわけか」

「それほどでもないです。教授夫婦と若い恋人同士との四角関係にすぎないですからね」

海津は、達観した老人のようにさらりと言ってのけた。

「割りきってるんだな。しかしさっきの言い方は意味ありげだったぞ」

「金曜の事件にとっては重要ですからね、夫人と沢井さんに体の関係があるというのは」

「……どういう意味だ」

「最初僕は、レイプ犯は沢井さんじゃないかと疑っていた。水曜に麻木さんと一悶着あったようだし、矢萩先生の声の真似が巧いから。しかし、沢井さんではありえない。この部屋で謎の男に襲われる直前、麻木さんの携帯に沢井さんは電話をかけているから」

「犯人が麻木さんのすぐ背後にいて携帯をかけたのだとしたら？」

「電話の声と肉体のステレオになるから、いくら何でも麻木さんは気づいたでしょう。いや、僕も犯人のすぐ近くにいたから、僕にもその声は聞こえたはずだ。どんなに小声でしゃべったとしてもね。……やはり、沢井さんはどっかよそから電話をかけてきたんです。ただし、あまりに都合よく……麻木さんの動きを見ていたかのように電話をかけてきているから、犯人が指示を出したのだと思います。今すぐ麻木さんの携帯に電話をかけろという……。この部屋の闇の中からよそにいる沢井さんに、犯人がどうやって声も出さずにその指示を出したかはわかるでしょう？」

「メールを送ったわけだな。沢井さんの携帯に……自分の携帯から」

海津は大きくうなずいた。

「それくらいは麻木さんにも気づかれずにやれたと思う。それに重要なのは、犯人も携帯電話をもっていたことです……沢井さんは、麻木さんに電話をかけた後、その犯人の携帯に電話をかけた……音は鳴らないようにしてあったのだろうけど、画面の点灯で、犯人には沢井さんから電話が入ったのがわかった。犯人は携帯をオンにして、麻木さんの耳に近づけた……その携帯から流れだしたのが誰の声でどんな言葉だったかは、わかりますね」

「先生の声で……確か『騒がないように……』」

そう答えたものの、安田は自分の返答を否定するように首をふった。海津が誰のことをレイプ犯だと言いたいかもわかってきたが、そう簡単には信じられなかった……。

「正確に言えば、先生の声を真似た沢井さんの声だけれど。あと、麻木さんが聞いたのは、全部沢井さんの声だった……」

「麻木さんは犯人と直接しゃべっていたわけではなく、犯人の握った携帯を通して沢井さんとしゃべっていただけだと?」

「そうです。携帯は麻木さんのすぐ耳もとまで近づけられていた……時々は金属の感触が麻木さんの頬やうなじに触れたと思います。カッターはおどしよりも、その金属の感触をごまかすために使われたんです……たぶん」

「しかし、犯人は自分の両手を縛っていた……それなのに、麻木さんの耳もとで携帯をにぎり通すなんて真似ができたろうか」

「犯人は自分の両手を縛ってなんかいなかったんですよ。そのふりをしていただけです」

「…………」

「安田さんもあの絵にだまされている。みんなが、この研究室の闇の中で、あの絵と同じように事が起こったと思っている……。僕のあの絵は、犯人に利用されたんです。犯人が異常な性癖の持ち主で、犯行時には犯人も両手を縛っていたと思わせるために……。絵をみんなに配ったのが誰の仕業なのか、犯人たちは知らなかったけれど、あの絵が自分たちのもとにも届いて、これは利用できると思ったんでしょうね。もちろん、誰よりだましたかったのは、麻木さんです。スカーフの端をくわえさせるような真似までして、犯人が自分の手も縛ったのだと信じこませた……そうして、自由になる片方の手で携帯をもちつづけ、もう一方の手で、あることをしつづけた……そのことを、麻木さんには絶対に気づかれたくなかった。だから麻木さんの両手を縛り、自分の両手も縛ったかのようによそおったんです……」

「もう一方の手で何をしていたと言うんだ？」

安田はそう訊き、返答など期待しないようにため息をつき、目を閉じた。脳裏に浮んでいた犯人の影が、闇のカンバスを得ていっそう鮮明な輪郭をもった。男ではない……髪が、下半身まで届くほど長く垂れ落ちている。

海津が答える前に、安田はまずその犯人の影にむけて首をふった。

海津はこう答えた。

「女が男をよそおって他の女性をレイプするには、二つの無理がある。一つは声で、もう一つは体です。男が襲っているのだと思わせるには自分の指をそれらしくよそおって女性の体の中に入れるか……男の体に似たものを手にもつか。どっちにしろ手を自由にしておかなければならない。それを麻木さんに気づかせたくないために、自分の手も縛ったかのようによそおったんです」

「麻木さんを襲ったのは、先生の奥さんじゃないのかしら」

犬飼有美が挨拶がわりに片手をあげて近づいてくる。その有美に、紗枝は挨拶ぬきでそう言っていた。

吉祥寺駅のホームである。

有美といっしょに電車から降りてきた客たちの何人かが、ギョッとして視線を集めてきたが、二人ともそれにはかまわなかった。

「どうして？」

「ただの勘……でも、先生の家で、奥さん、何気なく私の体に手をまとわりつかせてきて……その時に何となく危ないものを感じたから。それに私、この前先生の家に行った時に、奥さんの胸をさわらされたの」

「いやだ、聞いてないよ、その話」

「何となく恥ずかしかったからね。その時、やわらかくて、同時に若い弾力がまだ残っている感じがしたけれど……あれ、弾力というより、普通の女の体にはない『硬さ』じゃないかな。男みたいな筋肉質の……」

ホームからの階段を下り、改札口を通りぬけ、二人はいつも通りの声で会話を続けた。

「見た目よりも豊満じゃなくて……あれなら、闇の中で背後から襲われたら、男の体としか思えないかもしれない」

「でも、それは上半身の話でしょ」

「下半身だって、いくらでも方法はあるんじゃないの……だいたい女同士のセックスも、どっちかが男を演じるものだし」

「でも先生の声を真似したという声は？　奥さんの声は低めだけど、男の声をよそおうのは無理だよ」

「そうね、でも声だって何かの方法があったと思う。……私、最初は沢井さんが奥さんの命令で襲ったのかもしれないと考えたけど……それよりも奥さんが実行犯で、沢井さんはただ手伝っただけだって考える方がいいと思う。奥さんの手や体の感触から、うまく説明できないけど、何かそんな感じがするの」

「女の勘……特に紗枝の勘はすごいからね。つまり、矢萩夫人は男だけじゃなく同性にも欲望を感じるタイプだって言いたいわけだね……賛成してもいいな、それ」

「でも、単純な欲望だけじゃないと思う、金曜の事件の動機は。奥さんは先生のことも愛してるし、麻木さんはその大切な夫を奪おうとした女性だからね」

「そうだね、愛憎入り乱れてというところかな……どうしたの、急に立ち止まって」

いつの間にか駅前のアーケード街を井の頭公園方面に歩いている。前にも一度入ったことのあるカフェ風の店の前で、紗枝は「ここに入ろう」と言い、あとは、その喫茶店の一番奥の席にすわり、コーヒーを飲みながらの話になった。

「今日、奥さんが右手に結婚指輪をしてたんだけど……奥さん、金曜の晩に指輪をはずしたんだと思う。指輪をはめていることがばれたら、誰かわかってしまうから。あの晩、闇の中で指は重要な役割を果たした……特に左手の方が。麻木さんの体の思い出がなまなましく残っている指に、すぐ結婚指輪をはめたくなかったのよ。きっとそうだわ」

「可能性はあるね。夫人なら、先生の愛撫や抱擁の癖を一番よく知ってるから、先生役は簡単に演じられるだろうし……でも、麻木さん、最後まで犯人が男でないことはわからなかったのかなあ」

「いいえ、わかったと思う。麻木さん、土曜日に先生の家を訪ねてるのよ。ほら、これ、有美へのおみやげ……矢萩夫人手作りのタルト。もらい物のりんごで作ったと言ってたけど、そのりんごはたぶん、麻木さんが持っていったものだわ。今、ちょっと食べてみてよ……こっそり」

店員の目を盗んで、有美は紙袋からとりだしたタルトの端をかじった。

「美味しいでしょ。でも、それ、毒の味よ」

「奥さんの毒?」

「いいえ、麻木さんの毒。私、今日、麻木さんをめぐる人間関係が白雪姫に似てると思ったけど……麻木さんもそう感じてたのよ。自分が白雪姫で、金曜の晩の、レイプ以外の何物でもないセックスはおきさきが男に化けて押しつけていった毒りんごだって……。ただ、麻木さんは毒りんごを食べさせられておとなしく死の床に横たわっているだけの白雪姫じゃないわ。復讐のために立ちあがり、自分もりんごをもっておきさきを訪ね……お城の鏡を割って復讐したんじゃないのかな」

紗枝は有美に、矢萩邸のトイレの鏡に亀裂が走っていた話をし、麻木さんはもともと夫人を裏切って先生と不倫していたのだから、夫人への復讐と言ってもそれくらいのことしかできなかったんだろうと言った。

「先生と夫人と麻木さん、それに沢井さんか……ただでさえ複雑なのに、夫人が同性も愛せるとなると、私の想像なんか超えた人間関係だね」

有美はため息をつき、「それにしても麻木さんは今どうしてるのかなあ。紗枝の推理が当たって

いたら、レイプ事件と言ってもそう簡単に警察にはいけない事件だもんね。海津君が、電話がつながらないいって心配してたけど……」と言った。

同じ言葉を、矢萩邸の寝室で夫人が沢井彰一にむけてつぶやいているとは知らずに。

4

「麻木さん、今どうしてるのかしら。あれから、逢っていない？」

　矢萩夫人は男のネクタイをほどきながら、そう訊いた。ほどきながら、ネクタイを自分の手首に巻きつけていく……夫人の体の中に住んでいる一匹の蛇に似た生き物が、昼のあいだ男の胸の上でたっぷりと遊んだあと、遊び疲れて巣に戻っていくのだ。

　いつもそんな気がする。ネクタイは夫人が買ってくれたブランド品で、夫人は男が大学教授か何かのようにきっちりとスーツを着て、ネクタイをしめているのが好きだった。

　いや、実際、どんな男にも夫と似た大学教授のイメージを求めるのだろう……夫人は、男が夫のように折り目正しく背広を着ているのが好きだ……そして、それ以上にその背広を脱がすことが好きなのだ。スーツの下から、意外な体があらわれ、その体が自分を抱く際、信じられない乱暴さを見せることが……。

　男というよりも、沢井はまだ青年だった。一見細身の平凡な文学青年だが、裸になるとその体は意外なほど男としての確かさを見せる。

　その意味でも、沢井は矢萩教授のミニチュアのようなところがあり、それが麻木紀子が一見平凡を絵に描いたような彼に近づいた理由だったのだ。先生と似ている……だからこそ紀子は、矢萩教授との不倫関係が始まってすぐ暗礁に乗りあげると、沢井に逃げ道を求めるようになった。

それは、この夫人も同じだ……。

「ねえ、麻木さんとは連絡とっていないの、あれから」

「全然……」

そう嘘を答えながら、夫人がワイシャツのボタンをはずそうとした手を、沢井は冷たく払いのけた。

ワイシャツを脱ぎたくなかったのだ……手首の、スカーフの痕を夫人に見せたくなかった。金曜の深夜、紀子が部屋にやってきたことがバレるかもしれない……。

夫人は子供がすねたとくらいにしか考えなかったらしい。なれ合いの微笑を浮かべ、そっと沢井の体を引き寄せた。

「麻木さん、困ってるでしょうね、今もまだ。自分を襲ったのが誰かわからなくて……。『先生』だという可能性がある以上、事件を警察に届けるわけにはいかないし。矢萩をまねたあなたの声、真に迫っていたもの。それもただの声まねじゃなくて、矢萩が無理に別人の声を作っているとしか思えなかった……私だってギョッとしたくらいだから」

視線だけは、ひどく間近に沢井の顔をとらえている。

その目に黒い爪がある。

狡猾で、獰猛な鳥は、目がまず凶器なのだ。この目に見つめられるたびに、『最後』という言葉がよぎる。あの暗闇の中で、この目を見た時……感じとった時、紀子の頭にも同じ言葉がよぎったのだろうか。

「本当に気づいていないかな……彼女、それほどバカじゃないけど」

沢井は目をそらし、ベッドを見た。

紀子は気づいている……少なくとも、疑っている。だから、金曜の深夜、俺の部屋に来て、俺に自分を抱かせたのだ……その数時間前、研究室で犯人に襲われたとおりに。背中だけが、犯人の体を記憶している。それが沢井の体ではないかと、試してみたのだ。もう一度自分の体を犠牲にして……。そうして、その途中で、紀子はささやくように言った。

『先生の声で何か言って。先生の物真似、上手でしょう、沢井さん』

紀子はまちがいなく俺を疑っていた。だが、声はともかく、犯人の体と俺の体がちがうことだけはわかったのだろう。紀子はほんの数分で『もういいわ』と言い、自分の手で何とかスカーフをはずし……何も言わずに出ていった……。

「彼女、この家には来ていない？」

目をそらしたまま、沢井は質問を重ねた。ベッドはいつも以上に無意味な空白として広がっている。

「来たわ、土曜の晩。矢萩の本を借りたいと言って」

夫人は正直に答え、「そうね、たぶん気づいていたと思う。だからうちに来たのよ。あなたが変に心配するだろうから黙っていたけど」と言った。

「でも、大丈夫。疑ってるとしても証拠がないし、自分からこれ以上、あのことには触れられないのよ。明日、みんなにあの封筒が届いても、彼女、絶対に根も葉もない嘘だと事件そのものを否定するはずだから。……だから、腹いせにあんなことをしていったんだわ」

「あんなことって、何を？」

「鏡を割ったのよ。帰ったあと、トイレに入ってびっくりした……まっ二つにひび割れてたの」

「…………」

「最初、矢萩が本当に金曜の晩にベルリンに発ったかどうか調べに来たのかと思ったけど……やっぱり私のことを疑っていたのよ。鏡を割るなんて、女への復讐だわ」

沢井は胸の中でうなずいた。紀子は俺の部屋では、鏡じゃなくこの俺を割りくだいていったのだ……『もういいわ』と言われる前に、俺にもわかっていたのだ。どんなに頑張ろうと俺の体はもう紀子を抱けなくなっていた……あの事件のために傷つき、屈辱感をなめさせられたのは俺の方だ……あんな馬鹿げた事件の共犯者を演じただけでなく、それを紀子に知られたのだ……そう思うだけで、俺の体は萎えてしまった。俺だって被害者なのだ……この女の。

「だから何の心配もないわ。明日にはあの封筒が届いて、麻木さん、今度はみんなの視線に体をさらけ、犯されるの。今日はその前夜祭……」

そんなことを言いながら、夫人は沢井の手をとり自分の腿へとみちびいた。ストッキングを脱ぐのに俺の手を使うのだ……俺が自分の意思で夫人を抱こうとしているかのように。

黒いレースのストッキングは、右と左では模様に微妙な違いがある。

どちらかが、紀子とペアになっている。夫人は他にも紀子とペアになっているものをいくつももっている。本物の蝶を使ったイヤリングなんかは特に気にいっていた……だから、俺は東京中の店

を回って同じものをさがしだし、女を抱く時、それを片方の耳につけてくれと頼むようになった。……その女を紀子だと思いこまなければ、女を抱けなくなっていたのだ。

それなのに果てようとする瞬間、その剝製の蝶に俺は紀子の顔ではなく、この夫人の顔を見てしまう……。

先生はペアになったものを買うと、必ず片方を奥さんに渡し、もう一方を麻木紀子につけさせる。ネックレスやスカーフなんかは必ず二人ぶん買い、二人の体に同じものをつけさせる……紀子は、自分が奥さんとペアになったものをつけて抱かれているとは気づいていないが、奥さんの方では知っている……というよりも、夫人が先生にそう命令して買わせているのではないのか。

夫人は先生と紀子の関係を知り、黙認する形をとったが、その代わりに『紀子を抱く時、必ず自分と同じものを何か一つ体につけさせる』という奇妙な交換条件を出したのではないか……最初のうちは、夫人が紀子のことも好きで、紀子と同じものを身につけたがっているのかと考えた。確かに夫人が紀子に対して抱いているのは、憎悪だけではない……だが、夫を奪いとろうとしている若い女に、もちろん愛情だけを感じているわけにはいかなかったのだ。

夫人は、紀子にも自分と同じ装飾品をつけさせ、夫が紀子を抱く時に妻の自分を思いださせるようにした。

そんな飾り物を通して、愛人の関係にまで介入しようとした……そして夫人の狙いどおり、夫は紀子に疲れはじめ、ベルリン行きの話が具体化するころには、紀子と別れることを真剣に考えるようになっていた。確かに狙いどおりだった。だが、夫人のその狙いは的を射すぎていたのだ。先週、先生が別れたがっていると敏感に察知した紀子は、『妊娠』という言葉を先生につきつけた……その一語が、先生から夫人に伝えられ、夫人がそれまで夢想していた途方もない一つの事件を実際に起こすことになるとは想像する由もなく。

「出産をあきらめるほどの徹底的な痛手を負わせないとね。あなただって困るでしょ、大事な麻木さんが別の男の子供を産んだら」

夫人は沢井にそう言ったが、動機は本当にそれだけだったのか。一人の年下の女に感じていた愛情に似たものは、『妊娠』の一語と共に、ひどく残忍なサディスティックなものへと歪んでしまったのではないのか。

夫人は脱いだストッキングでリボンを作って遊んでいる。沢井を抱く準備の指ならしでもするように……。

紀子はそのストッキングで夫人にしばられ、沢井もネクタイで夫人につながれている……たぶん矢萩先生も。夫人は葬儀用の黒いリボンで、みんなを自分にしばりつけているのだ……たぶん、自分自身さえも。

「麻木さん、本当にどうしてるのかしら」

夫人は背をむけ、後ろ手に沢井の手をとり、背中にあるボタンをはずすように命令してきた。沢井はもしかしたら、勝気な紀子が昨日のうちにでもベルリンに飛び、すべてを先生に話しているのかもしれない、そして二人でこれを機に夫人との絆を断ち、今度こそ一緒になろうと話しあっているのかもしれない……そう考えていた。いっそ、その方がいいと思うのだが、逆に夫人は、そのことだけを心配しているのだ。声にかすかだが、不安が出ていた。

沢井は「さあ……」と無視した。

「それより一つだけ訊きたかったんだけど、先週の水曜、奥さんの運転する車から降りてきた時、先生は手袋をしていた。あれはどうして？」

「あれは……あの時、矢萩は麻木さんと待ち合わせをしていたでしょう？　私、矢萩が私を抱いた後に彼女と逢う時は、私の体の感触が残った手で抱いてほしいから、それまで手袋をしていてって頼むのよ」

夫人は歌うように言った。

沢井の手が止まっていることに気づいたのか、「どうしたの。私の体には飽きた？　それなら、麻木さんを抱くつもりで抱けばいいわ。今、私の体にはまだあの晩の麻木さんの肌ざわりや汗の香りが残っているから」と言い、沢井に最後のボタンをはずさせた。

下着はつけていなかった。ブラウスが左右に開くように落ち、背中の素肌が沢井の眼前に広がった。

この女はすべてを見ぬいている……俺がもう紀子を抱けなくなっていることも、紀子がたとえベルリンに行っていなくても、手の届かない遠い存在になってしまったことも。

夫人の体に手を伸ばす前に、最後に……自分への遺言のように胸の中でそうつぶやいた。夫人はそこまで見ぬいて、俺にあのレイプ事件を手伝わせたのではないのか……。

夫人は背を向けたまま、枕もとにあるスタンドの灯を消した。部屋は闇に変わったが、夫人の背

中は、そこだけ闇の塗装がはがれ落ちたかのように淡い白さで残った。その闇は金曜の晩、携帯電話を通して感じとっていた研究室の闇に似ている……。

今度は俺が犯人となって紀子の背中を抱くのだ……。

一人の女の肌は闇と混じり合って、沢井の体を丸ごと飲みこもうとするように白く、黒くうねった。

解説

千街晶之

連城三紀彦が二〇一三年十月十九日にこの世を去ってから、早いもので五年が過ぎたが、その人気は衰えを見せていない。

二〇一四年に文藝春秋から刊行された短篇集『小さな異邦人』が、彼の作品に対する再注目を促すきっかけとなったことは間違いない。それまで単行本未収録だったことが信じ難いほど、そこに収められた作品群はミステリとして水準が高かったのだ。講談社文庫刊の綾辻行人・伊坂幸太郎・小野不由美・米澤穂信編『連城三紀彦　レジェンド　傑作ミステリー集』（二〇一四年）『同2』（二〇一七年）、創元推理文庫刊の松浦正人編『六花の印　連城三紀彦傑作集1』『落日の門　連城三紀彦傑作集2』（ともに二〇一八年）は、初期や中期の短篇群から連城の真髄と言うべき絶品をセレクトした好企画だった。雑誌に連載されたまま生前に単行本化されなかった数本の長篇は、そのまま埋もれるのではないかと危惧されていたけれども、『処刑までの十章』は二〇一四年に光文社から、『女王』は同年に講談社から、『わずか一しずくの血』は二〇一六年に文藝春秋から、『悲体』は二〇一八年に幻戯書房から、それぞれ単行本が刊行された。また、連城作品は生前からしばしば映像化されていたけれども、歿後も二〇一五年にフジテレビ系の単発ドラマとして『私という名の変奏曲』が放映されたし、『隠れ菊』に至っては二〇一六年にはNHK－BSプレミアムで、二〇一八年にはテレビ朝日系で（番組タイトルは『あなたには渡さない』）と、短期間に二度も連続ドラマ化されている（連城生前の一九九六年にフジテレビ系で放映された『ゆずれない夜』から数えれば三度目の連続ドラマ化）。

さてこのたび、著者の長篇中、最後まで単行本化されずに残されていた『虹のような黒』が刊行されることになった。連城ファンにとっては待ちに待ったお楽しみと言えよう。

本書は双葉社の雑誌《週刊大衆》二〇〇二年十月二十八日号から二〇〇三年七月十四日号にかけて、三十六回に亘って連載された。最終号には「小社より2004年1月単行本として刊行予定」と記されているが、一九九〇年代半ばからの郷里での母親の介護、晩年の闘病生活などの事情によるものか、前記の四本の長篇ともども生前の単行本化は実現しなかった。

なお、連載時のクレジットは「Story & Illustration　連城三紀彦」となっている。つまり、毎週の掲載に合わせて、著者は文章のみならず挿絵も描いていたわけである。これは初めての例というわけではなく、『ため息の時間』（一九九一年）でも連載誌と単行本に著者自身のイラストが寄せられた（連載時の挿画クレジットは作中人物の名前である「平野敬太」名義）。今回はその挿絵（毎回二枚が掲載されたので合計七十二枚）も収録されたが、作中に出てくる絵をそのまま再現したものもあり、イメージカット的なイラストもある。本文と連動したトリックとも言えるので、そちらにも注目していただきたい。

さて本書は、ある水曜の午後、大学院生の麻木紀子が、恋人の沢井彰一に喫茶店で別れを告げようとするシーンから幕を開ける。紀子は英文学科教授の矢萩浩三と不倫関係にあり、彼と結婚するために沢井と縁を切ろうとしていたのだ。ところが、沢井は一枚の絵を紀子に見せる。そこには、女と肌の浅黒い男が全裸で絡み合い、そこに鎖が巻きついているさまが描かれていた。男女の肉体の特徴といい、描かれた鎖といい、それは紀子と矢萩の情事や、その際に交わされた言葉を再現したようにしか見えないのだ。更に、紀子は喫茶店の窓から、車で現れた矢萩の奇妙な行動を目撃する。

その後、矢萩と会った紀子は、彼のもとにも例のエロティックな絵が送られてきたことを知らされる。しかも、他のゼミ生のもとにも同じ絵が届いているらしい。絵は連日のように関係者のもとに届き、そして金曜の夜、大学の研究室で三枚目の絵を受け取った紀子の身に起きたこととは……。

本書は第一章「落ちていく女」、第二章「肉体の迷宮」、第三章「にがい蜜　甘い血」、第四章「光と影の共謀」、第五章「黒い空白」という五つの章から成っている。右に記したあらすじは、第一章のラストまでの部分だ。第二章では手記のかたちで、密室状態の研究室での出来事が詳細に綴られるのだが、この手記の内容というのが何とも一筋縄では行かないものなのだ。そして第三章以降は、ゼミ生ら関係者たちによる推理合戦が始まり、密室の犯罪の真犯人が炙り出されてゆく。

連城三紀彦が作中で密室を扱うことは極めて珍しく、思い浮かぶのは短篇「ある東京の扉」（一九七八年）の東京という大都会を密室に見立てた発想と、誰も入れない筈の部屋での殺人未遂を描いた短篇「化石の鍵」（一九八二年）くらいか。その意味で本書は異色の試みだ。作中の密室トリックについては、第三章で一旦は答えらしきものが提示される。その種明かし自体は凡庸なものだが、失望するのはまだ早い。そこで、現場が単に密室状態だったのみならず、光と影の明滅の中で犯人が消えたり現れたりしたという、より不可解かつ強烈な謎が新たに提示されるのだ。

真犯人の正体に関するトリックは、著者に数年先んじてデビューしたある作家の長篇に類似例があるが、実は連城はその長篇の文庫解説を執筆したことがある。つまり本書は、その作品を愛する連城からの一種の返歌として発想された可能性もあるのだが、この犯人の意外性を成立させるために、著者はかなり綱渡り的な仕掛けを張りめぐらせている。中でも注目したいのは第三章の、ちょっと前後とつながっていないような印象のある些細なエピソードが、第二章のある記述と連動することで、「三人称の地の文で偽りを書くのはアンフェアである」というミステリのルールを利用したミスリードになっている点である。著者がかなり早い時点で本書の着地点を決めていたことが、連載小説だからこそわかるようになっているのだ。

「関係者たちによる推理合戦」と先ほど記したけれども、第三章以降の登場人物たちによる仮説の応酬は、真実に迫るためというより、互いの弱みをついたり、騙し合ったりする駆け引きの様相を呈しているのがいかにも著者らしい。また、連載当時「官能ミステリー」と銘打たれていたように、本書は掲載誌のカラーに合わせてエロティックな要素の多い物語となっているが、本書で幾度も繰り返される性的な描写の多くは、当事者同士の愛情が一致することは殆《ほとん》どなく、例えば誰かを別の誰かの代わりに抱くなど、心と体はすれ違うばかりなのだ。本書では推理合戦もセックスも、ともに互いを欺く演技なのであり、判明したかに見えた真実は万華鏡のように脆く崩れて別の絵柄を浮かび上がらせる。肉体と精神、言葉と本心の乖離が織り成す迷宮。連城三紀彦の真骨頂と言うべき世界がそこに現出している。

構成として興味深いのが、冒頭でヒロイン扱いだった筈の紀子が、終盤には殆ど直接の出番がない点だ。ここから私が連想したのは、連城の初期の代表的長篇『私という名の変奏曲』（一九八四年）に登場するファッションモデル、美織レイ子である。彼女は実質的な主人公と言っていい強烈な存在感を放つが、死亡するため途中からは（回想を別にして）出番がない。本書の紀子は殺害されるわけではないので後半いくらでも出番があっておかしくない筈だが、まるで死んだかのように姿を見せない代わり、真犯人を含む関係者たちにとって何を考えているのかわからない不気味な存在と化してゆく。紀子に不穏な感情を抱いていた関係者たちが、彼女の真意が不明なことで疑心暗鬼に陥り、恐れ戦《おのの》くさまは痛快ですらある。もしかすると本書は、七人の男女に「殺された」レイ子の物語の再演ではないかとも思えるが、『私という名の変奏曲』と違って七人の関係者全員が有罪というわけではないので（紀子に悪意を抱いていても直接的な加害行動に出ていない人物もいる）、『私という名の変奏曲』ほど事件全体の構図は整然としておらず、かなり混沌とした印象を受ける。このあたりは、著者の改稿が生前に行われていればどうなっていただろうか。

二〇〇〇年代から最晩年にかけて執筆された著者の長篇小説は、先に述べた通り単行本化のための改稿作業を待ちつつ、結局実現しなかったものが多かった。それらの中では掛け値なしに傑作と言い得る『女王』はともかく、『わずか一しずくの血』や『処刑までの十章』は構成に難のある作品であり、著者に改稿の時間が与えられていれば完成度が上がっただろうにと惜しまれる。本書もそのような部分がないわけではないけれども、著者の狙いはわかりやすく、未刊だった長篇の中ではお薦めしやすい部類だろう。

最後に『虹のような黒』というタイトルについて。本書の終盤、紀子と七人の関係者の間柄に関連して、ある西洋の童話が言及される（作中の事件自体がその見立てになっているわけではないけれども、登場人物が童話の内容を意識したような行動に出るシーンはある）。また、別の角度から見ても、本書の主要登場人物は紀子を除いて七人である。

虹という文字がついた著者の小説には、他に長篇『虹の八番目の色』（一九九六年）がある。著者の作品としてはミステリ色が稀薄な家族小説だが、七人の主要登場人物を意味する虹に八番目の色があるというタイトルは魅力的だ。『虹のような黒』も、虹の七色の他にまだ色があるというニュアンスが共通している。これは、虹に準《なぞら》えられた七人がすべて容疑者であり、有罪＝黒であり得るという含みもあるだろうし、七つの色を重ね合わせれば黒になることを作中の人間関係の暗喩にしたとも取れる。

思えば、『私という名の変奏曲』はファッションモデルの死をめぐる七人の容疑者たちの物語だったし、『どこまでも殺されて』（一九九〇年）は過去に七回殺され、今また八度目の死に怯える人物の奇妙な手記から始まる。『白光《びゃっこう》』（二〇〇二年）の容疑者の数も七人である。初期の短篇連作「花葬」シリーズも当初は全七篇の予定だった。このように、著者の作品ではしばしば七という数字が重要な意味を持つ。それ自体は著者の発想の癖みたいなもので、さして意味があるわけではないだろうが、タイトルに虹がついた『虹の八番目の色』や『虹のような黒』の頃になると、著者もそんな自分の癖に自覚的になっていたのではないか……とも考えられる。著者のファンは、そのあたりも意識しながら本書を読んでいただきたい。

＊初出：「週刊大衆」二〇〇二年十月二十八日号〜二〇〇三年七月十四日号（全三十六回）。

＊表記は原則として掲載時のものに従いました。ただし、あきらかな誤記や脱字を訂正したり、ルビを整理したりするなどの処理を施した箇所があります。

装幀　真田幸治
装画　連城三紀彦

連城三紀彦（れんじょう・みきひこ）一九四八年、愛知県生れ。早稲田大学政治経済学部卒業。映画好きで在学中にシナリオ勉強のためフランスへ留学。一九七八年、「変調二人羽織」で「幻影城」新人賞受賞。一九八一年、「戻り川心中」で日本推理作家協会賞受賞。一九八四年、『宵待草夜情』で吉川英治文学新人賞受賞、同年、『恋文』で直木賞受賞。一九八七年には得度し、浄土真宗大谷派の僧侶となる。法名は智順。一九八九年、連載エッセイ「試写室のメロディー」でキネマ旬報読者賞受賞。一九九六年、『隠れ菊』で柴田錬三郎賞受賞。二〇一三年、胃癌のため死去。二〇一四年に日本ミステリー文学大賞特別賞受賞。他に『暗色コメディ』『夜よ鼠たちのために』『私という名の変奏曲』『黄昏のベルリン』『人間動物園』『造花の蜜』、『悲体』（小社刊）など著書多数。

虹《にじ》のような黒《くろ》

二〇一九年九月九日　第一刷発行

著　者　連城三紀彦
発行者　田尻　勉
発行所　幻戯書房
郵便番号一〇一－〇〇五二
東京都千代田区神田小川町三－十二
岩崎ビル二階
電　話　〇三（五二八三）三九三四
ＦＡＸ　〇三（五二八三）三九三五
ＵＲＬ　http://www.genki-shobou.co.jp/

印刷・製本　精興社

落丁本、乱丁本はお取り替えいたします。
本書の無断複写、複製、転載を禁じます。
定価はカバーの裏側に表示してあります。

© Yoko Mizuta 2019, Printed in Japan
ISBN978-4-86488-175-3　C0093

幻戯書房の好評既刊（各税別）

悲体

連城三紀彦

四十年前に消えた母を探し韓国へ来た男の物語は、それを書きつつある作者自身の記憶と次第に混じり合う…出生の秘密をめぐるミステリと私小説的メタフィクションを融合させた、著者晩年の問題作にして最大の実験長篇、遂に書籍化。

四六判上製／二二〇〇円

百本杭の首無死体　泉斜汀幕末探偵奇譚集

善渡爾宗衛＋杉山淳　編

「まず東洋のシャアロックホルムスと言った老人ですよ。しかも事柄が皆其手に懸けた事実なんだから小説よりも面白い……」。池波正太郎の『鬼平』、岡本綺堂の『半七』ともならぶ、泉鏡花の弟・泉斜汀の捕物帳など全10篇収録。　百年の時を経て甦る、幻の傑作。

四六判上製／四五〇〇円

フェリシア、私の愚行録

ネルシア

福井寧 訳

ルリユール叢書 「私をこんな馬鹿な女にした神々が悪いのです」。ほしいままにする少女の、好事家泣かせの遊蕩三昧! スタンダールやアポリネールを熱中させ、不道徳の廉で禁書となった、十八世紀フランスの痛快無比な〈反恋愛〉リベルタン小説。本邦初訳。

四六判変型上製/三六〇〇円

メーゾン・ベルビウ地帯

椿實初期作品

華麗奔放な文学世界と、反時代的な絢爛たるレトリック。好評を博した小社刊『メーゾン・ベルビウの猫』に続き、日本幻想文学史に燦然と輝く『椿實全作品』(一九八二年刊)を改題、幻の私家版や書簡など大幅増補のうえ復刊。初版八百部限定ナンバーリング入。

四六判上製/五〇〇〇円

東十条の女

小谷野 敦

婚活体験を描く表題作、文芸時評で高い評価を得た「細雨」に加え、「潤一郎の片思い」「ナディアの系譜」「紙屋のおじさん」「『走れメロス』の作者」の全六篇を収録。私小説のみならず、ユーモア・スケッチ、史実を扱う懐の深い一篇など——大人のための文学作品集。

四六判上製／二二〇〇円

妻の死

加賀乙彦自選短編集

齢九十。暗い暗い穴の底へ——芥川賞候補作にしてきのこ文学の金字塔「くさびら譚」、ドストエフスキー、トルストイ、カフカ、プルーストの軌跡をめぐる旅、そして、単行本未収録の「熊」「妻の死」など全十二編。付録・随筆「長編小説執筆の頃」。

四六判上製／三二〇〇円

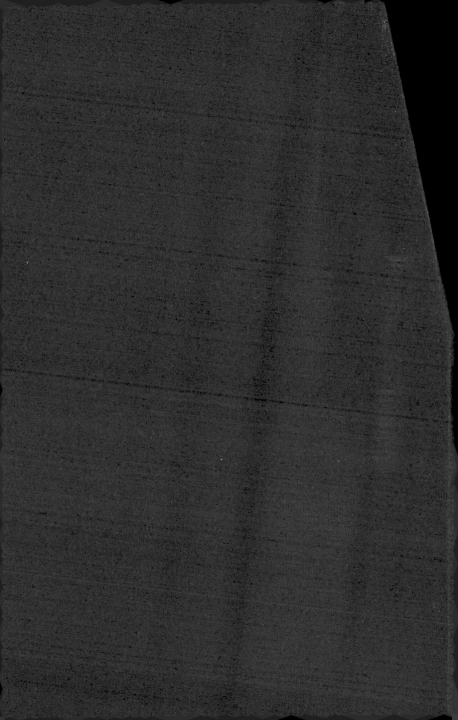